主夫难当

DESPERATE HOUSEHUSBAND

一草

作品

天地出版社 | TIANDI PRESS

谨以本书，写给婚姻中
相互包容、彼此扶持的爱人们。

生活不易，你最珍贵！

目　录

楔　子　小儿难养 / 001

第一章　主妇绝望 / 015

第二章　失业中年 / 038

第三章　狭路相逢 / 057

第四章　主夫难当 / 072

第五章　父子朋友 / 088

第六章　重返职场 / 106

第七章　无家可依 / 129

第八章　小妹难缠 / 148

第九章　姐妹冤家 / 168

第十章　一场交易 / 185

第十一章　艰难抉择 / 205

第十二章　岳母上门 / 221

第十三章　母女释嫌 / 247

第十四章　再生事端 / 269

第十五章　求生绝境 / 288

尾　　声　世事如书 / 313

后　　记　全职主夫 / 321

楔　子　小儿难养

1

让苏扬始料不及且无法接受的是，成为全职主夫的第一天，他就被自己不到6周岁的儿子给折腾得濒临崩溃。这往后的日子可怎么过啊！

苏扬做什么事都喜欢掐着点儿，对时间的精准掌控是他生活里为数不多可以直接转化为成就感的能力之一。那天下午四点整，他优哉游哉地开车前往位于花家地的幼儿园接儿子棒棒放学。棒棒已经上大班了，可说起来苏扬这还是头一次亲自接送，因此严重缺乏实战经验——万万没想到这个点儿，以幼儿园为中心，向四周辐射的几条主路都早已被堵得水泄不通，路中间也横七竖八停着其他接孩子的私家车，幼儿园门前更是里三层、外三层挤满了翘首以盼的家长。苏扬足足绕了三四圈都没找到停车位，因此从"以为自己来早了"到"好不容易停好车"耗费了半个多小时。经过这一番折腾，他原本还有点儿小兴奋的心情也随之变得烦躁、紧张起来。

烦躁不难理解，紧张的原因就复杂了些——不光是怕不能准时接到儿子，还担心会伤害自己和时间的默契——后者其实是他更为在意的，尤其是在无比落魄的今时今日。苏扬下车后一口气跑到人群边，埋头挤到了最前面，双手紧握幼儿园大门上的铁栏杆，踮脚向里面眺望着，只见他目光炽热、呼吸急促，就差高喊"放我出去"了。

苏扬夸张且不合时宜的肢体语言顿时引发其他家长的警惕。最近各地发生了多起校园恶性伤害事件，搞得人心惶惶，大家伙儿瞧此人满头大汗，神态慌张，嘴里好像还在念叨着什么，行径极为可疑，顿时纷纷暗自提防起来。

很快，一位身材敦实、皮肤黝黑、面相颇为凶悍的保安走了出来。"干吗这是？"保安上下打量着苏扬，冷不丁地发问，语气很是不善，"说你呢……对，别看了，就是你！"

苏扬一愣，木然回应："接孩子啊！"

"站边儿上去，别堵这里！"保安呵斥完苏扬后对人群大喊："来来来，家长们都让让，孩子们马上就出来了。"

苏扬好面子，被人冒犯了自然不愿善罢甘休，可就在他寻思着究竟该如何反击时，突然看到许多穿着漂亮的衣服、背着五颜六色的书包、两两一对的小朋友们手拉着手，跟着老师喊着整齐的口号，小鸭子般地从幼儿园里面鱼贯而出，很快来到门外各班级指定的接送区域。

喧闹的画面顿时变得美好起来，守候多时的家长纷纷笑脸相迎，第一个动作就是弯腰接过孩子身上的书包，顺势挎在自己肩上，然后拉起孩子的小手，嘘寒问暖。对他们而言，虽然这只是每天例行的小小别离，但此刻也足够令人望穿秋水；虽然和孩子分开才不过寥寥数小时，但内心的思念早已无比浓郁；而接到孩子的瞬间，则是一天里最为明媚开心的时刻，那感觉，就好像热恋时和深爱的人儿约会，特别幸福也特别满足。

很遗憾，苏扬并不清楚这种感觉，因为那天他压根儿就没等到儿子出来。

2

不过十来分钟，原本乱哄哄的现场就安静下来，而马路上停满的车也神奇地消失了，一切又恢复到正常模样。苏扬身边已经没有其他家长了，可棒棒还没出来，他心里越发紧张起来——难道自己来错了幼儿园？不能够啊！苏扬脑袋突然一炸：儿子该不会被人贩子拐卖了吧？或者是出了其他什么意外？！苏扬顿时吓得手脚冰凉，不由自主就要往幼儿园里面冲。

刚才呵斥苏扬的保安一直在旁边死死盯着呢，他本来就怀疑苏扬动机不良，现在见此情形绝对有必要立即进行武力制服。

苏扬惊慌失措着，心里想的全是不好的事儿，而且越想越怕。就在此时，耳边突然响起一声关切的问询，将他从慌乱里拉了回来。

"请问，您是棒棒的家长吗？"一位微胖的年轻女士走向苏扬，声音温柔而有力量。

"啊，"苏扬蓦地反应了过来，连连点头，"我是，我是，我是！"

"您好，我是棒棒的班主任，我姓张。"女士伸出手，目光炯炯地凝视着苏扬，仿佛看到了珍稀动物。唇未动，声先出，音调突然抬高了八度，"好像还是头一次见您吧，真难得。"

这话就更有力量了，像关心，更像是责备，还有点儿像……讽刺。苏扬赶紧伸出手，尴尬地和张老师握了握："您好，您好，以前是有点儿忙，嗨，瞎忙。"

"班级微信群里好像也没您。"

"对对对，忘了，忘了，回头就加上，您放心！"前后不过两句话，苏扬倍感压力，赶紧转移话题，"张老师，我儿子呢？怎么还没出来？"

"跟我来吧，正好要找您谈谈棒棒的事儿。"张老师没直接回应，而是收起笑脸，兀自转身走了进去。

"哦！"苏扬赶紧跟上前，内心却没那么慌乱了，虽然知道老师找自己谈话应该没什么好事，但只要孩子没出意外就比什么都强。这人啊，往往心情好的时候素质也会自动提升，苏扬经过那黑面保安时竟主动对他笑了笑，接着点点头，十分热情地说："Hello, 你好啊，今天天气可真不错呢！"

3

幼儿园二楼的教室内，苏扬终于见到了儿子。身材瘦小的棒棒正孤零零地站在讲台边，眼皮耷拉着，神情无比落寞，不过手可没闲着，满满一盒粉笔都被他掰断了，扔了一地。

见到苏扬，棒棒几乎没什么反应，只怯怯地看了眼张老师，小声问："我能走了吗？"

"不可以！"张老师瞅着这满地的狼藉，眉头皱得更紧了，声音也严厉起来，"快把地上的粉笔捡起来！"

棒棒并没有响应，而是噘着嘴，开始用脚将粉笔一一踩碎，间或还狠狠踢上两脚，连目光都变得挑衅起来。

张老师的脸色越发难看，"我要爱学生，我要当个好老师，工作是工作,生活是生活,我才不生气呢"的心理建设瞬间崩盘,转身便开始对苏扬一股脑儿地抱怨:"很好,你都看到了,你们家棒棒现在是越来越不像话了,不听老师的话,也不遵守纪律,更过分的是,他总是随便侵占其他小朋友的物品,有时还有暴力倾向。这不,今天中午吃饭时不让其他小朋友好好吃饭,还故意把人家的饭盒扔到地上,生活老师怎么干预都没用,最后都被他气哭了。你说他这成什么了?害群之马!

"为了帮助棒棒,我们想了很多办法,也给予了足够的时间和耐心,可是起不到任何作用。可能你觉得这没什么,孩子之间打闹,能有多大的事?错了!孩子的事都牵扯着各自后面的家庭,现在其他家长对你儿子非常有意见,每天都有人到我这里控诉,说自己孩子因为被棒棒欺负,害怕来上学,毫不夸张地说,棒棒现在已经引起公愤。我们是要对他负责,可我们也要对其他孩子负责,不能因为他影响了别人的学习和成长,再这样下去,我们必须考虑劝棒棒退园!"

张老师一口气说了一大堆,越说越激动,说完紧盯着苏扬,显然是在等他的回应。

苏扬当然知道自己儿子很调皮,在幼儿园犯过错,他的妻子安心和他提过几次,但都轻描淡写的,因此他也没怎么放心上,现在被老师这么一说,才知道竟然已经到了覆水难收的地步。苏扬一下子觉得特别难堪,脸上火辣辣的,于是立即咬牙切齿地承诺:"张老师,您放心,我回去后一定好好管教他,下不为例,请再给我们一次机会。"

张老师宣泄完情绪后舒坦了不少,见苏扬如此响应,心中又升腾起爱和责任,觉得刚才自己有些过了,于是开始把话往回找补:"棒棒爸,可能在这件事上你还是想得太过简单了,棒棒现在的问题不是你简单管教甚至打骂就能够解决的,也绝对不只是所谓调皮不听话那么简单。你们应该在心理上,甚至生理上都更重视,不排除带他去医院进行相关诊断和治疗,千万别耽误了孩子的成长。"

苏扬没说话,他心中琢磨着老师这话到底是什么意思,怎么听上去那么刺耳呢?

"我们也知道孩子这样,你们当家长的肯定最心急。可光急也没用啊,得行动起来,通过合适的行动来改善,对不对?要说这孩子的教育啊,真不只是学校的事,也不只是妈妈的事,正所谓言传身教,身教其实比言传重要,父母得以身作则,用爱用心陪伴孩子成长……对了,棒棒爸,您是从事什么工作的?"

苏扬愣住了,嘴唇使劲儿嘟了嘟,脑海中瞬间想了很多答复,却最终选择了沉默。

"不方便说也没关系,我的意思是,在家庭教育里,爸爸对孩子,特别是对小男孩品质和个性的塑造,尤其重要,绝不能在孩子的成长中缺位,那样真的会对孩子造成很大的伤害。"张老师再次伸出手,不失礼貌地笑了笑,"这些话早就想对您说了,一直没机会,很高兴今天遇见您,希望今后我们一起努力,迅速改善棒棒的现状。不管如何,孩子都是无辜的,您说对吧?"

4

从学校出来后,苏扬窝了一肚子的气。他算是听明白了,老师显然认为棒棒变成今天这样,他这个当老子的负有不可推卸的责任。对此苏扬当然不接受,事实上他坚定地认为儿子之所以顽劣,都是安心给宠的。从小到大,儿子一直是安心在带,他连尿不湿都没换过一回,现在账怎么就算到他头上了呢？这个锅，他不背。

苏扬打算好好和安心掰扯掰扯，既然孩子以后归他管了，就要先把问题说清楚。对，这点很重要，之前谈判的时候给忘了，得赶紧补上。不过这些都得等安心回来再说，现在还有很多带娃流程要做。

回到家，苏扬立即摆开架势，开始给棒棒辅导作业。

棒棒大声抗拒："妈妈说放学后可以先玩一会儿的。"

"少废话，从今天开始，你爸爸我管你学习，以前的坏习惯不许再提！"苏扬在棒棒后脑勺轻轻拍了一下，"现在我要检查你十位数以内的加减法，应该去年就学了吧？"

棒棒对苏扬翻了一个大大的白眼，老不情愿地掏出数学习题本。

苏扬满心欢喜地开始了辅导，他想好好在儿子面前露一手，要知道当年他可是名副其实的学霸，高考总分六百多，作文和数学尤其好，教棒棒还不跟玩儿一样？结果还没一刻钟，苏扬就气得心脏病快犯了——我的老天爷啊！那么简单的题，棒棒竟然完全不会，"3加4等于5"，"8减7等于6"，这都哪儿跟哪儿啊！更夸张的是，棒棒甚至连十个阿拉伯数字都没认全，9和4总分不清楚，每次都写错，苏扬怎么教都没用，越教越错。

"你是猪吗？你这一天到晚在幼儿园干什么呢？你说你成天不好好学习光调皮捣蛋，你干脆别上了我还能省点儿钱。这9和4一点儿都不像，你怎么就能弄混淆了？你妈平时都怎么教你的？她还总说你聪明，这不胡扯吗？我简直要被你气死了！"苏扬耐心耗尽，恼羞成怒，急得对棒棒咆哮，巴掌恨不得将桌面拍碎，可仍然没用，棒棒不紧张还好，一紧张更不会了。最后苏扬喊他也喊，而且声音更大，瘦小的脑袋急剧颤抖着，感觉整个人就要抽搐过去。

看着儿子弱不禁风却竭力反抗的模样，苏扬又急又心疼，最后用力将笔和纸扔到一边,说:"算了,算了,你还是出去玩吧,我先做晚饭,等吃好了再学,学不会今天谁也别想睡觉。"

话音刚落,棒棒已经猴一样蹦了出去,将门摔得震天响,哪还有半分痛苦可言。

"慢点儿,注意安全!"苏扬看着儿子的背影,摇摇头,重重叹了口气,然后抓紧做饭。

5

说起来,上次他亲自下厨还是十多年前和安心刚谈恋爱那会儿的事了。当时为了讨安心欢心,表明自己是个值得托付的居家好男人,现照着菜谱学了几样菜,倒也做得有模有样。不过久不下厨,现在差不多都忘了,只能再次现学现卖,能填饱儿子的肚子就行。

结果菜刚做到一半,外面突然传来棒棒惊天动地的哭喊声,苏扬家在三楼,都听得真真切切,吓得他赶紧关火,小跑着出去一探究竟。

远远地,苏扬就看到棒棒坐在小区健身器材前的地上号啕大哭,身边围着一群中老年女性,正对着棒棒指指点点呢。一开始苏扬还以为棒棒调皮自己摔倒疼哭了,这些阿姨奶奶们正嘘寒问暖关心呢,走近了一听才发现她们正无比严厉地用恶毒的言语攻击棒棒。

"这谁家的小崽子啊?太没教养了,怎么能随便抢我们孩子的东西呢?而且怎么要都不还,简直就是个强盗!"

"我认识他,他可是个'惯犯',咱这个小区的孩子都被他抢过,他爸从来见不着,他妈什么都不管。"

"就是,还咬人呢,我孙女从两岁开始就一直被他欺负,现在都六岁了。"

"三岁看大，七岁看老，现在不管，大了准犯法，到时候警察管！"

………………

"怎么说话呢你们？"苏扬气不打一处来，跑上前拉起棒棒，"你们也不看看自己多大的人了，对一个孩子这样，至于吗？"

"你谁呀？是他爸吧？"

"是我，怎么了？"

"真新鲜，还怎么了？你儿子刚才突然疯了一样抢我孙女的滑板车，我孙女哭着追了一路都不给，最后他还给扔旁边水池里了，你说这不有病吗？"

"是啊，就你家孩子是宝贝？可以为所欲为地欺负人？不是一回两回了，我们早就不想忍了！讨厌！"

"孩子这么差劲，你们做父母的也好不到哪儿去。你瞪我干吗？想打人啊？！我告诉你，我六十六了，还真不怕你，你倒是打呀！"

………………

面对这群邻居的激愤讨伐，苏扬只得灰溜溜地拉着儿子逃离现场，心中则悲愤交加，暗自给安心又记上一过，就等她回来后一起算总账。

6

让人不得不佩服的是，苏扬都气成这样了，棒棒的心态却似乎并没有受到什么影响，一进家门手也顾不上洗就说饿坏了。苏扬本想再多做两个菜，现在也没心情了，就将已经做好的番茄炒鸡蛋和紫菜蛋花汤端上桌。

棒棒看了一眼，赶紧捂住鼻，大叫："我不吃，我最讨厌鸡蛋了。"

苏扬扬起手："讨厌也得吃，我可不会像你妈那样惯着你，快！"

棒棒慢吞吞地喝了口汤，立即剧烈地作呕起来。

苏扬完全没料到会这样，考虑到儿子刚才在外面受了屈，不宜再刺激他，于是强忍着火气问："好了，好了，快别演戏了，你就说你想吃啥吧？"

"肯德基！"棒棒立刻不恶心了，掰着小手指头开始数，"汉堡，薯条，吮指原味鸡，奥尔良鸡翅，还有大可乐，要冰的。"

"不行，你妈说了，那是垃圾食品。"

"我就喜欢吃，我都好久没吃了。"

苏扬想了想，说："行吧，我现在带你去吃肯德基，不过你千万别告诉你妈。"

"耶！太棒了。"这还是棒棒当天第一次对苏扬露出笑容呢。苏扬无奈地摇了摇头，拉着儿子到洗手间狠狠搓了搓手，然后带着他前往附近的家乐福超市，那里有家新开的肯德基。

饭点儿的肯德基永远有很多人，苏扬排了好长时间的队总算点好了套餐，结果棒棒一看又挑毛病了："我不吃香辣鸡腿堡，我要吃劲脆鸡腿堡，你去给我换。"

苏扬忍着火："你怎么不早说？"

棒棒振振有词："你又没问我。"

"肯德基没法换。"

"那你就重新买。"

"算了吧，人太多了，今天就先这样吃，下次再点你喜欢的。"

"不行，我今天就要吃劲脆鸡腿堡，必须的，你现在就去给我买。"

面对儿子命令式的跋扈口吻，联想起一下午受到的各种憋屈，苏扬突然血脉偾张，再也压不住内心的怒火，指着棒棒的鼻子，狠狠威胁："我再问你一遍，你到底吃不吃？"

"不吃，不吃！"

"回家，什么也别吃了。"苏扬腾地站起来，拉起儿子的胳膊，用力往外拽。

棒棒死死拽着桌角，见没用，又拼命往地上坐，还是没用，整个人几乎被苏扬给拎了起来。

突然，棒棒扯开嗓子大喊："救命啊！"

喧嚣的店里瞬间变得安静，所有人都向苏扬父子投来讶异的目光。

苏扬一下子蒙了，情不自禁松开手，先是讪笑，然后尴尬万分地解释："这是我儿子，我是他爸爸。"

"你不是我爸爸，我根本不认识你，"棒棒边哭边抹眼泪，"你是个骗子！"

此话一出，大家伙刚放松下来的精神再度紧张起来，几个年轻人下意识地挡住了出口——前阵子传出有人在商场明目张胆地抢小孩，现在甭管眼前这俩人到底是什么关系，宁可信其有，不可信其无，反正大家伙儿绝不可能坐视不理。

"让你胡说八道，回家看我怎么收拾你。"苏扬又急又囧，懒得再解释，继续用力拖拽着棒棒往外走。

"住手！"一个鬓须皆白的老大爷站了出来，威风凛凛，"小子，知道这儿什么地界吗？"

"肯德基啊！"苏扬一愣，"不对，家乐福！"

"这里是朝阳区！"大爷声若洪钟，"听说过朝阳群众吗？"

苏扬情不自禁地点头："当然知道！"

"那你现在应该知道该怎么做了吧?"大爷双目圆瞪,怒斥,"放开孩子!"

苏扬吓得应声松手,赶紧又拉住:"不是,大爷,他真是我儿子。"

"我不是,我不是,爷爷我好害怕!"棒棒眼泪都出来了,挣脱苏扬,紧紧抱住老大爷。

"孩子,你有什么话好好对爷爷说,有朝阳群众在,你什么都不要怕。"

"嗯,我不怕了,刚才我在超市和我妈走散了,他就说要给我买肯德基,把我带到这里来,现在又要带我走。"棒棒抽泣着,"我不想走,我还没吃到劲脆鸡腿堡呢。"

苏扬快要疯了,心想:这才多大的人?扯谎能扯得这么流畅?同一个屋檐下生活了好几年,怎么没发现儿子还有这天赋呢?都他妈教的吧?一时间,苏扬愣在原地,他意识到此情此景下根本无法证明自己是儿子的父亲,因此走也不是,不走也不是,拉着棒棒不是,不拉也不是,这局面,绝对是他平生头一回遇到,简直太荒谬了。

老大爷气得浑身颤抖,取出一只老式手机,贴在耳朵上,用整个大卖场都能听到的声音报警:"喂,110吗?我这里是四元桥家乐福啊。有人在拐卖小孩,人就在一楼的肯德基,你们快来吧……哎,好嘞,您放心,他跑不了。"

7

那天苏扬和棒棒从花家地派出所出来时,天已经完全黑了,雷雨不期而至,一道道闪电不时将天空点亮。苏扬将外衣脱下来罩在儿子头顶上,然后俩人一起往家奔跑。等到家时，安心正在客厅里焦急地等待着，见面后棒棒立即扑到了安心怀里，委屈地说："妈妈，我好冷，饿死了！"

安心来不及和苏扬交谈，赶紧将做好的饭菜端上，又将之前那碗紫菜蛋花汤里的虾米挑出来后热了一下，棒棒吃得香极了，汤一口都没剩。

"咦，儿子不是不吃鸡蛋吗？"苏扬立在一边，没话找话。

"儿子只是不吃虾米。"

"嚯，这小兔崽子，还骗我！"

"不光虾米，海鲜他都不吃的。"安心宠溺地看着儿子，眼光里闪烁着满满的疼爱，似乎从生下他到现在，还从来没有和他分开过这么久，真的好想好想他啊！

"你之前也没和我说啊！"

"我说得过来吗？"安心的口气似怨非怨，"这也不是说不说的事！"

"你什么意思？"苏扬急了，"你知道今天儿子身上发生了多少事吗？"

"那你又知道过去几年儿子身上发生过多少事吗？"

"我……"

"怎么了？才第一天，就受不了了吗？"安心嘴角似乎挂着一丝冷笑，"要是不想坚持了，就直说，可别让儿子跟着受苦。"

"谁受不了啦？我好着呢，儿子也没问题，"苏扬被人踩着尾巴一样跳了起来，"谁受苦也不带他受苦的。这下把他给能的，差点儿没让他老子坐牢。倒是你，谢安心，都9012年了，还非要去什么人才市场找工作，太原始了吧，是不是压根就没找着地儿呀？现在肯定特别有挫败感吧？我看想放弃的人应该是你才对！"

"今天确实很累，不过情况倒没你说的那么糟。"安心也不恼火，慢条斯理地说着,"我会找到工作的。"

"行啊,嘴硬是吧,那就继续呗?"苏扬佯装镇定,"我也一定会把这个家当好的。"

"嗯,是要继续的!"安心的语速虽慢,语气却毋庸置疑,那是女性独有的坚韧。

这天是苏扬和安心夫妻二人正式"交换身份"的第一天,离他们约定的有效期还有整整一年。

第一章 主妇绝望

1

故事其实该从20年前讲起。

1998年,安心离开生活了16年的小镇,来到县城读高中。在学校的电教中心,她第一次接触到了电脑。安心至今还记得彼时那兴奋且紧张的心情,她按要求穿上深蓝色的防尘鞋套,宛若走进了电影里充满高科技的神秘实验室,最终坐在角落里的一台486电脑前,小心翼翼地操作起来。结果上机还没10分钟,那台超龄服役的电脑突然蓝屏,然后除了刺耳的蜂鸣声,怎么按都没有反应。

安心吓坏了,赶紧叫网管,网管毛手毛脚乱拔重启了一气,电脑干脆连蓝屏都没了。网管也吓坏了,斥责安心:"这位同学,你到底对它瞎弄什么了?"

安心一个劲儿地澄清:"我操作的都是你刚才教我的,其他什么都没动。"

网管更生气了:"不可能,我教的都是安全的,这里的电脑一台好几万呢,坏了你可得赔。"

安心宛若被判了死刑,当场流下了复杂的眼泪——悔恨有之,痛苦有之,委屈有之,害怕有之……简直是她16年来的至暗时刻。

后来,安心不愿接受别人对自己的"判决",她想尽办法从市里请来了一位计算机专家,专家检测后说电脑压根没坏,只是这台电脑的硬件太旧太落后,无法满足最新版操作系统win98的要求,双方不兼容,于是就崩溃了。

网管长吁了口气,对安心说:"这位同学,你运气不错哈,一下省了好几万。"

安心也长吁了口气,露出了久违的笑容,现在不光省了钱,还证明了自己并没有瞎弄。对少女安心而言,清白比钱更重要。

高中三年,安心再没摸过一次电脑。

再后来,安心告别了母亲和两个妹妹,考到了离家两千多公里的北京,读完本科读研究生,一路顺风顺水。在很多父老乡亲的眼中,毫无疑问她是幸福的,也是成功的——在这个充满魔幻色彩的庞大城市里有房有车,丈夫年轻有为,儿子健康聪明,自己还成了全职太太不用上班,每天就操持家务,相夫教子,日子井井有条,生活津津有味。

对很多女性而言,这不就是她们最想要的人生吗!

20年来安心自然成熟了很多,也改变了很多。唯一不变的是,她一直都不怎么喜欢电脑,16岁那年留下的阴影太深了,以致她总觉得只要自己稍微乱按,那东西,就会崩溃。

然而,就在自己36岁这年,安心突然发现,不但电脑会突然崩溃,人也会，而且原因也差不多，都是"软件"和"硬件"不兼容——现在人的物质生活越来越丰富，可内心却没能够及时升级，导致灵魂跟不上脚步，二者产生了冲突，慢慢就失控了，尽管外表看上去风平浪静，精神却早已千疮百孔，不堪一击——这些可都不是道听途说，而是安心的亲身体验。别人眼中人生赢家的她其实活得很累，且越来越累，最可怕的是，面对这种沉重，她根本就没做好准备，从心理到生理都没有，仿佛一夜之间，整个人就来到了崩溃边缘。

2

无数次深夜里失眠，安心流着眼泪自我叩问：我的生活究竟是从什么时候开始变质的？

生孩子的那天？不，肯定还要早一些。怀孕？结婚？还是辞去工作成为全职太太？

或许这些都不是正确答案，又或许都是，安心不知道。安心只确定造成如今这种局面的很大一部分原因都和丈夫苏扬息息相关。

从某个角度而言，苏扬绝对是个值得肯定甚至推崇的老公，他勤奋、上进、有事业心，正是在他不懈的拼搏下，他们才得以从毕业了一无所有奋斗到今天这样的局面，这些都是事实。然而这么多年来苏扬对家疏于关心，对自己和孩子缺乏陪伴，这也是事实。

婚姻这条路上，他们都是新人，都没有经验。安心当然明白苏扬很累，因为养家太不容易，特别是在北京这样的地方，一穷二白的他们除了靠自身努力，别无他法。可她这个当妻子的也很累，甚至更累，特别是有了孩子后，属于自己的完整时间就变得少之又少，一切都要围着孩子转，而抚养一个孩子所要投入的精力远远超出了她的预料，当然，更远远超出了苏扬的想象。区别在于：她很快便对此深深明了并全心投入，没一点儿保留，而苏扬却始终不明不白，甚至误解重重。那么问题来了，安心觉得自己每天已经很辛苦了，可苏扬却一直觉得她轻松得很，至少比他在外面打拼赚钱要轻松。所以他下班回家后是需要安心照顾的，他可以看会儿书放松休息，可安心却还要继续带娃做家务，因为这都是她的"本职工作"。而所有的这些理所当然都成了安心的无法承受之重，矛盾也在双方的不理解中日趋加深。

相比身体劳累，让安心更受不了的是苏扬的"精神家暴"。这个概念是安心的原创，她觉得很形象——因为对安心的"工作量"存在严重的认知差，苏扬对安心的很多行为都看不惯，最大的意见是：就算你现在全职在家，也不能够放弃继续上进，有时间别总玩手机、上淘宝、看韩剧，得对自己有点儿要求，可以看书学习提升自我，千万别自甘堕落，否则很容易被时代淘汰。

这话说得是多么冠冕堂皇且政治正确啊！可安心每次听到了都会气得半死，而且特委屈。安心想：我怎么就不上进了？我怎么就没自我提升了？就因为我玩手机？可我那是玩吗？我累了一天好不容易躺到床上，用手机看会儿韩剧放松放松，怎么就上升到自甘堕落了？还有，我为什么总上淘宝？不也是为了家里买东西吗？我现在根本就没有机会出去逛街购物好不好？家里这么多人吃喝拉撒，衣食住行都需要有人管，我不上淘宝，全家人喝西北风啊？还说我被时代淘汰，我看想淘汰我的人是你吧？！

暴力，绝对的精神家暴！

好几次，安心在苏扬埋怨后都想厉声反驳，可都忍了下来，因为她知道反驳了也没用，最好的抗争不是委屈哭诉，而是通过实际行动来证明自己——你不是说我总上淘宝浪费生命吗？你不是要求我上进吗？行，那我要让你知道我不上班也能挣钱，也能为这个家做贡献，我要用实际行动让你闭嘴。

外表柔弱的安心一直都是要强的人，更是愿意去改变现实的人。就像16岁那年，谁都认为是她把电脑弄坏了，她就一定要证明自己是清白的。现在，她最爱的人对她产生了更大的误解，她就更要证明自己没有错。

安心思来想去，决定开一家网店卖童装，这样既可以在家里办公，还可以让儿子做模特，儿子的衣服也顺手解决了。安心说干就干：注册账号、店面装修、寻找货源、商品上新、拍照修图、发货售后……她这才意识到网店看上去简单，实操起来却无比烦琐，而且她白天根本没时间折腾这些，只能等到夜里孩子睡实了才能做自己的事。只是她做了一天的家务，已经很累了，哪吃得消总熬夜干活？安心经常做着做着就睡着了，还有好几次弄到天亮都没完成计划的工作量，再过会儿又要给儿子和老公做早饭了，她心中越急手中就越乱，一乱就出差错，经常做无用功。那段时间安心觉得自己完全变了一个人，无论身体还是精神都降至最低谷，新闻里总传来什么网店店主过劳死，安心一点儿都不稀奇，网店店主们的健康实在透支得太厉害了，她经常觉得下一个猝死的人就会是自己。

然而更让安心感到痛苦的是：即便她付出了这么多，可依然做不好，因为已经错过了开网店的最佳时期，流量大幅度减少，各项成本和费用急剧增加。琳琅满目的推广和促销手段如直通车、关键词搜索、竞价排名、满减等都要价不低，你不做这些动作压根卖不了货，可你做了又没什么利润,纯粹给平台打工了——问题是,你都把店开起来了,已经投入那么多了,你怎么可能不做?就这样,安心整整折腾了两年才做到一个皇冠,可最后一算账,除了一大堆库存,基本上没挣钱,等于白忙活。

苏扬本就不支持,主要心疼安心的身体,加上也实在看不上开网店这种事,赶紧就此强迫安心将店关了,将库存清理了,顺带着又"冷嘲热讽"了一顿。安心真舍不得啊,她实在付出了太多,而且两年下来还和不少同为妈妈的网友成了很好的朋友,从她们身上获取了很多安慰和鼓励,可现在她不得不和所有这些告别,她觉得自己真是太失败了,有苦难言,气急攻心。一天夜里她腹部突然一阵剧痛,面色惨白,豆大的汗珠从脸上滚落,苏扬吓坏了,赶紧叫来救护车,拉到医院急诊。肾结石,因为长期久坐不喝水,尿道已经感染发炎了,趴在碎石机上震了整整一宿,没用,第二天全身麻醉送进了手术室,从输尿管里取出了十几颗奇形怪状的褐色小石子,吓死个人。

安心说,当麻药打进身体后,她突然感受到了前所未有的轻松,就好像做了一场梦,梦里她又回到了16岁,少女的她怀着激动且紧张的心情,穿好了深蓝色的鞋套,走进了那间电教室,一切都是那么美好,直到电脑突然崩溃,所有人都在责骂她,冤枉她。她拼命解释,高声疾呼,却怎么也发不出声音。别人的辱骂变成了手术刀,刺向她裸露的身体,此时此刻她全身上下只有一样事物还是清白且自由的,那就是她的眼泪。

出院后,安心的生活又恢复到原来的模样,似乎什么都没改变,看上去依然平静又幸福。但安心很清楚自己的生活已经出现了巨大的问题,就像黑洞,吞噬了她所有的欢愉,甚至欲望,她想改善,却不知道该从哪里入手,想逃离,又不知道能够逃往哪里。

本来孩子和丈夫的爱是她对抗抑郁最强有力的武器,可她怎么也没想到,就在她最为煎熬的时候,苏扬竟然在背后给了她致命一刀——他,出轨了。

3

关于苏扬出轨这件事,安心并没有发现什么证据,而是来自她的直觉。

从某种意义上而言,女人的直觉比实锤来得更直接、更准确。

约莫大半个月前,安心突然感受到苏扬身上发生了不小的变化,虽然他竭力掩藏,但很多细节还是暴露出了他的异样和慌张。

最明显的是他拒绝再和自己亲热,不光完全没有了夫妻生活,甚至连简单的拥抱都没了,这可是俩人自相恋后十几年来都未曾有过的。而安心自打产生怀疑后故意主动过好几次,每次都被苏扬以没心情为由拒绝了,甚至到后来,苏扬连同床共枕都不愿意,总是抱着被子睡沙发,这就很能说明问题。

其次,苏扬的精神状态变得越来越差,总是一副虚脱的样子,下班回到家后有气无力的,话也没两句就躲进房内。可他明明那么累了还不赶紧好好休息,而是又坐到电脑前,不看视频也不打游戏,感觉好像在聊天。

此外,苏扬还变得敏感谨慎起来,好几次周末在家时电话突然响起,他赶紧出去到走廊里接,声音压得低低的,明显提防着安心,这也是以前从未有过的。安心关心地问谁打的电话,苏扬要么很拙劣地把话题转移了,要么就直接说没什么,都是些工作上的破事儿,浮夸的表情一看就在撒谎。

安心当然想过偷看一下丈夫的手机,里面肯定充满了不可言说的秘密,她也的确这么干了,可什么都没发现,因为苏扬已经把手机的锁屏密码给换了,显然早就做好了周全准备。其实到这个时候,看不看都没什么区别,情况已经很明显了,所有这些迹象综合起来,都导向了一件事,那就是,她的老公,她此生唯一深爱过的男人,苏扬,真的出轨了。

安心不知道如果这事出现在其他女人身上将会如何,她只知道自己绝对无法做到像什么事儿都没发生过一样。反正压垮骆驼的最后一根稻草已经出现,她也没什么好害怕失去的,她只想在自己的人生彻底崩溃前做点儿什么,比如,捉奸。对,她要亲手击穿婚姻的假象,这也是她对生活最后的反抗。

而在这件事上,女人甭管什么学历,什么修养,审美如何,有多聪明多理性,最终往往依靠的还是本能——安心为此一边悄悄谋划着,一边装作若无其事的样子,足足等了一个多星期,终于等来了最好的机会。

4

行动定在某天上午,苏扬前脚刚开车离开小区去上班,安心后脚便上了一辆在门口等候多时的保时捷卡宴。

"快,跟上去。"安心戴着墨镜,冷静地指挥着,仿佛在说一件和自己并不相干的事儿,"小心点,别被发现了。"

安然看了看自己的亲姐,无奈地叹了口气,然后松手刹,挂挡,踩油门,卡宴发出阵阵低吼,瞬间蹿了出去。

要想在早高峰的北京跟踪一辆车说难也不难,因为车太多,所以大家都很慢,一旦被盯上了,就很难靠速度甩开。可同样因为车太多,你想始终紧跟在目标车后而不被加塞也不大现实，只能见机行事，因地制宜。还好，安然在跟踪这件事上颇有天赋，从东北四环外的望京一直开到西三环内的玉渊潭，二十几公里的路愣没把苏扬跟丢了，而且始终保持着几辆车的距离，不至于让苏扬发现。

苏扬的车最终缓缓开进了一家知名的五星级酒店停车场，车停好后人也下车了却一直没进酒店，而是站在车前，不时看手机，似乎在等着什么人。

"怎么来这儿了？！"卡宴内，安然喃喃着，熟门熟路地将车停在另一侧的边角处，那里不但位置隐蔽，而且隔着几排车正好可以清楚地看到苏扬的一举一动。

"现在怎么办？"安然问。

"等着！"安心的声音依然很冷静，只是颤抖的嘴角暴露了她慌乱的内心。

"不是，姐，你真的要这么做吗？"安然犹豫了下，还是将心中的想法和盘托出，"我觉得姐夫根本不是那种人。"

安心冷笑："都到酒店了，还不是那种人？"

"说不定是来办事的呢？"

"废话，来酒店当然是办事了。"安心说到这里心头一揪，眼泪顿时涌了出来。

"哎呀，酒店里可以做很多事的，我们公司就经常来这里开会，他们的常务副总还是我好朋友呢。"安然赶紧将纸巾递过去，"好了，姐，你先别伤心了，这不姐夫还没进去吗？可能就是先停在这里歇会儿也说不定。"

安然话音刚落，就见一个穿着职业装，身材窈窕的女生从酒店里走了出来，径直走到苏扬面前，俩人简单交流了片刻后，苏扬便跟着女生走了进去。

安然气得骂了句英文脏话，然后对安心说："放心，姐夫要真做什么对不起你的事，我一定不会放过他。"

安心没说话，而是从包里取出防狼喷雾剂，然后准备下车。

"你怎么还拿这个？"安然一把拉住她，"你别乱来，违法的事咱可不能干！"

安心甩开安然，狠狠说："等会儿你就知道了。"

"姐，你冷静点，等会儿我们就拍照取证，剩下的事都交给律师处理。"安然赶紧也下车，追上安心，"如果你先伤害到对方，后面真打起官司来就不好说了。"

"我没法冷静！"安心再次推开安然，"冷静我就不来了。你要是怕的话就在这里等我，不，你还是先回去吧，我一人做事一人当。"说完，安心加快步伐走了进去，彼时她的心里已经想得很清楚，等会儿在捉奸现场，她会不顾一切先把奸夫淫妇痛揍一顿，然后立即回家带儿子离开，从此远走高飞，再也不让苏扬和儿子相见，这是她能够想到的对苏扬最狠的报复。现在她需要一个将来能够把这件事从头到尾说明白的见证人，在这个城市她曾经有很多朋友，包括她的老师、同学，还有前同事，可这几年全职太太的生活将她困在家里，围着老公孩子转，几乎和外界断了联系，所以在此关键时刻，能够让她信任且值得托付的，就只剩下她的亲妹妹安然了。

看着姐姐决然离去的身影，安然跺了跺脚，紧紧跟上前去。

等两人走进大堂，早已不见苏扬和那女人的身影，安心急了，却不知道该怎么办，急得眼泪都出来了。

安然拢了拢头发,走到电梯前,问站在那里的礼宾:"我是刚上楼的先生和小姐的朋友,请问他们去哪个房间了?"

礼宾不失礼貌地拒绝:"对不起,我们不能透露客人的信息。"

安心刚想上前理论,被安然拉住了。安然追问:"那你看到他们上楼了吧?"

礼宾愣了下,点点头:"是的。"

"知道了,谢谢。"安然说完拿出手机,拨打了一个号码,接通后寒暄了两句,将手机递给礼宾:"你们江总找你。"

礼宾接听了会儿电话,将手机还给安然,然后指着身后另一侧的电梯,客气地说:"请跟我来,我带你们上去。"

一分钟后,安然和安心乘专用电梯,来到了位于最高层的总统套房外。

安然感叹:"姐夫现在行啊,偷个情都开总统套了,这成本可够高的。"

安心脸色铁青,又生气又心疼,铆足了劲儿就准备上前敲门,再次被安然给拉住了。

"姐,你不想现场捉奸吗?要不再等会儿,这人刚进去,鞋子估计都还没来得及脱呢。"

安心白了她一眼,还真就停住了。

"不是你说要和他们拼个鱼死网破的吗?"安然将手机调成视频模式,"来,抓贼先抓赃,否则白忙活一场。等会儿你冲进去找人,我负责录像。"

安心重重点头:"行,你可千万要录上。"

就这样,两姐妹磨刀霍霍,干挺了好几分钟,最后安心实在忍不住了,说:"不行,我受不了了。"

"敲门吧,估摸着也差不多该上床了。"安然点击屏幕开始拍摄,安心则"哐哐哐"地砸门,边砸边喊:"快开门,苏扬,我知道你在里面!"

安心砸得自己手生疼,她已经做好了打持久战的准备,然而让她始料未及的是,门竟然很快就应声而开,开门的人正是刚才在楼下见到的那个女生。更让她匪夷所思的是,女孩衣服一件都没少,头发也没乱,看上去没有任何异样。

"你好,请问你们这是……?"女生疑惑地看着姐妹俩。

还没等安心回答,里面的房间突然传来一个男声,虽然不大,却透露出无比的威严。

"谁啊?吵吵闹闹的!"

安然听了心一凛,脸色突变,不由自主往后退了两步。

"宋总,刚才有人敲门,应该是找错地方了。"女生赶紧回应,同时准备关门。

安心当然不会让她得逞,直接用力推开女生挤了进去——她已经反应过来了,这女人只是个看风放哨的,感情真主儿还在里面呢。可怎么会是个男的?她心生疑虑,可事态严峻,由不得她想太多,赶紧看到现场比什么都重要。

安心和安然刚走进客厅,就看到从里屋一前一后走出两位男士。前面那位三十岁左右,长着一张没有被世界欺负过的脸,身材高挑且健硕,面部线条硬朗,头发则梳得油光锃亮,穿着做工考究的复古款西装,下巴上蓄着精致的短须,双手戴着好几个造型别致的金属戒指,整个人看上去很是另类雅痞,眉宇间更是充满了睥睨一切的傲气。后面的自然是苏扬,他拎着包，佝偻着腰，整个人仿佛比平时缩水了一圈，看上去精神萎靡，尤其和身前那位高大时尚的男士相比，更显憔悴。

五个人，十只眼，电光石火间彼此交会，每个人脸上都露出了惊愕的表情，特别是那个雅痞男，桀骜的眼神在接触到安然的一瞬变得柔软起来。

雅痞男："安然！"

苏扬："安心！"

安然："宋歌！"

安心："你们……认识？"

宋歌："你怎么来了？"

安然："我为什么不能来？"

苏扬："安心，你们这是干吗呢？"

安心反问："你在干吗呢？"

苏扬愣了好一会儿，支支吾吾回应："我……我……面试呢！"

5

回去的车上，安心一直木然地看着前方，心事重重的样子，只是突然又抿着嘴，轻轻笑了起来。

"你还笑，我都说了姐夫不是那种人。"安然则开始数落她姐，"这下好了，捉奸不成，还害得我一起丢人现眼！"

安心不回应，仍然沉浸在自己的思维中，兀自木木地说着："他早失业了，为什么不告诉我？"

"这有什么不明白的？当然是怕你担心呗！当然了，他自己也是要面子的,姐夫这些年很不容易,所有人都觉得他混得越来越好,现在突然失业了肯定接受不了,更不想让别人知道。"

"可是他才跳槽到新公司没多久,怎么好好的就失业了呢?"

"这没什么好不明白的,现在整个互联网的大环境都不好,形势比人强,很多大公司都在裁员,失业实在太正常了。"

"你姐夫是他们公司的骨干,还是中层管理者。他还告诉我他们甄总对他很器重,会考虑将他外派到美国参与分公司的建设和管理。"

"这就对了,中层本就是一家大公司里最容易被裁的那拨人好不好?工作没那么重要,年龄却都已经老大不小,往往还都是些老油条,出工不出力,最最关键的是他们的待遇还很高,这遇到困难了,不裁他们裁谁?"安然滔滔不绝后突然顿住,"姐,你瞪我干吗?"

"你瞅你,一副资本家嘴脸。"安心不乐意了,"怎么能这么说呢?"

"哎呀,我又不是说姐夫,你别那么敏感,我只是就事论事。实话告诉你吧,我们公司也在计划裁员呢,比例还不小,差不多有20%的人得出局,大多数都是所谓的中层。"

"安然,那你没事吧?"安心紧张起来。

"我又不是中层,我是核心高管好不好?"安然情不自禁提高了语调,旋即又低了下去,"不过虽说现在还轮不到我有事,将来会怎样谁也说不准。人在职场飘,哪能不挨刀?发生什么都很正常。"

"嗯,你没事就好,否则妈和安逸……"

"姐,我知道你想说什么,你放心,妈将来养老该我承担的那部分我肯定不会掉链子。"安然打断安心,"至于谢安逸,她有手有脚,能说会道,我可不需要对她负什么责。"

"安然，你别这样想，安逸是我们的亲妹妹，她还小，我们当姐姐的，理应多照顾她。"

"是是是，她还小，她永远都长不大好了吧。"安然冷笑起来，"从小到大，你们就会这么说，真是好奇怪，她现在都24了，怎么被你们说得好像还是个婴儿呢？也对，谢安逸就是个巨婴！"

安心无奈地轻轻摇头，她们家是单亲家庭，爸爸出了意外走得太早，妈妈含辛茹苦将她们三姐妹拉扯大，她1983年出生，安然1990年，安逸1995年，按理说三人的年龄也不挨着，理当相安无事才对，可安然和安逸打小就不对付。安逸仗着自己是老小，什么都想要，要不到就抢。安心大她很多，自然会让着，可安然个性太强，不愿意谦让，因此两个妹妹总打，而几乎每次吵架后安然都会被妈妈痛骂，因为在传统观念里，大的就得让着小的，有理也不行。所以安然在一路成长中没少受委屈，安逸则越来越任性，最后甚至变得跋扈起来。安心作为大姐也没办法，只得私下里偷偷安慰安然，所以她俩的感情要更好一些。后来安然跟随大姐的脚步也考到了北京，安逸则在高中毕业后哭着喊着一定要出国留学，为此差不多把妈妈的养老钱全搭进去了，还问安心借了不少，安然对此特别有意见，总怨大姐太糊涂。不过随着安然和安逸的彻底分开，这个家倒是太平了不少，现在安心看到安然发展得这么好，更是感到无比欣慰。

安然看安心不说话了，偷偷打量过去，结果看到她正凝视着自己，生怕她又提什么让自己心烦的事，赶紧转移话题："姐，我看姐夫这样，应该失业已经有一阵子了。他肯定白天一直都在外面找工作，今天显然是来见大BOSS的，也就是说已经到最后一面了，结果被你给搅黄了。"

"你说那个猫王是老板？"

"猫王？"安然反应了过来，"别说，还真挺像。"

"你们认识是吧,我看你刚才叫他……宋歌?"

安然心里一阵慌乱,不过她很快就掩饰住了,装作若无其事地回答:"他是歌颂者影业的CEO。"

"歌颂者?这名字……"安心顾不上多想,"原来你们是同行,那你们熟吗?"

"不熟,不熟,一点儿来往都没有!"安然忙不迭地否认,"我们都好些年没见了,现在就跟陌生人没什么区别。"

"哦!"安心似乎并没在意安然的反应,感慨着:"你说他为什么不在公司里给你姐夫面试,非得在酒店呢?真的好奇怪啊!"

"他这人就这德性!从不按常理出牌,什么稀奇古怪的事放在他身上都见怪不怪了。"安然冷笑了起来,"他应该平时就常住那儿,现在还早,估计刚起床。当老板其实就是最后把把关,说一些虚头巴脑的,在酒店里见面也很正常。"

安心不由自主吸了口气:"把五星级酒店总统套房当家住,那得多贵啊,有这钱还不如早点儿买个房呢。"

"要不说他不是正常人呢,这些年他住酒店的钱买十套房估计都够了。可人家偏不买,觉得房子是负担,现在多好啊,不但住得舒服,而且省心,住烦了换一家立马又新鲜了。"

安心摇头:"没法理解。"

"这就不是你理解不理解的事儿,而是人的不同选择。"安然振振有词,"就像你明明毕业于985院校,曾经是我们家最受关注、最被寄托众望的那个人,但是你那么早就结婚,结婚了就全职,全职了就生孩子,别人也不理解,可这就是你的选择。"

"你这么了解他?"安心突然斜眼瞅着安然,"还帮着他说话,还说不熟？"

"姐，这是两码事，我只是在陈述一个基本事实，和跟他熟不熟没关系。"安然竟然有点儿急了，"再说了，干我们这行的圈子就那么点儿大，他又那么招摇，想不知道他那点儿破事都难。"

"好了，好了，姐不为难你了。你刚才说你姐夫的面试被我给搅黄了，什么意思？"

"就字面意思呗，没戏了，姐夫得重新开始找咯。真可惜——不，也没啥可惜的，那个人的公司不去也罢。"

"可是你不是说这已经是最后一面了吗？那就证明他们对你姐夫还是认可的，你姐夫又没犯什么错误，为什么会没戏呢？"

"姐夫怎么就没犯错误？他没管理好你，让你做出了冒失的事，就是他的错，需要他买单的。"安然用一种莫名其妙的眼神看着安心，"职场里，老板最忌讳的就是下属失控。这年头，少了谁都一样，少赚点儿钱也没问题，但千万不要有麻烦，更不能节外生枝，你刚才这一闹，全占了。别说现在遇到的是宋歌了，就是一个正常人，也不可能觉得无所谓的。"

"要不要我去找他，解释一下，再求求情？"

"千万别，姐啊，你真是在家待太久啦，脑袋都锈住了！"安然叫了起来，"你以为职场是过家家哪！你现在再去找他只会让他觉得事态越来越失控，万一再传出去，姐夫将来彻底没法混了。"

"那……你去找他说说，你不是认识他吗？不熟也没关系，应该会有点用。"

"我更不可能了，你想都不要想！"

"为什么？"

"没有为什么。"安然声音都变调了，"这么说吧，你让我来和你抓奸这么丢脸的事我都干得出来,但让我主动找那个人,绝对没可能。"

"好了,好了,我知道了,"安心突然笑了,"你叫那么大声干吗,又没有强迫你,说说而已,瞧把你吓的。"

"你笑什么?有什么好笑的?不许笑!"

安心眼中再次泛出关爱的光芒,伸手轻轻抚了抚安然额前的碎发,柔声说着:"然然,不管以前发生过什么,我和妈还有小妹都希望你能够幸福。你现在这么优秀,如果再早点儿有自己的小家,人生就更完美,我们也就都放心了。"

"姐,不是每个女人都必须谈恋爱,一定要结婚的。"安然将头偏了偏,深吸了口气,让自己的语气变得足够平静,"我现在真的没有一点儿想恋爱的念头,一点儿都不觉得生活缺少男人和家庭。一个人挺好的,什么都不影响,真的。"

"话不能这么说……"安心刚开口就被安然打断了。

"话当然能这么说,反而是你们千万别用所谓的关心和爱来绑架我,我不吃这一套。再说了,我现在这么忙,公司好几个项目都在等着我去推进,根本就没时间谈恋爱好不好!"安然将车停住,看着安心,半是撒娇半是威胁地说,"姐,各人有各自的命,你现在还是赶紧把和姐夫的事处理好,我的事就不劳您操心了。关键是,操心了也没用,我心里有数。"

"可是……"

"没有可是,好了,你到家啦,赶紧下去吧。我得立即回公司,现在我有个超级大作家的项目要拿,人家还不搭理我呢,我得再好好准备准备。拜拜了,我的好姐姐。"

安心刚下车,安然便猛踩油门,"落荒而逃"。

安心站在路边,看着卡宴离开的方向,又是一阵摇头,然后收了收心。接下去还有更棘手的事等着她去处理,事态究竟会发展到什么局面,她一点儿底都没有。

6

安心到家后等了许久都没见苏扬回来,给他打电话也不接,发信息也不回,人就像消失了一样。

那一天,安心过得心神不宁。以前怀疑老公出轨,搞得自己神经衰弱,现在明明知道了真相,还是会胡思乱想。最关键的是,她还没想好用什么样的姿态来面对老公,以及他失业了这件事。

下午四点,安心从幼儿园接回儿子,这才觉得踏实了些。接下来是全心陪伴棒棒,不知不觉就到了八点,往常这个时候苏扬就该回来了。

果然,就在安心迟疑着要不要再给苏扬打电话时,门开了,苏扬拎着包走了进来,无论表情还是动作,都和过去一样,仿佛什么都没发生。

安心立即迎了上去,关切地问:"你去哪儿了?"

苏扬面无表情地回:"就在街上走了走。"

"那怎么现在才回来?"

"没什么,习惯了。"苏扬将包递给安心,然后洗手、上桌吃饭。吃完饭,安心洗碗,苏扬进了主卧,整个过程也都和从前一样。

可是没有变化才更可怕,毕竟发生了这么大的事。安心一直等着苏扬主动和自己说些什么,可是怎么也等不到,一直到她把儿子哄睡着了,苏扬还没出来。安心实在忍不住了,觉得这样彼此逃避也不是办法,于是推开门。

苏扬和衣一动不动地趴在床上，不过一看就知道没睡着，身体特别僵硬，似乎也一直在等安心主动来找他。

"你为什么不告诉我？"这是当晚两人正式谈话的开场白。

"我为什么要告诉你？"这是苏扬的回答，干脆执拗，很有他的个人风格。

安心无奈地笑了笑："不是说好了吗？家里有什么大事，我们俩商量着来，要一起面对的。"

"有用吗？"苏扬坐了起来，看着安心，自问自答，"没用的，只会让多一个人痛苦，不是吗？"

"我不觉得没用，我也不觉得一个人痛苦就比两个人都痛苦好在哪里。"

轮到苏扬发笑了："哦？那我倒要听你说说现在该怎么办？两个月前，咱为了儿子明年能上个好点儿的小学，将现在这套房卖了，在海淀买了套老破小的学区房，多了三百多万贷款，每个月要还两万八。现在我不上班了，没有收入，这房贷怎么还？还有，我们现在住的这房子理论上讲已经是别人的了，是我死乞白赖求对方让我们再多住一阵子，好争取出时间装修海淀那套房。现在好不容易装修好了，花了几十万，我们家已经一分钱积蓄都没有了，你说接下去日子又该怎么办？棒棒的篮球培训班下个月就到期了，已经学了两年多，进步也挺明显，你说能不续费继续学吗？游泳也是，还有书法、架子鼓，哪一样不要钱？你说说，这些都该怎么办？"

安心不说话了，她不知道该说什么。在她心中，想的全是情，而苏扬看到的，全是钱。

都说一分钱难倒英雄汉，在北京，这没钱的日子，真不是人过的。

苏扬显然憋坏了，继续大倒苦水："你也知道我好面子，前些日子我高中时关系最好的老同学带老婆孩子来北京，打电话问我有没有空，我想也没想就说在外地出差，他说没关系，他们要在北京玩儿一星期呢，等我回来聚，我说真不巧，我得出差一个多月。我为什么要骗他？因为我不想让他发现我原来混成了现在这个样子，我想继续成为他们的骄傲，所以我只能说谎，只能逃避，否则我还能怎么办？还有，今年春节回家，我妈悄悄跟我说，他们在老家待了一辈子，到现在都没有一个正经的房子，乡里乡亲的不少人都在看他们笑话呢，我家现在什么样你也看到了，那房子是三十年前公家盖的，下雨天里面的雨比外面还大，冬天在屋里都得穿棉袄，那是人住的吗？你说我一个当儿子的看自己爹妈住那里，是什么感受？我在北京混了这么多年，我连给父母在老家换个好点儿房子的本事都没有，你说我多憋屈？你倒是告诉我现在应该怎么办？"

安心看见苏扬眼里泛出了泪花，无论何时何地，父母和故乡都是他内心最柔软的地方。

安心上前，试图抱抱苏扬，苏扬挣开了，摇着头看着她说："失业的这些天，我每时每刻都被这些煎熬着，我真不知道还能有什么办法。我唯一能做的就是不让你知道，不让你担心，然后赶紧找到一份工作，将这些坑给填上。只要我找到一个条件和前面差不多的工作，刚才说的所有问题都会慢慢解决。所有危机，都能顺利渡过。可是到了我这个年龄，快四十了，想要再找到一份足够体面且高收入的工作真的太难了，我尝试了各种办法，真的尽力了，一次次地被拒绝，一次次地被打击，我快崩溃了。就在我绝望的时候，我找到了你看到的这家公司，无论职位还是薪酬，都比我想得到的还要好。我面试了整整五轮，打败了至少一百个对手，好不容易见到他们老板，本来今天就是走个过场的，况且我们聊得还挺好，怎么也没想到，你突然……跟神经病一样出现了。统统泡汤了，还捉奸？真是荒谬！"

"对不起，我不是故意的。"虽然安心也觉得这声道歉很违和，但她还是说了出来，此时此刻，她的确挺愧疚的，"老公，你要不要再争取一下呢？毕竟你是无辜的。"

"我争取了，我求他们再给我一个机会，哪怕降级降薪都可以，我现在真的很需要这份工作，我需要赚钱养家的。"苏扬眼神黯淡了下去，"可是没用的，下午人力总监电话回复我，说他们宋总特别生气，觉得我侮辱了他，根本不愿再见我，更别说录用我了。"

苏扬说完重重往后躺倒在床上，用一种绝望的口吻说着："说什么都没用了，这日子，真过不下去了。"

安心急了："你别这样说，就算他们不用你，你还可以再找，只要条件放低一点，以你的资历和经验，一定没问题的。"

"放低一点？你可真搞笑。"苏扬一听更来气了，"多低算低啊？我已经够务实的了，可总不能让我和那些刚毕业的毛头小伙的条件一样吧，总不能让我再干最基层的工作吧。"

"其实，也不是不可以。此一时，彼一时，现在对我们来说，找份工作最重要，后面可以慢慢升职、加薪的。"

"不可以！"苏扬瞬间震怒了，几乎嘶吼了起来，"谢安心，你怎么能这样想呢？我不告诉你就对了，简直是妇人之见，一点儿格局都没有。你以为委屈就能求全？你错了，如果你真看轻自己，别人只会更看轻你。我奋斗了这么多年，好不容易拥有今天的一切，你让我全部放下，从零开始，对不起，我做不到！"

沉默，可怕的沉默！

安心竭力控制着自己的情绪,颤抖着小声问:"那现在……你打算怎么办?"

苏扬没有逃避安心的眼神,他的面部肌肉变得无比僵硬,喉结不停上下抖动着,过了好半天,才缓慢却很坚定地说出几个字:"我们离婚吧!"

第二章　失业中年

1

生活抛弃你，连声招呼都不会打！

如若将居家过日子比作公司经营，毫无疑问，苏扬在自己38岁的人生节点上，事业破产了，家庭也破产了。

就是说，他的人生，差不多也破产了，这真是一个让人备感绝望的领悟。

那个夜晚，苏扬在宣泄完内心的困苦和悲哀，并鬼使神差说出"离婚"后便摔门而去，然后漫无目的地游荡在一个个熟悉或陌生的街头。说起来，这还是苏扬婚后第一次离家出走，此前安心倒是走过好几回，但基本上不出单元门就会被他拉住，有两次苏扬心理斗争了好久才追出去，本以为安心早就跑得无影无踪，结果最远也不过是小区大门——显然她就在那儿等着呢。而每次被追回后，俩人都会重归于好，然后安心会一再认真对苏扬强调：等下次我离家出走时，你一定还得立即追出去，可千万不能把我给弄丢了，好吗？苏扬每每听到这样的言辞，心中一边觉得女人真的好奇怪啊，一边表情真挚地点点头，说：好的。再后来，随着时间的递进，苏扬在婚姻中获得的领悟越来越多，慢慢也就明白了，安心的离家出走不是目的，而是手段，是她情感的一种表达，和她的哭泣、微笑、拥抱、爱抚等行为本质上并没有区别。

那天苏扬也分别在单元门口、小区门口等了会儿，不过始终没见安心追上来。他不禁哑然失笑，心想：我没把你弄丢了，你却弄丢了我。然后长叹一口气，转身一头扎进前方漆黑的夜色中。午夜已至，苏扬用双脚将这个生活了近二十年的城市细细丈量着，黑暗包裹下的北京不再是让他感到亲切的模样，漫天的雾霾更是让他很快失去方向，而比雾霾更浓郁的则是他内心的悲伤，他的耳边似乎总有一个巨大的声响在来回荡——

"失败，大写的失败……"

是啊，我真失败，苏扬又笑了起来。只是笑着笑着，这个聪明的，骄傲的，自以为是的，志存高远的，永不停歇的中年男人，终于蹲在四环上的天桥上，看着桥下飞驰而过的汽车，抽泣了起来。

此刻的苏扬觉得自己太累了，且力不从心，充满了"人生不过如此"的宿命感，而除了流泪，再没有其他行为能够将他彼时的心境体现一二。苏扬非常确定这是二十年来他第一次哭泣，此前他一直回避自己的这项生理机能，且将之视为无能的体现，直到此时此刻，他才意识到自己原来是多么固执和愚昧，沦落到这步田地，怨不得别人，只能怪自己没那个命。

那夜苏扬也不知道究竟流了多久的泪，只记得当他最后拭去眼角的泪水，双腿巨麻地站起来时，电话突然响了起来。不是安心，而是一位和他同时被裁的前同事老李。

苏扬赶紧接听，一接通就听到老李无比激动地嚷着："甄总上午就回国，这回千真万确，现在已经在飞机上了，这可是咱最后的机会，哪怕拼个鱼死网破，也得把公司承诺我们的赔偿要回来。"

2

同一个时间段，安心也在不停流泪，不过安心不是独自哭泣，她面前还有安然。安心怎么也没想到，自己的丈夫竟然主动提出了离婚，她受不了，真的，这个词在她的人生词典里是不存在的，简直比死亡还可怕。安心曾经想过，不管发生什么，自己都不会主动提及这个词，这是她的底线，只要不离婚，其他都好说。而现在让她无法接受的是，苏扬不光说了，还做了，他竟疯了一样冲出了家门，结婚十年，苏扬从没这么干过。看来这次他真的铁了心了。

安心没有追出去，她不知道该如何应对，只知道她需要倾诉，更需要安慰，能陪她的人只有安然。于是她给安然打电话，刚通了安心就哭，一直不说话。安然倒是依然理性，简单问明原委后告诉安心："你先冷静点，棒棒还在睡觉呢，有什么事等我过去再说。"

不到半小时，安然便到了，完整听完安心的哭诉后，第一句话就说："放心，姐夫不可能和你离婚的。"

"可是他说了，他怎么可以这样狠心！"

"说是说，做是做，从说到做远着呢。"

"那也不行，就算我怀疑过他出轨，都没想过离婚。"

"可你想捉奸，甚至想自杀，比离婚更可怕。"

"反正我宁可死，也绝不离婚。"

安然意识到没必要继续和安心在这件事儿上绕圈子,就问:"你有没有想过,姐夫为什么那么说?"

"这还能为什么,怪我呗,他承受了那么多压力,我还误会他,不了解他。"

"不对,我觉得姐夫其实是在怪自己,他怕拖累你,说到底,他是太爱你了。"安然越说越笃定,"对,就像公司,离婚可以重组,剥离不良资产,好的给你,坏的他自己承受。"

安心愣住了,她确实没往这方面想过,但听了却觉得不无道理,这其实很符合苏扬的性格。

"如果真是这样,我就更不能答应他了。"安心收起眼泪,坚韧地说,"现在我们虽然遇到了困难,但我是绝对不会让这个家垮掉的。"

"这才对嘛,多大的事儿啊,至于那么悲观吗?"安然上前搂住安心的肩膀,"姐,从小你在我们眼中都是最优秀的,这些挫折是打不倒你的,何况,还有我们呢——你打算怎么办?"

安心摇摇头:"我现在还不知道,不过你姐夫说来说去其实都是钱的问题,那就想办法赚钱就是。"

"钱的问题从来就不是问题,我可以借你。"

安心看着安然,缓慢却很笃定地说:"我想重新找工作。"

安然也看着安心,忽而叹了口气:"算了,还是我借给你吧,你们一共差多少?"

"我没开玩笑,你借钱只能管一时。"

"姐,不是我打击你,你可能不太清楚现在的职场是什么状况。虽然你是985院校毕业的,但毕竟那么多年没上班了,而且还有孩子,你这样想找份高薪的工作,不太现实了。"

"我没说一定要找高薪。"

"那你想干吗？"安然又愣住了，"随随便便找个班上？有这个必要吗？"

"当然有了，"安心认真点头，"现在是别人挑选我，总得有从零到一的过程。"

"那多不合适啊，你刚才还说要赚钱还房贷，那是一个月几千块的事吗？"安然太激动，导致气儿有点顺不过来，"再说了，你以为你降低要求就能找到了？你说你现在有什么？"

"我有你！"安心上前拉住安然的手，"然然，现在你得帮帮姐。"

"我是想帮你啊，这不求着要借钱给你吗？"

"我不要你只是借钱给我。你帮我找个工作，我的能力和情况你最了解了。"

"你想到我公司？"

"你不是执行副总裁了吗？这对你来说应该不难吧？"安心的眼神越发炽热，"以后下班了我是你姐，上班了你是我老板，做你手下我愿意。"

"我不愿意，这成什么了？！"

"我踏踏实实干活，凭本事吃饭。"

"那是你的想法，别人可不这么看。我们是亲姐妹，得避嫌！"

"你不说不就行了？"

"别人就不会看吗？咱俩长得那么像，说我不认识你，谁信？再说了，我在工作中那么严厉，你活儿要是干不好我不骂你我难受，骂了你你难受，多别扭啊！过不了两天别人就会知道咱俩关系不一般。"

"你可以骂我的呀！我是凭本事吃饭，不是凭关系。"

安然一挥手:"好了,别说了,反正这不可能。"

"你……是怕我影响你吧?"

"你这么想也没毛病。前些日子我们老板石董又提拔了个副总,现在我分管项目开发和运营,他分管销售,很明显石董这么做就是为了搞平衡。而且那人一直和我不对付,我可不能落什么把柄在他手里。"

"好吧,我知道了。"安心眼神暗淡了下去,"那我再想想其他办法。"

"你还能想什么办法啊?我说了,你重返职场这不现实。再说了,万一姐夫也找到工作了,谁照顾棒棒?找个保姆吗?又得花钱,那你工作就更没意义了。"

"我想过这个问题,对棒棒来说,绝不能因为我工作了就让他缺少了很多爱。"

"对嘛,那样太得不偿失了。"

"除非……"

"除非什么?"

"除非——你姐夫亲自照顾他。"安然把自己绞尽脑汁想出来的主意缓缓说了出来,"既然我和你姐夫现在各自都遇到了瓶颈,还不如换一下身份,我出去工作,你姐夫留在家里。这样既不会太影响孩子,也依然有机会赚钱,这是目前我唯一能想到的应对之策。我知道它一定不是最好的方法,但一定是最适合我们的,无论如何,我都想试试。"

3

天桥上,苏扬挂了电话后直接打车前往老李位于亚运村的家,按老李的意思，他们需要提前见面再合计一下，确保讨薪成功。老李和苏扬年岁相仿，两人境遇颇为相似，都是外地人求学北京，然后在各自的行业奋斗了十来年，等取得了一定成绩后被这家公司的老板甄总高薪挖过来当部门主管，结果没干多久就又都被裁员，而公司答应的补偿也完全没兑现，等于是被骗了。

最初的一段时间，老李总是积极联合其他被裁员工一起运用法律武器试图追回自己的合法利益，结果完全没用，公司也不是不承认欠他们，就是账上没钱，先拖着，甄总更是借着出国考察的名义一去不返。慢慢地，苏扬就心灰意冷，觉得有这时间还不如重新找工作，自认倒霉就是。可老李不干，他越挫越勇，想尽办法也要讨回这笔血汗钱。本来苏扬还很纳闷老李为何如此坚挺，等到了他家，听他简单唠叨了几句自己的事，就完全明白了——不为其他，实在是被逼的。

和苏扬一样，老李去年新买了一套房，就在和北京一水相隔的燕郊，面积可不小，近两百平米，总价五百多万。和苏扬不一样的是，他买房纯粹为了投资，而且他也没将原来的小房子卖掉，而是抵押后贷了一笔高利贷，然后用这笔钱付了新房子的首付。老李打的如意算盘是：坚决看好北京及周边地区的楼市，尽管现在房价已经很高了，但肯定还会一直涨，所以手中的房子是坚决不能卖的，卖了就赔，捂着就赚。只不过他这样压力就特别大，同时要还三笔贷款——原来房子的房贷，新房子的房贷，以及高利贷的贷款——但只要熬过去了，他就会成为最大的赢家，等房价翻倍后随便出手一套都能进账上千万，一举实现财务自由。

老李有一套自己的成功学理论，他无数次告诫苏扬，对像他俩这样的普通人来说，一生也就两三次机会能改变自己的命运，抓住了人生就会迭代升级，造福子孙，抓不住也就过去了，任凭你再努力再折腾也无济于事。他不甘心这辈子只能这样，所以必须搏一把，正所谓，富贵险中求，炒楼就是中产家庭最好也是最大的机会。老李对自己的操盘信心满满，然而令他万万没想到的是，不但自己突然被裁，导致三份高额贷款统统还不上，而且随着新一轮史上最严格的调控出来，燕郊房价直线下滑，不少地方甚至腰斩，也就是说，他新入手的那套房的市价在短短三个月内缩水了一半，可他还得按原来的价格去还贷，等于越还越赔，损失实在太惨重。因此公司承诺的那笔赔偿对他尤其重要，堪称救命钱，他绝不可能就此放手。这不，他千方百计打听到前老板甄总终于要回国配合相关调查，而且当天上午就会出现在公司，这显然是他们最好的机会，只要能够和甄总对上话，大概率可以得到赔偿，至少，不至于完全没有。

对老李的境遇，苏扬表示同情，对老李的逻辑，苏扬表示认可，但对老李提出的方法，苏扬却持保留态度。

"老李，一定要示威游行吗？感觉很……"

"很可笑？很可怜？还是很可怕？"老李白了苏扬一眼，"这就对了，响鼓要用重槌，不这么干根本不行。老甄什么人？他现在虱子多了不怕痒，所以我们必须狠狠咬他，咬出血来才行。"

"可是……"

"没有可是，老苏，我知道你想说什么。你觉得这样做没面子是不是？这有什么呀，前阵子甲骨文被裁的人都还这么干了呢，难道他们不比我们更有面子？再说了，和钱相比，面子算个屁啊，面子能帮我们还房贷吗？面子能让我们不被老婆嘲笑，不被丈母娘嫌弃，不让孩子失望吗？不能！老苏，我和你不一样，我现在已经还不上贷款了，我也干脆就不还了，爱咋咋地，反正我现在已经被银行列为老赖，进黑名单了，我老婆也气得带孩子回老家了，这笔赔款是我唯一的希望，如果他们再不给我钱，我真就没法活了。"

老李情绪激昂且太过雄辩,苏扬被说得哑口无言,只得埋头配合着一起去做那些个示威游行需要的标语旗帜。俩人整整弄了三个多小时,等全部收拾妥当后已经快八点了,老李赶紧和苏扬坐地铁赶往位于中关村的前公司大楼,准备就地拦截甄总。

等两人赶到时,那里已经到了十几位前同事,都是老李通知的,老李将道具发给大家伙儿,并一再叮嘱千万别提前行动,要统一听他指挥,等甄总出现时再一拥而上,以免打草惊蛇,功亏一篑。苏扬的情绪被老李感染得越发亢奋,心中更是多了一种"风萧萧兮易水寒,壮士一去兮不复还"的悲壮感,同时也想到万一行动真能取得成功,自己家的燃眉之急也能够得到缓解,顿时又兴奋了很多,琢磨着等会儿喊口号时可得大声点儿。

而相比他们这边的秘密行动,公司大楼一层的大堂里就热闹多了,竟然扎了花花绿绿十数顶帐篷,更是有人在里面吃喝玩乐,活像一个露营现场,这些都是前来要钱的供货商,他们至少都有上百万的应收账款没要到,事关公司存活,因此干脆就在楼下扎营,甄总什么时候还钱,他们什么时候再走。

就这样,众人一直等到十点多,却始终没见到甄总的踪影,有人开始不耐烦起来,质问老李情报是否靠谱。老李比谁都急,一边安慰大家少安毋躁,一边独自走进大楼去打听消息。结果刚进去没两分钟就气冲冲地跑了出来,边跑边叫:"甄总根本没回来,我们被骗了,快别傻站着,全都过来吧,跟他们干了!"

苏扬等人虽然备感失望,却也来不及多想,赶紧响应,将横幅东倒西歪地举过头顶,跟在老李身后高喊了起来。

"公道在人心……还我血汗钱……"

四周人群的注意力都立即被吸引了过来,大楼的保安也开始积极应对,很快便将示威者围了起来。一个看上去应该是保安队长的人上前试图劝退大家,被老李狠狠骂了回去。

"滚蛋,欠债还钱,天经地义!"老李说完一屁股坐到地上,"我们一不犯法,二不扰民,不是来威胁社会治安的,你们有本事就把我抓起来,否则天王老子来也没用。"

保安们面面相觑,一时间还真不知道该如何是好。围观的人越来越多,几乎每个人都掏出手机在拍摄,远处更是传来了警笛声。

这时一个头发半白,身材微胖,穿着职业装的中年人出现在大家面前。苏扬认识他,此人正是公司二号人物,CFO孙总。自从甄总离开后,孙总一直主持着大局,不过最近也基本上不露面,实在是要钱的人太多招架不过来了,今天被苏扬他们这样一闹,只得硬着头皮下来干涉。

"先把标语放下!"孙总一看就烦死这群人了,但此刻还得赔着笑脸,"你们和他们不一样,我们是前同事,都是自己人,有什么话好好商量。"

"现在知道是自己人了?早干吗去了?!"老李的怒气不减反增,一把抓住孙总,"老孙,你就说今天这事儿你能不能管,能的话我们就好好谈,不能就一边儿待着,让甄总回来。冤有头,债有主,我们不为难你,你也别为难我们,否则谁也别想有好果子吃。"

孙总见群情激愤,知道没法轻易打发走大家,于是又说:"甄总现在将公司托付给我,我当然能管。这样,在这里也没法说话,你们派两个代表跟我上去,我叫上人力总监,咱在会议室里好好商讨一个解决方案,你们看好不好?"

话音刚落,众人又齐刷刷看着老李。老李沉吟了片刻,说:"好,只要你们肯谈就行。我和苏扬现在上去,你们就在这里等我们的好消息,我们没下来,谁让你们走都别听。兄弟们,现在是我们维权最关键的时候,记住,大家一定要团结,公道在人心,还我血汗钱!"

说完,他用手重重拍了拍苏扬的肩膀,一甩头:"老苏,跟我走!"

4

时隔一个多月,苏扬再次走进公司,却是以如此匪夷所思的方式,内心深处觉得真是无比荒诞。

二十楼的大会议室内,苏扬和老李等了片刻,孙总便带着人力总监走了进来,一同来的还有两个年轻人,孙总介绍说是公司新聘的律师。

"有钱请律师,没钱还我们,真他妈缺德。"老李毫不避讳地抱怨着。

苏扬小声嘀咕:"不是要商讨如何补偿吗?请律师来干吗?"

"管他想干吗,兵来将挡,水来土掩。"老李又是一脸的自信,"老苏你听我的就是,等会儿我们见机行事,反正老子今天已经到这里了,不见钱绝不走。"

苏扬点点头:"必须的!"

等众人坐定后,大家先是闲聊了几句,气氛倒还算融洽。

"不都说甄总今天回来吗?人呢?"老李揶揄,"怎么着,是美国那边的新业务脱不了身,还是怕回来后就再也走不了啦?!"

孙总有些尴尬地说:"甄总在美国的太空旅行项目发展势头很好,现在到了最关键的时候,一时半会儿是回不来了。"

"哎呀，你说我们甄总确实是人才哈，这忽悠完中国人的钱又忽悠美国人，现在干脆上太空做PPT忽悠外星人去了，留我们在地球傻呵呵的。"老李嘲笑起来的样子特别夸张，斜坐着身子，还不停地抖腿。

"不能这么说，甄总是有极致情怀的梦想家，现在大家还看不懂他的打法罢了。太空探索只是开始，地球环境太恶劣了，甄总的终极目标是把一部分人移民到火星，这可是造福万代的事，也是全球资本下一个追逐的浪潮。你们应该看过报道，甄总现在新公司的估值已经过百亿美金了，相信用不了几年，就会超过苹果！"孙总越说越亢奋，他的眼神告诉所有人，他对这一切是深信不疑的——这也是甄总的独特魅力，不管什么时候，始终有一群聪明人相信他、拥护他，愿意不顾一切地追随他，为他背书。

"忽悠，接着忽悠！"老李突然一拍大腿，"啥造福万代，不吹牛会死啊？我告诉你老孙，甄总之所以要上火星，就是因为在地球上他已经被列上征信黑名单，高铁都坐不了，还是在太空里自由。"

此话一出，众人也跟着乐了起来。

"不过，就算他真逃到火星上，欠我的钱都得还。"老李突然脸色一变，"孙总，你就别跟我们扯淡了，什么太空火星的，跟我没关系。快说，我的事儿到底怎么个处理法？"

孙总清了清嗓子，竟然还是刚才那番立场："我说了，你们和下面那些个供货商不一样，你们是我们的前同事，是自己人，公司向来重视员工利益，之前给你们提供的薪酬是行业平均值的好几倍，而且大家都还有期权，这些你们也都很清楚。现在公司确实在对离职员工的补偿上存在一些问题，不够及时，但这并非公司有意要伤害大家的利益，而是公司现在面临着前所未有的难关，我希望我们自己人能够给予公司多一点理解和支持，能够和公司共赴时艰。毕竟困难只是暂时的，一旦渡过难关，公司必然会第一时间解决你们的问题，这点我可以当着大家的面保证，同时我也代表甄总向你们真挚道歉。"孙总说完，起身给老李和苏扬轻轻鞠躬致歉。

苏扬算是听明白了，说了这么多废话，其实就一个意思：公司现在没钱，有什么事以后再说。

老李怒不可遏，腾地站起来，指着孙总大骂："谁要你道歉了？你谁啊，这公司和你有半毛钱关系吗？你现在就是个背锅的，说这些冠冕堂皇的屁话有意思吗？我告诉你，要道歉让甄总出来，其他什么都不要说，说了也没用，大家都是打工的，兔死狐悲。今儿个我把话放这里了，要是不给钱，我和你们死磕到底。实话告诉你们，公司的那些见不得人的事儿，我知道得多了，随便透露出一点都够媒体折腾个好几天的。哼！你们让我不痛快，我也不让你们舒坦，反正老子现在是光脚的不怕穿鞋的，要死大家一起死。"

苏扬听了老李的这番慷慨陈词，恨不得拍手叫好，心想老李就是有魄力，话都说到这份儿上了，看来多少都能要点儿回去。

人力总监终于发言了，他没有在刚才的话题里转圈，而是直接说："确实，你们可以依照相关法律法规去维护自身的利益，但公司同样可以寻求法律的保护，对你们的违法行为予以起诉。"

老李和苏扬同时愣住了，老李虽然气势依然很足，但还是不可避免地结巴了起来："你们……我们……哪里违法了？"

人力总监淡淡一笑："刚才你们没有经过有关部门的批准，擅自在楼下集会游行示威，已经严重违反了治安管理处罚条例，同时你们还对公司及公司创始人进行了人身攻击，严重伤害了公司的声誉。这些刚才我们都已经取证了，特别是你俩带头寻衅滋事，够判好几年的。"

"你吓唬谁呢？！"老李底气越来越不足，"那么多供货商天天逼着你们要钱，怎么也没见你们报警。"

"首先，他们在室内，而你们在室外，是在公众场所；其次，他们没有采取其他过激手段，你们非法集会，又是举标语又是喊口号的，性质不一样。"人事总监轻蔑地看了老李和苏扬一眼，又转头对两位律师说："这样好了，看来他们对自己的违法行为并不了解，你们是专业人士，就好好给他们普及一下，以免觉得我们在恐吓他们。"

两位律师立即事无巨细地将相关法律法规解释了一番，讲得非常详细且专业。苏扬越听心越凉，感觉照他们这么说，可真不是坐几年牢那么简单，弄不好在意识形态上还有问题，那麻烦就大了。

老李这时也强硬不起来了，看着孙总，喃喃说着："怎么会这样？我还以为你叫我们上来是要给我们补偿的。"

孙总叹了口气："钱是很重要，但自由更重要。现在全国都在除恶打黑，刚才我看你们那样子确实太过分了，如果再不加以遏制，等警察过来，你们所有人都跑不了。我是为了保护你们，才把你们请上来，你们别不知好歹，如果再胡闹，就只能把你们交给警察处理了。"

"回去吧，有什么消息公司会第一时间通知你们的。"说完，孙总带头站了起来，做了一个送客的手势。

老李也失魂落魄地站了起来，脸色一阵青一阵白，突然"扑通"一声跪了下去，哀求起来："孙总，孙总，你帮帮忙，我现在真的需要钱，没有这笔补偿我就活不下去了。"

苏扬怎么也没想到老李会是这个反应，一时愣在原地，拉也不是，不拉也不是。

孙总没有一丝动容，他的眼神更是没有一点儿温度，似乎早就见惯了这样的场面，冷漠地看了眼老李，然后头也不回地出去了。

苏扬将老李扶了起来，说："走吧……有什么事回去再说。"

"我不走！"老李一把推开苏扬，脸色变得无比苍白。

"那你们就在这里等警察好了。"人力总监冷笑地看着老李，言语中尽是讥讽，"你的事儿我也知道点儿，说实话，那不叫投资，而是投机。都什么时候了，还敢借高利贷炒房？太愚蠢了，就算拿到补偿也救不了你的，醒醒吧，快别在这里丢人现眼了。"说完他摇了摇头，起身离开了。

"等会儿！"老李突然笑了起来，用一种非常奇怪的嗓音说着："是你们逼我的，是你们逼我的……"

就在所有人都惊讶于老李这句话的意思时，苏扬眼睁睁看着老李突然号叫了一声，然后从自己面前跑过，冲到一侧的边角，那里有会议室唯一一扇能推开的窗户。老李推开窗户后整个人往前猛扑，就这样迅速地，毫不犹豫地，跳了下去。

苏扬下意识地冲了过去，但什么都没拉住。他透过窗户看到老李正安静地躺在血泊里，四周站立的都是等待他好消息的前同事们，这才过了半小时不到，大家却已阴阳相隔。苏扬仿佛能够闻到空气中传来的血腥味，他的头突然强烈地眩晕起来，感到大地变成了一个巨大的旋涡，对他发出阵阵召唤。苏扬用尽全力抽回身子，重重摔在地上，大口喘着气，感觉整个人都被掏空了，只剩下恶心、疼痛和恐惧，仿佛刚才跳下去的不是老李，而是他自己。

5

那天等苏扬从警局做完笔录出来时已经暮色四合，过去的36个小时内，在他身上发生了太多匪夷所思的事，让他无法承受，现在他不想再流浪街头，心中只有一个念想——立即回家。

是的，在他最无助最难受的时候，他最想见到的人，只有安心！

此刻，安心也正在家里等着他。上午老李跳楼自杀的事通过自媒体的发酵已经人尽皆知，只是安心并不清楚自己的老公就在现场，她依然沉浸在昨夜苏扬说离婚带来的负面情绪当中，并纠结着等老公回来后究竟应该怎样去面对他。安心设想了若干种可能，却怎么也没想到门刚开，苏扬便扑进来，紧紧地拥住她，并且将头深深埋在她的胸前，浑身颤抖着，像一个无家可归的孩子。

安心稍作犹疑后同样紧紧抱住苏扬，一只手在他后背上轻轻抚拍了起来。她并不清楚丈夫为什么会突然如此脆弱，她只知道在丈夫受到委屈的时候，自己应该温柔以待，用爱来抚平他内心的伤口。

过了会儿，苏扬抬起头，推开安心，走进主卧，看到床边平躺着一只硕大的行李箱，便问："这是什么？"

"都是你的日常生活用品。"安心回到现实，控制好情绪，让自己尽量显得平静些，"你昨天不是说要离婚吗？而且还离家出走了。所以我想干脆把你的东西都收拾出来，你好先在外面住一段时间。"

苏扬没接话，蹲了下去，打开了行李箱，里面除了换洗衣服，还有一些小零碎。苏扬拿起其中一个小本子，翻了起来，越翻越难受。

"以前每次我惹你不开心，你都让我写检讨，写完了还要再念一遍。真没想到，这些年竟然快写满一本了。"

"我并不是真的要你道歉，只是希望能够留下点回忆。"安心将眼角的泪水拭去，"现在物归原主，你要是不喜欢，就扔了吧。"

"记得你刚怀棒棒的时候，我总是用这个虫子来逗你。"苏扬又掏出一个小虫子造型的公仔，嘴里念念有词，"'大虫子爬过去了……大虫子爬过来了'，你最怕虫子了。"

"那你还总吓我？"

"不是吓，是逗，你妊娠反应那么大，每天吃也吃不下，睡也睡不了，总是不停吐，别人怀孕都会变胖，你还瘦了好几斤，我只有想办法逗你，你才能够笑两声，忘了难受。"

安心眼泪又出来了："你可真行！"

苏扬丝毫没有停止的意思："那时候我们还租房子住呢，而且还是三户人家合租，在呼家楼。多老的筒子楼啊，统共就那么大点儿的地方，转个身都得撞着，房间内除了张破床，什么都没有，条件真是太差太差了，可你却一点儿都不嫌弃。我们一直在那儿住了好些年，一直到你怀孕都没搬，东西多到连下脚都费劲。对了，说到你怀孕，那就更难忘了，你产检是在公立医院，人特别多，每项检查都安排得特别紧张，护士全程拉着个脸，你们这些孕妇根本没什么尊严可言。记得建档那天我半夜三点就去排队，就这还差点儿没排上。后来你怕来回打车费钱，就说不想坐车，会头晕胸闷对宝宝不好，于是每次咱都骑车去产检，单程就得半个多小时。现在想想，胆儿可真够大的，你说这万一要出点儿事，什么都没了，而且大冬天的你坐后面得多不舒服，你这心里得多委屈啊！可你从头到尾没抱怨过一句，还安慰我说这样挺好的，将来回忆起来肯定特别温馨，你说你怎么就这么懂事这么好呢……"

"别说了，我受不了。"安心已经泪目了，抽泣着说，"那时候那么苦,我们都从没有想过要放弃。"

"是啊,那时候确实不容易,现在日子真是好太多了!"苏扬深吸了一口气,勇敢地拉住安心的手,"老婆,我们还是不离婚了好不好?"

"说离也是你,不离也是你,"安心将手抽开,正色看着苏扬,"你不觉得你这样太过儿戏了吗?"

"我……唉……对不起!"

"就算你昨天说要离婚是无心的,然而你提到的那些问题都还存在,都是真实的,不是说我们现在感动了、后悔了,就可以逃避的。"

"我知道,我知道!"苏扬连连点头,深情地看着安心,"既然逃避不了,我们一起面对就是。"

"怎么面对?你拿什么面对?面对了就能解决问题吗?"

"我……"苏扬再次语塞,又是一声长叹,"我一定会尽快找到工作的,条件差点儿也行。"

"这不重要!"安心摇了摇头,然后加重了语调,"怎么你到现在还不明白呢?我们之间的分歧根本不是你找不找工作的问题。"

"那是什么?"

"是我们现在没法互相理解了。就像你说的,你在外面打拼是那么辛苦,承受了那么多的压力,简直为这个家付出了所有,我却不知道去体恤你、理解你、支持你。而我每天在家带孩子,你却总是认为很轻松,我还不满足地总对你抱怨,简直不可理喻,可事实上我觉得我已经快崩溃了,无论我的身体还是心理都到极限了。你说你有多么不容易,我就容易了吗?当初我工作得好好的,你让我辞职好安心照顾家庭,我立马就答应了,结果现在你又说我不思进取。是,我承认我这几年确实没有进步,我快被时代抛弃了,可那是我愿意看到的吗?是我不求上进吗?我根本就没有自己的时间好不好？我知道你又要反驳了，这就是我们现在最大的问题，我理解不了你，你也理解不了我。"

"我又没说话！"苏扬低头，喃喃自语，"这不听着呢吗！"

"所以如果我们不把这个问题解决，就算今天我们和好了，装作什么都没发生，等哪天你一冲动，还得那样说话，我受不了，我真的太难受太难受了。"安心想到苏扬要离婚，又开始伤心抽泣起来。

"对不起，对不起……"苏扬再次拉起安心的手，"那你说到底怎么才能解决这个问题？不管你提什么要求，我都答应。"

"真的？"

"真的！"苏扬重重地点点头。

"好，不准反悔。"安心这才露出一丝笑容，然后将自己的想法和盘托出。

苏扬听得脸都绿了，刚准备拒绝，就听安心大叫："说好的，不准反悔。"

"我……"苏扬憋了两分钟，最后只得生生把想要说的话咽进肚子里，然后从喉咙里挤出几个字："我答应你就是！"

第三章　狭路相逢

1

在连续被拒了若干次后,安然突然得到了一个和"本土悬疑小说之王"王健霖会面半小时的机会。为了这半小时,安然带着团队熬了好几个通宵做方案,从名到利,从眼前到长期,从线上到线下,从影视制作开发到实体主题公园规划,她竭力将谈判中可能出现的方方面面细节都想到,确保能够抓住这极其难得甚至唯一的机会,一举打动王健霖,成功拿下他新作品的影视版权。

安然如此看重王健霖当然事出有因。此人是一个不世出的天才小说家,据说他大学期间整整打了四年游戏,可门门学科都还是优秀,毕业后也没找工作,而是东奔西走,居无定所,过得穷困潦倒却很自由。一天他在国之边境的原始森林里突发奇想决定写点儿这些年在路上看到的、听到的、想到的稀奇古怪的故事,从此一发不可收,短短两年创作数百万字,在网上连载后积累了超高人气，其纸质书的销量也都超过百万册，更是被翻译成三十几种文字，输出至全世界。王健霖也因此被读者誉为"以一己之力改变了整个中国本土类型小说的格局"。

后来很多类型小说都得到了影视化，王健霖的作品更是其中翘楚。根据他小说改编的电影"探墓三部曲"，每一部票房都接连打破由自己创下的纪录，三部总票房则突破百亿，堪称影史上里程碑式作品，从制片方到发行方再到院线，每一个环节都有人真金白银地赚得盆满钵满，而这些只不过是小小的表面利益。

在传统制造业亟待升级转型的当下，随着大量热钱汹涌澎湃地涌入，影视行业得到了空前发展，至少看上去很美。仿佛一夜之间就多了成千上万家的从业公司，电影大银幕数量更是以每年30%的速度递增，很快便超过了美国。

电视剧同样热闹。一剧双星，台网联播的模式下，平均每集电视剧的采购费用也高达好几百万甚至千万，至于整条产业链上的核心资源——演员，更是身价陡增，一线流量明星拍摄电视剧的价格突破一亿大关的比比皆是，明星片酬占了一部影视作品大半成本也毫不稀奇，这些都是几年前所有人都无法也不敢想象的事。

然而，这依然只是表面利益——在所有这些你能看到的光怪陆离下，横亘着一个个由欲望和资本组成的金融游戏，明星参股、市场定增、券商围猎、影视理财、私募基金……当资本裹挟着巨大的欲望和影视水乳交融，便产生了各种让人眼花缭乱的金融玩法及乱象，其涉及的金额往往能高达几十亿甚至上百亿，这才是最终也是最疯狂的利益呈现。

时势造英雄，在影视狂潮的加持下，王健霖很快成了当今身价最高、变现能力最强的作家，每年稿费收入至少过亿，而其最新作品的影视改编授权费也突破了五千万元大关，还不包括后期的利润分成。即便如此，各大影视公司仍然趋之若鹜，几乎每天都有人拿着现金要预定他的新作，只要他轻轻点头，几千万的预付款就会立即打到账上。

当然了，做影视的没有傻瓜，更没人是真正的慈善家，对很多人而言，这不过是一场击鼓传花的游戏罢了。他们花巨资买一个小说的影视版权并不意味着真的要去开发，他们不过是需要王健霖的作品来给自己做跳板。从0到1虽然难，但从1到100更难，相对复杂且冗长的整个影视产业链的开发而言，拥有流量硬核IP其实是最直接、最有效的入场通行证，虽然价格不菲，但相较后面的海量投入，其实还只是很小的一部分。

简单来说，如果你获得了王健霖之类的超级流量作家作品的影视改编权，便等于拥有了这场令人血脉偾张的影视金融游戏的筹码，至少在那个依然迷信大IP的年代，这个逻辑是清晰且成立的。这就是王健霖这么值钱，并且越来越值钱的原因。

也正因如此，王健霖正在创作的长篇悬疑小说的影视版权成了"兵家必争之地"，而在所有的角逐者中，石门影业表现出了最大的诚意、最旺盛的斗志以及最高调的姿态。石门影业的创始人石耀东多次公开表示自己将不惜一切代价拿下这个项目，公司内部已经成立了"专案组"，总负责人正是近两年在行业声名鹊起，为公司屡立战功，以执行力见长的谢安然。

2

对安然来说，于公于私、于情于理，这个项目她都志在必得。

先说于公——石门影业虽然是一家老牌的影视公司，但成立后一直不温不火，在很多人眼中，它的老板石耀东就是个掮客，专门靠一些政商关系来拼缝，赚点儿小钱，真正由他们出品制作的影视剧一个都没有。直到六年前，石耀东突然高调宣布公司转型，不但开始主控一些影视项目，还大举招揽业内人才，短短两三年内生生将公司的规模翻了数倍，然而公司从营收上来讲提升并不大，净利润更是急剧下滑，可以说把石耀东苦心奋斗了二十几年攒下的钱都贴进去了。即便如此，石耀东依然坚定不移地进行着快速扩张，让很多人疑惑不解，然而结果很快证明了石耀东的目光之敏锐，因为影视资本的春天很快来了。资本最在意的就是一个公司的体量和状态，太小的根本看不上眼，像石门影业这样规模尚可、处于上升期的公司深受资本青睐，石门影业也完美地抓住了这个机会，完成了数轮融资，为进一步发展和扩张奠定了基础。

安然就是在这个阶段加盟了石门影业，是公司转型后的第一批员工，也是公司这几年高速发展最大的功臣。尽管石耀东在资本层面长袖善舞，然而影视公司最终依然是要靠作品说话的，而一部被市场追捧的影视作品无论如何都不是金钱所能堆砌的，需要的是眼光、才华和执行力，这些都是石耀东的短板。安然的到来完美填补了这个空缺，她有经验，也有资源，关键还特别敬业，除了工作什么也不想，是个十足的拼命三郎。在安然的操盘下，石门影业接连做成了几个颇具市场影响力的影视项目，一举成为第二梯队影视公司的佼佼者。

然而，真正的挑战也如影随形而来。原来你小，那些行业大佬压根看不见你，就算能看见你也看不上你。现在不同了，你突然冒出来了，动了他们的利益——毕竟电视台也好，视频平台也罢，资源都是有限的，买了你的剧就意味着少用了别人的剧，那么他们就要琢磨怎么给你点颜色看看了。表面上大家一团和气，私下里的刀光剑影还是有的，而且有些手段还挺卑劣阴险,就差不多是赤裸裸的人身攻击——这和影视行业的光鲜外表形成了极其鲜明的对比。

当然了,这些也很正常,每一个行当其实都差不多,美好和丑陋往往都是一墙之隔,而公司发展本就如逆水行舟,不进则退,不是别人骑在你身上,就是你踏着别人的身体继续前行。这个道理安然当然懂,所以身为公司高管,以及把事业看得重于一切的人,她势必要拿下这个超级项目,只要做了这个项目,石门影业必将影响力大增,成为这个行业真正的头部公司。

3

再说于私——今年是安然加盟石门影业公司的第六年,从最初的项目经理做到今天的执行副总裁,主管整个内容研发、制作和运营,手下员工百余人,每年光IP采购费用就过亿,被多家媒体誉为"IP女王",她的职场生涯不可谓不成功。然而别人只看到她的光鲜,荣誉背后的压力有多大、付出有多少、委屈有多深,只有她自己心知肚明。

然而比压力更加让安然无法承受的是,她越发感受到了从老板石耀东那里传来的不信任。这无关乎她犯错与否,事实上,她越没犯错,石耀东对她的意见就越大,只因她深得人心,功高盖主,慢慢成了公司继老板之后的又一个精神领袖,这自然是绝对不可以的。

对此,安然当然想逃避,她只想好好做项目,根本不在乎这些虚名。但职场就是这样,形势比人强,有的时候你就是会被一种莫名的力量架到了那里,动弹不得,且职位越高,影响力越大,你就越不是你自己,你说的、做的,都不是自己的真心,而你的境遇也就越尴尬、越危险。正所谓铁打的老板，流水的职业经理人，这个现象尤其在一些大的民营公司屡见不鲜。只是安然怎么也没想到这种尴尬的局面有一天竟然也会发生在自己身上，而且来得这么快、这么澎湃。

安然不是没想过离开石门影业，也不是不能离开，只是时间未到。她可以什么都不在乎，也可以什么都不要，但是一切都必须等她战胜了宋歌再说。

对安然而言，再没有比打败宋歌更让她斗志昂扬的事了。现在无论从公司营收规模来比较，还是从市场影响力去衡量，宋歌的歌颂者影业都比石门影业略胜一筹，也就是说，只要安然获得了王健霖新作的影视版权，就能确保石门影业一举超越前者，而作为项目负责人的她自然也会实现自己多年的夙愿。

因此，这段时间安然开始使出浑身解数，对王健霖进行各种公关，然而出师不利，一直吃闭门羹——她当然知道王健霖肯定不好接触，却没有想到会是这么的难。倒不是他要求高，更不是他很难缠，而是他压根就不给你任何沟通的机会。事实上，几年来在面对纸醉金迷的影视行业时，王健霖始终表现出令人匪夷所思的低调，不但从不出席任何公开活动，从不接受任何采访，甚至连和外人见面交流都拒绝，无论是金钱，还是赞美，抑或声名，他都看得极淡，他的眼中只有创作，天大地大，作品最大，任何可能干扰到他创作的因素，他都会摒弃。

就这样，所有影视公司都知道他在写新小说，也知道这部作品一旦改编成影视剧后必将创造新的票房和收视纪录，更知道通过这部作品就可以享有更大的资本蛋糕，可他们不知道究竟如何才能勾搭上王健霖，付出怎样的代价才能将他新作的版权收入囊中。饶是像安然这样聪明、积极、百折不挠的人，在面对"油盐不进、无欲无求"的王健霖时依然无计可施，直到心灰意冷,几近绝望。

因此,在这种情形下,当她突然收到王健霖的答复,表示可以和她一见时,用欣喜若狂来形容她彼时的心情也就不为过。

4

安然和王健霖会晤的地点在北五环的富仁花园,王健霖不久前在那里购置了一幢独栋别墅,用作自己在北京的栖身之所。平时他几乎足不出户,别墅就是他的物理世界,在那里,他用心且艰辛地构建着自己的精神宇宙。

当晚八时,安然准点来访,在一楼客厅等待了片刻后,终于得以见到了王健霖本尊。

此前因为王健霖太过低调,一直没有高清照片流传于世,对他长相的猜测成了粉丝热衷探讨的一大热点。有人说他肯定形象堪忧,否则何以不敢以真面目示人?还有人说他性格阴郁且怪异,特别不好相处……总之说什么的都有。而安然尽管见过很多有个性和特色的创作者,但像王健霖这样极负盛名却又无比神秘的作家却也是头一回碰到,因此她对自己和王健霖的会晤除了做了足够多的准备,对王健霖究竟是怎样的一个人也充满了好奇,并且做了充分的想象。也正因为此,当她突然看到一个戴着鸭舌帽,身材瘦瘦高高,穿着最简单的居家服,脚上趿着拖鞋,学生模样的大男孩默默地从楼梯上下来,面无表情地缓缓走向自己时,竟然没反应过来他便是她"朝思暮想,用情极深"的悬疑小说之王——王健霖。

怎么说呢,因为王健霖的模样实在太正常了,所以反而让人觉得不太正常。而如果说安然对王健霖的第一印象是意外的话,那么接下去的感受就很不好了。无论如何她都是客人,王健霖作为主人表现出热情是最起码的礼节,可是没有,王健霖的表情始终很平静,甚至显得有些呆板,而眼神中则散发着孤独和冷漠,更夸张的是,他人明明已经走到了安然面前,可魂似乎还在远处,甚至没有主动和安然打招呼,这让安然很尴尬。为了掩饰心中不满,她只得主动伸出手,对王健霖说:"您好啊,王老师,我是谢安然,终于见到您了。"

王健霖没应答,只是木然地伸出手,直到俩人掌心相触时,他好像才终于回过神来,呆板的双眼突然露出精光,由内而外散发出一股睥睨世界的自信。虽然他的外貌没有任何变化,但整个人的气质瞬间焕然一新,宛若灵魂归窍。

"你好,王健霖。"王健霖松开手,指着沙发,言简意赅,"坐吧,我们可以开始了。"

"不急。王老师家布置得真漂亮啊!"安然还想再寒暄几句,"这个小区是北京有名的豪宅,业主非富即贵,我认识不少上市影视公司的老板都住在这里呢,王老师可真有眼光,呵呵……"

"不好意思,我很急,刚才一直在写小说,你需要快点儿。"王健霖打断了安然,只是他嘴上说着不好意思,却没有半点儿不好意思的样子。没办法,他就是这种人,聪明绝顶,情商堪忧,而一旦他的心思放在了创作上,其他任何事他都提不起兴趣。

安然心中一凛,顿时感受到了莫大的压力。她瞬间决定待会儿在宣讲自己方案时摈弃所有浮夸成分,直奔主题,因为她认定任何华丽的诱惑对面前这个奇怪的大男孩来说都是没有说服力的,反而会让他心生反感。

很显然,她判断对了。方案宣讲完毕后,王健霖依然很平静,但目光已经变得柔和起来,淡淡地说:"挺好的,谢总有心了。"

就在安然长出一口气，觉得首战告捷之际，又听到王健霖幽幽地说："不过这次我还是不能答应你，下次有机会再合作吧。"

"为什么呀？！"安然腾地站了起来，"是我们哪里没做到位吗？没关系，这只是初步方案，你可以提要求的，我们会尽量去满足，总之我们石门影业是可以将你的作品无论从商业价值还是社会价值都做到最大化的团队，请你相信我。"

"我当然相信你，否则也不会和你见面说这些。"王健霖很是有些不好意思，"只是我们认识得太迟了。"

安然有些急了："你一会儿相信我，一会儿又拒绝我，到底什么意思？"

面对安然突然表现出来的攻击性，王健霖显然没有任何准备，他没回答，而是怔怔地看向门外。

"什么什么意思？当然就是字面意思咯！谢安然，怎么你现在的理解能力退化到这个地步了？往后还怎么做影视呀？"门外突然响起一个男人戏谑的声音，接着走进来一个高大帅气的雅痞男。

不是宋歌又是谁？

5

安然怎么也想不到竟然会在这里再次见到自己最不想见的那个人，立即满怀敌意地质问："你怎么在这里？"

"我为什么不能在这里？王老师可是我最好的朋友，他新买的这栋别墅好大的，我又没有家你是知道的，所以在这里借住一阵子，没毛病吧？"

安然又看向王健霖，却发现王健霖已经起身，逃一般地往楼上走："谢总，我要去写小说了，等会儿就不送你了，再见！"而在和宋歌擦肩而过时，他又用手指了指宋歌，接着指指自己，无奈地摇了摇头。就这一个小动作，将他和宋歌非同寻常的关系表现得淋漓尽致。

"无聊！"安然明白过来了，立即给了宋歌一个大大的白眼，拎起包就要走，却听到宋歌在身后幽幽地说："就这样回去？老石是不会放过你的，怎么着也得带点儿干货走吧。"

安然顿时愣住了，即便她心里一万个不愿意，也不得不承认，宋歌的话说到她心里去了。

毕竟，他曾是这个世界上最关心也是最了解她的男人啊！

宋歌得意地笑了："这才对嘛，我们都这么多年不见了，你怎么还是这狗脾气？！"

安然咬着嘴唇，竭力让自己看上去依然平静。她注视着眼前这个再熟悉不过的男人，当年她们一起经历了那么多甜蜜和温暖，现在见面却夹枪带棍，真是讽刺。

"不对，前几天我们还见了来着——说到这里，我又得批评你两句了。"宋歌惬意地给自己倒了杯红酒，手托着高脚杯在空中轻轻摇晃，"你那天怎么回事？冒冒失失的，害我错过了一个本可为我所用的人才，可惜，可惜啊！"

"切，你有什么好可惜的？"安然冷笑，"你公司里个个都是人才！"

"我是说那个人可惜了，错过了我这里，估计一时半会儿他再也找不到像我给出的这么好的条件咯。"宋歌眯着眼看安然，"对了，那个张牙舞爪的女士就是你大姐吧？真想不到我们第一次见面是在这种场合。"

安然没回答,而是昂着头,瞪着宋歌:"请问,跟你有关系吗?"

"怎么没关系了?如果咱俩还好着,大家早就是一家人了,她还得管我叫妹夫呢。"

"宋歌,"安然厉声打断,"过去的事能不能别提?你觉得这样有意思吗?"

"说你狗脾气你还不承认!"宋歌乐了,"我觉得挺有意思的。"

"我觉得特无聊,你要真认为我姐夫对你有用,就再给他一次机会,用不着在这里说这么多废话,我是不可能求你的。"

"你想多了,我还真没想过让你求我,"宋歌收起笑脸,"因为我知道你根本就不会。别说是你姐家的事儿,就算是你自己的事儿,你心里恨死、后悔死,嘴上也不会说一句软话,我没说错吧?"

安然冷笑:"知道就好!"

"我当然知道,没人比我更清楚这一点了。不过你还别说,那天我真的有再给你姐夫一个机会。"宋歌说到这里故意停了下来,看到安然眼睛里充满了期待,这才继续说下去,"你和你姐走后,我告诉你姐夫,如果想让我不计较这件事的话,需要他让你姐亲自来找我赔礼道歉。怎么着,我这个要求不过分吧?"

安然没言语,心里思忖着以宋歌的个性如果真这么说了,显然太难得,绝对是给机会了。

"只可惜,这明摆的台阶他都不愿意下,竟然还说是不想让你姐为难!"宋歌摇摇头,"啧啧啧,你说你们家人怎么都这么奇葩?一个个把固执当个性,真是不是一家人,不进一家门。"

"你说完了没有?"

"说完啦!"

"再见！"安然转身又要往外走，却被宋歌一把拉住了手。

这是分手五年后，俩人再一次牵手。熟悉的感觉瞬间传遍全身，让安然难以自持，她拼命地想挣开，却怎么也挣不开。

宋歌突然换了一种很真挚的口吻对她说："回来吧，你在老石那里没前途的，他老了，还这么急功近利，迟早会翻船。他这种老狐狸死不足惜，你没有必要成为他的陪葬品。"

"放开我！"安然的面部肌肉颤抖着，狠狠对宋歌说，"知道吗？你自以为是的样子是最可恶也是最可怜的，如果不是你，我姐现在也不会沦落到要重新出来找工作的地步。谢谢你这么多年一点儿都没变，让我对你的厌恶，也一点儿都没少。"

说完，她用尽全力将手抽出，然后头也不回地走了。

6

安然前脚刚走，王健霖后脚就出现了。

王健霖撇撇嘴："你费了这么大劲见她，还把我请出来，就为了和她说这些废话？"

宋歌将杯中酒一饮而尽，没好气地回答："写小说你是绝世天才，这种人间的事儿，你不懂！"

"我不懂？"王健霖的表情先是不服，接着又自顾自地点点头，"也是。大家都说我王健霖是个怪人，可你宋歌比我还要怪。六年前你我相逢于微时，那时我刚毕业，心比天高、命比纸薄，不愿上班，更不甘被束缚，就想着浪迹全世界，自由自在，终老此生，岂不快哉！而你呢，当时要事业没事业，要爱情还刚分手，每天郁郁寡欢，借酒消愁，简直比我还要落魄。可你连见都没见过我一眼,只不过看了我在网上随手写下的小小心愿,便赞助我全部的旅行费用,前后一共十多万,我拒绝,你还死活不干,我不懂你为什么要这样。四年前,我一个人在珠峰大本营遭遇严重高反,烧到39度,生不如死,很多人都认为我会留在那里,可神灵保佑,我挺了过来。等安全下撤后我突然觉得倦了,从此不愿再颠沛流离,就想找个安静的地方喝茶、冥想,静享时光,我不懂你为什么非但没埋怨我一句出尔反尔、草草就放弃了年少的梦想,反而立即在洱海边给我找了间客栈,满足了我所有需求,让我得以安心写下萦绕心头许久的故事。后来,我有了很多读者,作品改编成影视剧后成绩很不错,现在别人都是想方设法要和我合作,而你也是做这个的,你明明和我关系最好,可是你却什么也不要,不但不要,甚至都不愿让外界知道我们认识,就好像我王健霖会耽误了你宋歌一样,我确实看不懂。"

王健霖讲述期间,宋歌一言不发地看着他,脑海里也在回忆着他俩交往的点点滴滴。王健霖确实是他见过最为传奇的人,在他身上,有着自己无比欣赏的纯粹和初心,可以说王健霖的很多梦想也是他的梦想,王健霖拥有的更是他渴望而不得的人生。他就像是这世上的另一个自己,所以宋歌对他惺惺相惜,愿意竭尽所能地资助他,毫无保留地信任他。

王健霖喝了口水,继续娓娓道来:"宋歌你是知道的,我这个人和你一样,浑身臭毛病,但是从来都不愿意装糊涂,更不愿亏欠别人。既然你让我不懂,我就必须还回去,所以我现在再明确告诉你一次,我正在写的这部超级厉害的新作品必须和你合作,只要你答应,我分文不取,你拍剧差钱的话我还可以投资。总之这次除了你我谁也不合作,你必须答应,否则我就不写了,你知道我做得出来。"

宋歌笑了:"有病吧你,这事哪有强买强卖的?"

王健霖也笑："少废话，我还就强买强卖了，谁让咱俩都是怪人呢？对了，你赶紧给我找个靠谱的编辑当助理，现在乱七八糟的事太多了，我得安心写作，没空搭理那么多人。"

"行行行，这次咱俩合作没毛病，助理的事更不是问题。"宋歌嘴上调侃着，心中暖暖的，"原来我不做你的作品不是不想，而是不合适，我当时的实力还差点儿，既然不能把你的作品运作到极致，不如先放放，观望且祝福，等合适了再接手，这样对你我都好。"

"我当然知道，所以说你不但对我有知遇之恩，也是我见过最聪明的人，有分寸，更有耐心，最关键的是你和我一样爱惜羽毛，要么不出手，出手就必须让别人信服。无话可说，只有羡慕。"王健霖对着宋歌举起手中的杯子，"所以说，我现在和你合作，并不是你在占我便宜，你就是我此刻最好的选择。"

宋歌也举起杯子："你也是我见过最聪明的人。"

"可是——你这样聪明又骄傲的一个人，刚才竟然主动低三下四地恳求起谢安然？"王健霖突然话锋一转，"是，谢安然肯定是你们行业的顶尖人才，你求才若渴我能理解，但你的姿态出卖了你的内心，因为再厉害的人物都不可能让你如此低眉顺眼，我也不行。所以你这样做，唯一的解释只能是你对她旧情难忘，希望和她重归于好——宋歌啊宋歌，你说我这到底是懂，还是不懂？"

宋歌又不说话了，直愣愣地凝视着前方，显然是在琢磨着什么。

王健霖抱怨："拜托，我说了这么多，就是为了引出刚才那几句话，你能不能走点儿心？"

宋歌反问："你有没有觉得她最后那句话有点儿奇怪？"

"没有啊，她骂你骂得很自然，显然当年你把人家的心给伤透了，现在她对你简直恨之入骨……哦，你是说她怎么突然提她姐？"

"她说她姐现在要找工作了。"

"难道她姐以前不工作？"

"应该是全职太太，前阵子我面试她姐夫的时候，他说起过，我记得很清楚。"

"那确实有点儿奇怪，不过也可能是无心之举，毕竟说到底是你没用她姐夫，她心疼自己的亲姐，所以迁怒于你，理所当然。"

"不，她从不会做无心的事。"宋歌看着门外，眼神闪烁，接着自顾自地点点头，缓缓说着，"她离开后的这五年，我一直告诫自己，人要往前看，别走回头路。我以为我做到了，直到前几天突然看到她，就那一瞬，我就明白，她从来都没有离开过我的心，而现在我拥有越多，就越觉得一切都是虚无，唯独我们的过去能够让我伤心或者快乐。所以，谢安然，你还是我的，你一定会回到我身边，对我来说，没有比这更有意义也更重要的事。"

第四章　主夫难当

1

关于重入职场找工作这件事，安心做了足够的心理准备，却依然被打击得伤痕累累。

自打和苏扬立下"互换身份"的约定后，她便全心投入找工作，什么线上投简历、线下招聘会、托人介绍……可以说什么方法都尝试了，而且条件也一降再降，效果却始终不乐观。大半个月转眼就过去了，还是没有任何实质性进展，安心心急如焚，却又不知该如何是好，应该说，这重返职场第一步，就给了她一记下马威。

倒也不是没面试的机会，毕竟她拥有优质的教育背景，也曾在知名公司就职过。然而基本上在第一轮面试她就会被刷下，因为当面试官知道她是一个6岁孩子的妈妈后，总是会产生相似的顾虑——

"我们这里上班需要996，请问你如何平衡家庭和工作的关系呢？"

"你还会要二胎吗？万一你来我们这儿上班了又怀孕了怎么办？"

"你能和公司签订一份协议，五年内绝不休产假吗？"

....

这些问题让安心哭笑不得，简直就是赤裸裸的职场歧视啊。安心觉得很不舒服，但对工作的渴望还是让她控制住了自己的情绪，进行了合情合理的回答。可即便她再真诚，还是无法让雇主打消疑虑，最后的结果往往也不过是"我们这边会好好讨论的，你先回去吧，等我们消息"，然后，就再也没消息了。

随着一次又一次的失败，安心慢慢变得绝望起来："真想不到，先输的那个人竟然会是我！"安心并不怕输，但她怕自己帮不了丈夫更帮不了这个家，眼看又要到一个月的还款日了，她们家的存款已经寥寥无几，再没有入账，这个家就真要"破产"了。安心开始整宿整宿地失眠，大把大把地掉头发，她明明焦虑得要死，却还不想让苏扬察觉到。此刻她越发心疼起苏扬来，一个多月前他糟糕的状态应该比自己现在有过之而无不及吧，自己不但没能发现，反而怀疑他出轨……

也就是在这个节骨眼上，安心突然接到了一个陌生来电。她本来认定是骚扰电话不打算接听的，可这个号码似乎充满了个性，你不接它就响个不停。安心想该不会是面试通知吧？这才赶紧接通，话筒里传来一个低沉且慵懒的男士嗓音。

"是谢安心吗？"

"我是的，请问您哪位？"安心觉得那声音有一点点的熟悉。

"你电话可真难打通！"对方显然在抱怨，稍作停顿后慢悠悠地说，"我是宋歌，我们见过的。"

宋歌？安心终于想起来了，不就是那天在抓奸现场见到的雅痞男吗？

奇怪,他打电话来干吗?难道是想再给苏扬一个机会?安心赶紧热情地招呼起来:"宋总,您好!"

"听说你在找工作?有空的话,过来找我一趟吧。"

"啊?"宋歌的话实在让安心感到讶异,可她不敢多问,更不想直接回绝,于是木然地回答:"哦,知道了!"

"很好,等会儿我秘书会联系你,电话别总不接。"宋歌的声音突然压低,"还有,千万不要告诉谢安然。"说完便挂断了电话。

安心举着手机,觉得莫名其妙:这个宋歌不找自己老公反而找自己,还不让告诉安然,他葫芦里到底卖的什么药?可是她没时间去好好理顺,电话很快又响了起来。这回是一位女士的声音,应该就是上次在酒店看到的那位,女士很职业地说:"谢小姐您好,我是宋总的秘书。请问您现在在哪里,我和司机这就过去接您!"

2

谢天谢地,这次的目的地不再是什么大酒店,而是位于北京中轴线北段上的北苑世纪中心。宋歌的歌颂者影业在那里足足占了两层的办公空间,宋歌的办公室足足有二百多平方米,里面从地毯到家具摆设无一不是精心考究。在那里,安心再次见到了宋歌。和上次一样,他的整体扮相依然"很不正经",和上次不一样的是,在他不羁的外表下似乎还有点儿小紧张,虽然他正竭力用浮夸的动作和言语掩盖着这一点,但安心还是能够准确地捕捉到,并再次确定此人和安然肯定关系特殊。而对于宋歌请她过来的目的,她也猜了个八九不离十,这使得她在宋歌开门见山说出自己想法时并没有太过意外,只是她怎么也没想到宋歌开出的薪资竟然会如此之高,足够解决掉她每个月的房贷和日常开支,之前苏扬的理想薪资也不过如此,不得不说,这真的太有吸引力了。安心拼命按捺住内心的欢喜,琢磨着是不是安然在背后主导的这一切;如果不是,她实在想不出来还有什么可能,可如果是,为何宋歌又一再强调千万不要告诉安然呢?

安心来不及多想,她必须立即给面前这个男人一个明确的答复:行或不行。毫无疑问,宋歌是一个喜欢控制局面的人,这让她并不舒服。如果是平时,甚至半个月前,她或许真的会说要回去再考虑考虑,甚至必须将事情原委弄得水落石出才能做决定,可现在她不想失去这个千载难逢的机会,她家真的太需要这笔薪资了。都说一分钱难倒英雄汉,一点儿都不夸张,中年人的脆弱只有中年人自己心知肚明,事到如今,只要不违反伦理道德和法律,其他的诸如面子、孰对孰错、谁是谁非等等,都没那么重要了。所以她拼命将所有的疑惑压了下去,点点头,很认真地回答:"谢谢,我可以。"

"很好,明天就来上班。"宋歌的语气充满了毋庸置疑。

"明天?"安心觉得太快太突然了,仿佛飞在空中的风筝,突然被人抓住了线往另外一个方向拽,感觉特别不舒服。可是她同样无法拒绝。

"对,明天!"宋歌再次确认,"所有的办公用品今天人事都会给你准备齐全,你有什么特殊要求也可以提出来,我会尽量满足你。"

"谢谢,我知道了,明天我会准时来公司报到。"安心已经迅速调整好了状态。

"很好,很好!"宋歌似乎也松了口气,他面露惬意的笑容,松弛地斜靠在沙发上,然后对安心挥了挥手,示意面谈结束,她可以走了。

回去的路上,安心坐在宋歌那600多万的迈巴赫里,觉得一阵虚幻。这就找到工作了吗?好不真实哦。还有,我可以不告诉安然,可我又该如何对苏扬说呢？这事儿太离奇，不太能够说得清楚，而且弄不好还会伤害到他，毕竟这份工作本来应该是他的，反正是怎么说都不合适，还不如先瞒着，等过一阵子再提。

3

安心其实有点儿想多了，因为现在的苏扬每天都忙得鸡飞狗跳，根本没心情去探究其他。

很多时候苏扬都会感慨：从善如流，从恶如崩。人的适应力真是太可怕了，很多你原本认为绝不可能接受的生活，其实过起来也没那么难，甚至还能从中获得某种疼痛的快感——这可不是病句，苏扬知道有种心理疾病叫"斯德哥尔摩综合征"，说的是一些人质在和绑架者朝夕相处后会对其产生一种特殊的情感，包括同情和依赖，而在这种情感的催使下，受害者甚至会协助施害者去加害他人。自打成为全职主夫后，苏扬常对自己说：现在生活绑架了你，你就是人质，既然无力反抗，不如闭眼享受。

苏扬是这么想的，也是这么做的，只是任他再怎么调整心态，在面对山崩海啸般扑面而来的家庭琐事时，他依然感到力不从心且无法承受。打小数学都是苏扬的强项，因此他很快进行了归纳总结，将自己当下遭受的痛苦之源粗略分为三大方面——

首当其冲的自然是他家那位熊孩子棒棒。奶奶滴，苏扬知道看娃难，但怎么也没想到会难到这个程度，简直人神共愤有没有？你得投入无限的时间和精力，对他动之以情，晓之以理，外加斗智斗勇，就这样结果还没什么胜算可言。苏扬感觉自己职场十几年积累下来的管理经验都无法与带娃数日所获得的感悟相提并论，这完全就是两个级别的抗衡。

苏扬每天早上六点半准时起床,快速捯饬好自己后给儿子做早饭,七点准时叫棒棒,基本上至少得叫上三四回,因为前两回好言好语的棒棒根本就不听,该怎么睡还是怎么睡。到最后实在没时间了苏扬就会直接上手,从床上把棒棒给拎起来,于是接下去棒棒哭、苏扬骂、安心劝,然后早饭棒棒肯定吃不下,苏扬火就更大,父子俩一天的相处就从鸡飞狗跳中开始,每天如此,绝无例外。每次安心在一边看着急得不行,好几次想插手都被苏扬厉声呵斥:"说好的,你别管。我就不信还治不了这小崽子!"

尽管苏扬每次都气焰高涨,但他还真就治不了棒棒。别看棒棒还不到6周岁,这小脑袋里的鬼主意多着呢,上次在肯德基高喊一句"他不是我爸爸",就把苏扬送进了派出所,给折腾得够呛。苏扬本以为那已是最夸张的时刻了,现在才意识到这对棒棒来说简直是日常操作,他首先不听你,其次还不怕你,你是他爸没错,可你能拿他怎么办?真打吗?别说舍不得,你就是舍得也不行,打轻了没什么用,打重了更是虐待儿童,会坐牢的。

毫不夸张地说,苏扬每天在棒棒身上殚精竭虑,然而挫折感却越来越强,他烦透了这种感觉,想摆脱又无能为力,只能咬着牙痛苦面对。好几次苏扬辅导棒棒学习时都气得怒不可遏,心想你这哪是我儿子啊,是我仇人派来整我的吧?你平时不挺机灵的吗?怎么就笨到这个地步?关键还不虚心、不专注,把我的谆谆教诲、良苦用心、深明大义统统当成耳旁风!苏扬越想越气,突然拿起棒棒的文具盒就开始往桌角上狠狠地砸了起来,里面的文具散落一地。"这也不会,那也不会,就你这样还上什么学?我的脸都让你给丢尽了。"苏扬边砸边偷偷看棒棒,心想这下总该让他害怕了吧。可不看还好,这一看,浑身鸡皮疙瘩都出来了,这小家伙也正斜着眼打量他呢，眼神里丝毫没有恐惧，嘴角反而挂着一丝冷笑，仿佛在奚落：你倒是砸啊，砸坏了还得给我买。这眼神一下子就让苏扬蔫了，他明白自己根本"征服"不了棒棒，而且越用力就越受挫，这真是一个让人无比沮丧且痛苦的领悟。

4

以上这些还都是他们父子俩之间的直接冲突，至于棒棒惹下麻烦让苏扬擦屁股的事就更多了。上课时违规乱纪欺负老师，下课后调皮捣蛋欺负其他小朋友，棒棒的班主任老师自从加上苏扬微信后，三天两头就把他叫到学校批评一番，弄得苏扬和门口那个黑脸保安都成了惺惺相惜的好朋友。别的家长想进幼儿园需要各种签字，苏扬刚往那儿一站，黑脸保安就笑脸相迎："哥，您又来啦！快进去吧。"

苏扬很是尴尬："不急，不急，是不是得先签个名？"

"签啥名啊，您都成这儿的名人了，谁还不认识您呀！"黑脸保安半是安慰半是调侃，"要说您这当爸爸的也真够不容易的，我在这儿好些年了，就没见过比您儿子更调皮的。"

这学校管不了，家长也管不好，就只能让别人家来管了。有一次在幼儿园门口苏扬接上棒棒刚想走，就被五六个家长给围住了，有男有女，有老有少，带头的是个身高一米九的壮汉，他怒气冲冲地一把抓住棒棒，嘴里骂骂咧咧："让你咬我闺女，我弄死你个小兔崽子。"吓得苏扬赶紧冲上去奋力将儿子抢了下来，结果自己又被壮汉按倒在地，要不是那黑脸保安及时出现，苏扬挨一顿胖揍肯定是少不了。

警察很快过来，了解清楚原委后开始调解，首先问苏扬身为被动方有什么想法没？现在主动权在他这里。苏扬说算了，小孩子之间有矛盾，大人心急能够理解，再说也没出什么事，没必要闹大，然后拉着棒棒悻悻离开。回去的路上，苏扬心想这也不全是坏事，应该可以吓唬吓唬儿子，让他长点儿记性，以后在幼儿园里收敛些，否则指不定哪天真闹出什么大事呢。

事实证明苏扬真是不了解他儿子，棒棒心态好得很，回去后他该怎么闹还怎么闹，该怎么欺负其他小朋友还怎么欺负，丝毫没受影响。倒是苏扬第二天不知道是受了惊吓还是感染风寒，突然发起高烧，起床时头重脚轻，气短胸闷，真是一万个不想动。可是没办法，家里还有一大堆事要做呢，于是他强忍着爬起来，咬着牙给棒棒做好早饭，然后迷迷糊糊地送他去了幼儿园。这个过程总共也就个把小时，苏扬却仿佛煎熬了一个世纪，好不容易回到家，本想立即补觉休息，可看到满屋狼藉，又觉得实在受不了，于是又咬着牙把家务干好。等躺到床上时已经中午了，苏扬浑身骨头和肌肉都无比疼痛，可翻来覆去却怎么也睡不着，怕万一昏睡过去会耽误下午接儿子放学，心中顿时觉得无比凄凉，更后悔之前对安心的不理解。

对他而言，第一次经历这种局面已受不了，可对安心来说，这么多年来她完全就是在丧偶式育儿，这样无助痛苦的局面不知道经历多少回了。现在儿子白天上幼儿园，至少自己还能够躺着休息会儿，原来儿子还没上学时整天都缠着他妈妈，因此就算安心生病再严重也无暇照顾自己，那得多难受啊！可她从来都没有给他打电话让他请假回来，也一次都没有向他抱怨过，这中间又得承受多大的委屈和不易！想到这里苏扬觉得眼睛酸酸的，原来的自己真够浑蛋的，不但不体谅老婆的辛苦，而且不尊重老婆的劳动成果，每次下班回家后要是觉得菜做少了点就会不开心，看到家里收拾得不够干净也会不开心，看到安心蓬头垢面、萎靡不振的样子还是会不开心。还有好多回，安心好不容易才把棒棒哄睡了，结果他根本不以为意，依然我行我素地弄出很大动静把棒棒吵醒，每当这时候安心就会很生气地说他两句，结果他还觉得安心太矫情：醒了就再哄呗，再说了这小孩子多睡会儿少睡会儿能怎么的？谢安心，不是我说你，自打有了儿子，你现在越来越过分了哈，得注意注意了——想到这里，苏扬恨不得狠狠抽自个儿两耳光：什么都不懂，还总乱发表意见，进行家庭冷暴力，简直太混账了。

　　苏扬躺在床上，肉体和灵魂承受着双重的洗礼，变得越来越脆弱，情不自禁地拿出手机给安心发了条信息：老婆，你还好吗？发完后他就捧着手机等回信，可等了个把钟头都没等到。这种情况之前在他们之间发生过很多次，只不过都是安心等不到他的回信，很多时候是因为他忙，但也有时候是他不想回，因为觉得没必要——我这边忙成这样，你一个全职太太在家闲得慌还问我好不好？简直有空哦！可不能让你再矫情了，所以，坚决不回——苏扬觉得自己眼泪都快出来了，如果安心不是难受到极致，又怎么会突然给自己发这样的信息？自己就这样一次又一次伤害了自己最爱的女人的心，还浑然不知。

　　就这样，苏扬一边忏悔着一边迷迷糊糊地昏睡了过去，手机突然发出信息提示音，苏扬赶紧点开，是安心来语音了。安心问："老公，刚才我们在开会，你怎么了？"苏扬眼眶又是一热，想回复，张了好几次嘴，愣是没把话完整地说出来，于是他又改成文字："老婆，我没事，就是想你了！"等发送完后苏扬觉得脸痒痒的，用手一摸，眼泪不知道什么时候流下来了。

5

这带娃很难，持家同样不易，身为一名全职主夫，带娃和持家是其左膀右臂，缺一不可。如果说苏扬对带娃的难度早有心理准备，那么他对持家的认知则显得严重不足甚至充满谬误。苏扬一直觉得所谓操持家务不就是打打扫卫生、洗洗碗、做做菜那些琐事吗？实在太简单了！

嗨！还别说，家庭主夫要做的还真就这些事儿，可根本一点儿都不简单好不好，这持好家的难度啊，从某种意义上讲要比带娃有过之而无不及。就拿收拾房间、打扫卫生来说吧，这是最基本的活儿，可要想做好也很不容易。北京的灰尘本就不小，尤其春秋冬三季，大风一刮，到处都是土，加上苏扬家在二楼，尤其招灰，基本上每天得擦一遍地板，否则都没法下脚。最开始几天苏扬还算有干劲儿，先用吸尘器吸一遍，然后再撅着屁股趴地上用湿抹布仔细擦拭，这个过程没半小时下不来，再加上给家具除尘，给绿植浇水，收纳衣物，整理物品，特别是棒棒那些个玩具，每天没两个钟头根本完不了事儿。这费时还好，关键费力，尤其费腰，好几次苏扬从地板上爬起来恢复直立状态时觉得自己腰都快断了，胳膊更是酸痛无比，而且因为用力过度，总是情不自禁地抖动着。好几次苏扬干完活儿照镜子，觉得里面那个蓬头垢面，一脸憔悴的自己越来越像个"黄脸婆"，原来做家务竟是如此摧残人，真不晓得安心这么多年是怎么坚持下来的，真是太不容易了。

卫生难搞，比起做饭来说还算是轻松的活儿。民以食为天，对一个家庭主夫来说，能不能把饭做好就是衡量其成功与否的重要指标。做饭就得买菜，买菜就要货比三家，同样的钱不同的人来过日子效果也完全不同。成为全职主夫前，苏扬统共没去过十次菜场，现在每天送完棒棒后，他第一件事就是去超市,因为这时候的菜足够新鲜,而且总能赶上各种促销。于是经常看到苏扬一个大老爷们拎着个小拉车夹在一群老头老太太中间,准点守在超市门口,等门一开,苏扬带头往里冲,然后一把抓起数量有限的打折鸡蛋往小推车里放,气得后面腿脚不利索的老头老太太直翻白眼。

在超市买了一段时间菜后苏扬意识到还是得去菜市场,虽然距离上远了点,可那里品种更多,价格算下来也更便宜,一次性多采购点儿可以吃上好几天,省得天天往超市跑。离苏扬家不远的望京体育公园边上有个很大的农贸市场,苏扬第一次过去时觉得简直发现了人间宝藏,不但货品超级丰富,而且没什么老头老太太争抢,自己可以尽情购买。卖菜的大姐们还都特别热情,每次看到苏扬个个都像看到冤大头了一样,热情得让苏扬感动,而且甭管卖给苏扬多少,最后总会捎把小葱或香菜,搞得苏扬特别有成就感——人间有真情,人间有真爱,多么善良的劳动人民啊,我爱生活!

就这样,苏扬总爱往那里跑,结果跑着跑着就慢慢地发现不对劲了,原来这菜贩子卖给他的和卖给其他人的根本就是两个价,原因就是他从来不还价,人说多少他就出多少。难怪对他都那么大方呢,这小葱香菜才值几个钱?简直就是捡了芝麻丢了西瓜。其实这也不能怪卖菜的,本来买卖就是要讨价还价的嘛,要怪只能怪他没经验,还总把别人都想得那么好,不受伤才怪。

正所谓"祸不单行",就在苏扬发现"自己和别人讲感情,别人却只是在和自己做生意"时,发生了一件更为恶劣的事——这些菜贩子不但在价格上虚张声势,在货品质量上也以次充好,甚至缺斤少两——这不,一天早上棒棒嚷嚷着要吃炖排骨,苏扬赶紧去菜场买,在一排卖肉的里面找了个品相最好的,然后问排骨多少钱一斤。对方回答:"纯排24,腔排

18。"苏扬琢磨了小半天,最终决定买1斤纯排给棒棒吃,再买1斤腔排自己和安心吃,然后亲眼看着卖肉的分别割下一块纯排和一块腔排,接着拿到案板下面噼里啪啦一阵狂剁,接着拎出两个袋子。苏扬美滋滋地付完钱回去了,等下午准备炖的时候突然发现这两个袋子里的排骨竟然都是腔排,而且压根就不是早上自己选中的那些——不但看上去色泽黯淡,闻上去还臭烘烘的,显然是被调包了——苏扬这才明白为什么对方要在案板下看不见的地方剁排骨了,敢情全是套路啊!

苏扬又恶心又生气,一口气飞车二十多分钟冲到那卖肉的面前,将两袋子排骨摔到案板上,气急败坏地说:"你们怎么可以这样?太过分了!"对方显然久炼成钢,面对骗局被识破却一点儿也不慌张,就说上午拿错了,换一块就是,没什么好大惊小怪的,说完还冷笑了一声,仿佛不懂事的人是苏扬。苏扬当然不肯,坚持要退钱,这下对方也毛了,干脆先发制人,扯着嗓子骂苏扬不要脸,想讹钱,拿别人家的烂肉到这里碰瓷来了。苏扬一听,差点儿没晕过去,这光天化日,朗朗乾坤,为了两斤排骨,怎么就能颠倒黑白,血口喷人?是可忍孰不可忍,现在已经不是肉好肉坏的问题,也不是钱不钱的问题,而是真相和尊严的问题。苏扬怒火中烧,开始暴风骤雨般地回骂起来,火力之猛,把他自己都吓了一跳。很快两人身边便围满了人,大家都笑嘻嘻的,对苏扬指指点点,正好干了一天活儿也累了,看着两人吵架就当是消遣了,不过总是对骂就不太过瘾,最好能够动动手,受点儿伤流点儿血才带劲。

就这样俩人对骂了半个多小时都没骂出个是非对错,在别人的起哄声中,苏扬骂着骂着突然悲从中来,心想我这是在干吗呢?一个多月前自己还人五人六地坐在高档写字楼里,甭管谁见到了都会客气地喊一句"苏总",现在自己不但没了工作,还像个泼妇一样在骂大街,就为了几斤破排骨，简直是耻辱。真相有那么重要吗？骂赢了就能够有尊严了？不，从选择在家做全职主夫的那一刻开始，自己就已经输了，现在的所作所为，无非是在这荒诞的生活上再添一把火，将自己内心仅存的最后一丝矜持和骄傲，烧得片甲不留。

苏扬觉得羞愧难当，瞬间就蔫了，赶紧住了口，低着头，双目无神地往外走。结果此举被菜贩子们视为落败逃跑，至此劳动人民不但取得了胜利，并且在胜利面前再次空前地团结起来，围观的群众开始"痛打落水狗"，纷纷加入对苏扬的讨伐中，而辱骂的内容也随之形而上地升了级，包含了更加复杂的信息——此时的苏扬已经不是某个具体的人，而是他们的对立面，他们每个人都过得不那么如意，都对生活充满了各种各样的意见，平时为生活所累、忍辱负重，直至此时此刻，在污言秽语的加持下，终于勇敢地做回了自己。

6

前面说了，全职主夫苏扬现在的苦闷之源一共有三点，第一带娃，第二持家，这第三本来是没有的——就算有也是苏扬根本不知道的，因此属于"无妄之灾"，而这种完全没有心理准备的意外打击带来的疼痛和耻辱感也要远超前两点。

事情发生在一个风和日丽的上午，地点就在小区大门口。自从上次因为两斤排骨单口不敌群舌后，苏扬变得忌惮再去菜场，总觉得那里的商贩非奸即诈，关键是自己有理也讲不清，还是少惹为妙。反正现在有很多的生鲜类APP，下单后半小时内送上门，方便得很，选择还多，消费者妥妥的是上帝，简直就是苏扬的福音。这不，那天他送完棒棒回小区，远远地就看到好多邻居正聚在一起热火朝天地聊着什么,等上前一看,原来是一家电商在推广自己新上线的买菜业务,只要注册就送一盒鸡蛋。苏扬心想正好家里鸡蛋快没了,反正现在也没啥事,就注册一个呗,于是赶紧排在一群老头老太太身后,结果明明没几个人,可等了半小时都还没轮到自己——主要是因为很多老头老太太不会用智能手机,所以下载安装再注册就特别慢。这下苏扬犯了难,等吧不知道还要多久,就为了几个鸡蛋感觉不值得,可不等吧又心疼自己已经付出的时间,这也是成本啊,要是现在走了等于这时间完全浪费了。想来想去,他决定还是等下去,就这样咬咬牙又过了一个多小时,终于轮到自己了,苏扬三下五除二便注册好,然后手一伸,说:"鸡蛋呢!"

"有有有……"工作人员弯腰从柜子底下掏出一盒鸡蛋,结果大小只有放在桌面上用来示范的一半。苏扬眉头一皱,说:"不对啊,怎么跟宣传的不一样?"

工作人员赶紧解释:"真不好意思,大包装的送没了,只剩小包装,一样的。"

"怎么能一样呢?你们这叫虚假宣传。"苏扬抬高了腔调,拿出上班时的那股劲儿,开始数落起来,"我觉得你们应该实事求是,千万别误导消费者,否则只会适得其反。"

"我们可以给您两盒,这就一样了。"

"那也不一样,我现在和你们说的不是鸡蛋的事儿,而是做事的态度。"苏扬越说越激动,感觉又回到了职场,开始挥斥方道,"现在生鲜APP竞争多激烈啊,要想活下来,个个都是九死一生,所以一定不能伤害到消费者的购物体验,否则只会大大增加你们的获客成本,而且流失率还会特别高。你们做这些总不能只是为了跑数据吧?那没什么意义的,说到底还是看你们到底能为用户提供什么价值……"

"小伙子,你还有完没完了?"苏扬这边说得过瘾,后面排队的老太太不干了,"不就是几个鸡蛋吗?至于说这么多废话吗?你拿都拿了,赶紧让开吧,我们还没有呢。"

苏扬脑袋嗡的一声炸了,仔细一看,指责自己的这位不正是前几天骂棒棒抢她孙女滑板车的那位吗,真是冤家路窄。苏扬赶紧解释:"阿姨,我真不是为了鸡蛋,我也做过互联网,现在就想把这理儿说清楚,也是为他们好!"

"你就是为了多拿几个鸡蛋。别解释啦,我又不是不认识你,你不就是咱小区那个没工作,在家全职带娃的人吗?"那老太太白了苏扬一眼,没好气地说,"你说你一个大小伙,有胳膊有腿的不去上班,跑这儿为几个免费的鸡蛋为难别人,有劲吗?这一盒鸡蛋才值几个钱,至于吗?"

"你……"苏扬一时语塞,"我……"

"我可没冤枉你啊,实话告诉你吧,你和你儿子在咱这小区都太有名了,你儿子一天到晚欺负其他小朋友,你一天到晚欺负你儿子,你们父子俩可真是绝配呢。"

"就是,就是,不是一家人,不进一家门。"这老太太开了个头,其他几个人也七嘴八舌地说了起来,"原来你就是那个自己在家好吃懒做,让老婆辛苦去上班赚钱的人啊!真是太没出息了。"

"上次我还看到他在菜市和卖肉的吵架,就为了多要人家两块排骨。"

"还说不是为了鸡蛋,真没见过你这样爱占便宜的男人。"

"来来来,我把我的鸡蛋也给你,看你好不好意思要!"

怎么会这样?羞愧、委屈、愤怒、无助……那一瞬间苏扬觉得天都要塌下来了，这简直就是赤裸裸的鄙视啊！家庭主夫怎么了？家庭主夫就不是男人了吗？家庭主夫就要承受这无情的诋毁吗？相比上次在菜场的骂战失利，这次苏扬的受伤程度显然要严重得多。他完全没想到自己在邻居的眼中竟是如此滑稽和不堪。他好想大声疾呼：我不是你们说的那种人，我求上进，不甘堕落，现在只是权宜之计，总有一天我会证明自己的。可现在面对众口铄金般的讥讽和诋毁，他什么都说不出，脑海里只剩下一个念头：赶紧消失吧，永远不要再让这些老女人看见。

或许是因为太过紧张，他走的时候依然紧紧拽着那小盒鸡蛋，因此进一步让那些嘲笑他的人获得了某种秘而不宣的快感，仿佛她们刚才的指责和讥讽是在伸张正义，除暴安良！

第五章　父子朋友

1

带娃难，持家累，还被鄙视，在这"三座大山"的压迫下，成为全职主夫后的苏扬每天都活得"痛不欲生"，无数次他都想到要放弃，可最终的决定却是——坚持，以及改变。

不放弃的原因首先是个性使然，这十来年他从小镇一路闯荡到北京，如果他是个容易放弃的人，根本就没机会混到今天。其次是不能放弃，要知道他和安心的"交换生活"才刚开始，无论如何这一年之约得坚持到底，如果现在举起白旗，等于宣告了对婚姻主权的放弃。

痛则思，思则变，变则通，苏扬当然不会愚蠢到要和生活血战到底。他深知此时此刻坚持很重要，变通更重要，"我一定是哪里做错了，得找出原因"，面对接踵而来的打击，苏扬一次次地对自己如是说，并且开始着手寻找正确答案。

既然带娃最让他感到力不从心，那么就从带娃开始改变。

学习能力是时间掌控外另一项让苏扬引以为傲的能力，从亲子专家的理论到普通百姓的心得，从相关书籍到各种知识付费音频视频，苏扬在很短的时间内密集学习了大量的"育儿宝典"，结合自身情况，最终归纳总结出了适合他的带娃之道，并积极付诸实践。

首先，要让孩子对自己的言行举止负责，而不是什么事都给他安排好，什么后果都帮他承担，这样只会让他模糊规矩，轻视制度，最终长成一个缺乏责任心的人，耽误了孩子，也害了父母。

比如同样是叫起床，原来苏扬每天都要叫三四次，连吼带吓的效果还不好，现在每天就叫一次，态度也很和蔼："棒棒，要上学了，快起床吧，早饭已经做好了。"就这么一句，其他什么都不说，也什么都不做。

棒棒会乖乖地起床吗？当然不会，第一天，他根本就没醒，一觉睡到九点钟，苏扬急得如坐针毡，眼瞅着上课的时间过去了许久，这小东西却越睡越香，苏扬无数次想把棒棒给拎起来，手都伸到枕头边了，可又生生忍了下来。是的，小不忍则乱大谋，既然决定了要改变，这点痛又算得了什么？

那天棒棒一直睡到自然醒，睁开眼就看到苏扬鬼一样地坐在床头，脸拉得跟个鞋拔子似的。棒棒揉着眼问几点了，苏扬幽幽地回答："十点半。"

棒棒一下子从床上蹦了起来，不停抱怨："完了，完了，我迟到了，你怎么不叫我啊？"

苏扬看棒棒急了，心中窃喜，嘴上却不紧不慢地说："我叫了啊，你没听见而已。"

"坏爸爸，你以前都会叫我好几遍的，我不起床你还打我呢。"

"对啊，打人是不对的，所以现在我改正了。"

"那你还是打我吧。"感觉棒棒都快哭了,"老师说我是我们班唯一一个从来都没迟到过的小朋友,还说要给我小红花的,现在肯定没了。"

"没了就没了呗,你一天到晚在学校调皮捣蛋,没有小红花也正常。"

"不行!"棒棒大叫了起来,"其他小朋友都有小红花的,我也必须要有,否则他们会嘲笑我的。"

苏扬愣了下,他还真没想到儿子这么在意这件事,以前他总批评棒棒不求上进,看来并不客观。

"要想不被别人嘲笑,就得自己努力争气。以后别睡懒觉,按时起床就是。"苏扬开始循循善诱。

"那你也得叫我,我怕我起不来。"

"请问,上学是谁的事儿呀?"

"我的事。"

"起床呢?"

"也是我的事。"

"既然都是你的事,就不能什么都靠爸爸妈妈,你自己得对自己负责的,对不对呀?"

"对的!"棒棒点点头,"我真的想要小红花的。"

儿子这不挺讲道理的吗?怎么以前就没发现呢?苏扬拉住棒棒的手:"我肯定会叫你起床的,不过只叫一遍哦。"

"嗯!"棒棒先是点点头,想了想又恳求,"爸爸,能不能叫两遍?我还没习惯呢。"

苏扬装作为难的样子,好半天才说:"行吧,不过你要答应我,叫第二遍的时候立即起床,一秒钟都不能耽误,否则后果自负。"

"成交！"棒棒举起手掌，在和苏扬击掌后，又说，"爸爸，你今天能不能先向老师请个假，就说我病了，不是迟到的，这样就不会影响我拿小红花啦！"

"说谎当然不可以了，不过爸爸看你有改善，爸爸可以奖励给你一个进步小红花，比学校的更大更漂亮，好不好？"

"好！"棒棒开心极了。

2

改变的第二步则是更换相处模式。原来苏扬采用的是一种"简单粗暴的管制育儿法"，那便是：你是我儿子，我是你老子，你做不到让我满意，我就骂你，急了还能动手揍你，我就想让你怕我，这样你就得听我的，反正我都是为你好。苏扬一度认为这种方法天经地义，他就是在棍棒斥骂中成长起来的，自然而然想复制到自己儿子身上，结果呢？结果就是完全不起作用，不但不起作用，反而适得其反，苏扬越是暴力镇压，棒棒就反抗得越厉害，两个人关系也越来越僵，哪里像父子，简直就是不共戴天的死敌。

苏扬问自己：和儿子搞成这样是你的本意吗？当然不是了，你那么爱儿子，怎么可能希望他讨厌你？苏扬又问自己：那为什么会到如今这个地步？很显然主要是你的问题，你方法不对，过于在意自己的权威，其实是一种愚蠢且怯弱的表现，同时又过分高估了孩子的能力，没有给予他足够的空间和时间，总之你用错了思维。苏扬最后问自己：如果想改变该怎么办？显然就如同书上说的那样，包容他、欣赏他、鼓励他，把孩子当作自己最好的朋友。

苏扬是这么想的，也是这么做的，此后每次因为棒棒而濒临发飙之际，他都会在心里告诫自己：你们是朋友，不是敌人，你会对你朋友百般挑剔，又打又骂吗？当然不会了，有这心思也没这胆儿啊！于是整个人真的就能放松下来，等冷静后再回头看，便会觉得没什么大不了的，有的是重新来过的机会，就算最后儿子还是顽固不化，那也无所谓，平安、健康、开心就好，其他的，真没那么重要。

其实大多数孩子都是属于鼓励成长型的，你越把他当作朋友，他就越放松，表现也会越来越好，而且还会对你真心回报，棒棒便是如此。他害怕孤独，渴望朋友，只是用错了方式，以为"欺负"其他小朋友，就会获得他们的注意，结果却换来别人的害怕、厌恶和远离，从而进一步刺激到他的举动，如此恶性循环。现在他有了爸爸这个好朋友，不但填补了内心的许多空白，而且发现爸爸好厉害，简直就是自己认识的所有人里面最了不起的，于是对爸爸越发崇拜起来。

有一个周末，安心要加班，棒棒说想出去玩。要是换作以前，苏扬整整忙活了一礼拜，好不容易盼到休息天，自然不愿出去，但现在好朋友提要求，肯定是要积极响应的。于是他带着棒棒来到附近的购物中心，父子俩先是美美饱餐了一顿棒棒最爱的肯德基，然后来到三楼的游艺中心，那里现在最受欢迎的项目就是抓娃娃，几十台抓娃娃机一字排开，发出悦耳的音乐声，闪烁着五颜六色的光芒，很是吸睛。棒棒看到了一定要玩，说里面有自己超喜欢的皮卡丘，苏扬知道这玩意儿看上去简单，实则很难，基本上是"有去无回"，但实在不想儿子失望，于是买了几十块钱的代币让棒棒玩儿，果不其然，每次感觉都抓到娃娃了，甚至就快成功了，可最后一刻总会失败，让你得不到又不甘心，真是急死个人。

看着儿子失望的表情，凡事皆信奉方法论的苏扬起了斗志，打开手机搜索着相关秘籍。还别说,真有不少大神掌握了其中的窍门,并分享到了网上——主要从手法技巧和概率逻辑两大层面将这种抓娃娃机的原理分析了个底朝天,虽然不能确保每次都成功,但在一定时间内的整体成功则变成了大概率事件——苏扬先按照这些个方法练习了几次,果然见效,于是信心倍增,果断买了两百块钱的代币,然后开始专注地玩起来,结果不到半小时便从一台娃娃机里抓出了好些个,然后转战第二台,同样屡试不爽。苏扬的身后聚满了围观者,每次苏扬得手后人群中都会爆发出欢呼声,棒棒显然是最高兴的那个人,他眼里满是对苏扬的崇拜,不停向身边的人介绍说这是我的爸爸,间或还上前亲吻苏扬的面颊,这绝对是前所未有的事。很快棒棒怀里的皮卡丘多得抱不下了,他慷慨地和身边的人分享战利品,收获着别人的感谢,快乐又加了倍。

苏扬一路攻城拔寨,最后把年轻的女老板都给"抓"出来了,老板哭丧着脸说:"哥,没你这样的,要不我把钱退给你,抓出来的娃娃我也不要了,你赶紧走吧,我还要做生意呢。"

回去的路上,棒棒开心极了,蹦蹦跳跳地拉着苏扬的手,说:"爸爸,你太牛了!"

"这算什么?你爸爸我牛的地方多着呢!"苏扬也高兴,一把搂过棒棒,"以后你慢慢发现好不好?"

"好!"棒棒大声应答,那一瞬间,父子俩都将对方当作自己最好的朋友,并从中体验到了无上的乐趣。

"爸爸,我想告诉你一件事。"

"好啊,你说。"

棒棒没有立即回应,而是弯腰捡起一根小树枝,在路边花圃的泥土上画了一个"4"。

"爸爸,这是几?"

"4啊!"苏扬疑惑地说着,不知道儿子葫芦里卖的什么药。

"对,是4。"棒棒又画了一个"9","这个呢?"

"9呀!"苏扬眼前一亮,"好儿子,你会写4和9啦!"

棒棒点点头,大眼睛眨巴眨巴地看着苏扬,一脸得意。

"真棒!"苏扬宠溺地抚了抚儿子的头,"啥时候学会的?"

结果棒棒的回答让他很吃惊:"我一直都会的。"

"瞎说,上个月为了4和9,我可没少揍你。"苏扬嗔怪,"爸爸不是教过你吗,谦虚使人进步,骄傲让人落后。"

"我知道,可是我没骗你,爸爸。"棒棒认真地说,"而且你出的那些题我也都会的,不信,你可以考我呀。"

"好,3加4等于多少?"

"7。"

"66加6呢?"

"6666啊,双击,老铁,没毛病。"儿子说完做了个鬼脸,"逗你的,66加6等于72。"

"臭小子,还真行啊!"苏扬半信半疑地问了好几个百位以内的加减题,棒棒靠心算便对答如流,和之前坐在桌子前死活不会做的熊孩子简直判若两人。

苏扬突然脸一沉:"说,为什么要骗我?"

棒棒委屈却真诚地回应:"那时候你刚刚开始管我,我怕让你知道我什么都会,你又该不理我了。"

"那你装不会,就不怕我揍你了?"

"怕,可我更怕你不理睬我,就像以前一样,你每天都很忙,我和妈妈和你说话的时间都没有。"

"那……现在怎么又肯说实话了？"

"因为你变了啊，你现在每天都和我玩，不但不骂我，还总夸我，我什么都不怕了。"

童言无忌，听着棒棒袒露心声，苏扬又高兴又感动，可嘴上还是情不自禁地问："是不是你妈让你这么说的？"

"才没有！"棒棒急得叫了起来，表情竟充满了委屈，可见是走心了。

"知道，知道，逗你的！"苏扬赶紧蹲下，温柔地抱住棒棒，"以后我肯定不会再骂你，因为我是你最好的朋友。"

"嗯，我也是爸爸最好的朋友。"棒棒搂住苏扬的脖子，在他耳边小声哀求，"爸爸，你答应我，不要和妈妈离婚，好不好？"

苏扬轻轻推开棒棒，看着他的眼睛，柔声问："为什么要这么说？"

"我那天晚上都听到了，你和妈妈吵架，妈妈哭，你就说要离婚，然后还离家出走了。"棒棒眼圈一下子红了，"我不想你们离婚，我以后会听话的，真的，我保证。"

苏扬再次将儿子拥抱在怀里，感觉自己鼻子也酸酸的，他用坚定的声音说："放心吧，爸爸妈妈是不会分开的，我们一家三口，永远都会在一起。"

3

好事成双，让苏扬怎么也没想到的是，因为一次意外，他和嘲笑他的老太太们也很快冰释前嫌。

那是一天傍晚，棒棒做完作业后照例在小区中心的广场上玩耍，苏扬就在边上看手机，突然听到一声尖叫，抬头就看到上次辱骂自己的那位老太太吓得面色惨白，她身前有只没拴狗绳的狗狗，正龇着牙对她吼叫示威呢。

苏扬开始没当回事，以为那狗认识她，正闹着玩呢，心中反而有点儿快意：让你冤枉我，现在被狗撵上了吧。

"哎呀妈啊，这谁家狗啊？怎么不看着点儿？"只见老太太吓得拔腿就跑。结果她不跑还好，这一跑狗立即扑了上去，照着老太太的腿狠狠就是一口，还好，没咬到肉，不过裤脚却给咬破了。

老太太哭着喊："救命啊……狗要咬死人了！"

苏扬这才意识到这狗很可能是和主人走散了，没人管，再一看四周，好多小朋友啊，家长们纷纷惊慌失措地把自己孩子抱了起来，还有一些没人看护的孩子吓得愣在原地哇哇大哭。此时人人自危，忙于自保，哪还有心去救那老太太。

来不及多想，苏扬冲上前去，他从没养过狗，对狗的习性没什么了解，当然不敢直接抓狗，情急之下只得对着那狗狗用恐吓人的那一套大声喊叫，结果完全没用。苏扬情急之下捡起一块硬物朝狗扔了过去，然后开始学狗叫，别说，这招还真好使，狗狗的注意力终于被吸引了过来，掉头朝苏扬狂吠不已。

就这样，一人一狗互相叫唤着，感觉还挺默契，邻居们都看傻了。接着只见苏扬先是慢慢后退了几步，等拉开了点距离后转身便向一侧的小路上狂奔，那里人要少得多，苏扬决定将狗引到那儿去。

在苏扬的挑衅下，那狗狗已经变得彻底狂躁，看到苏扬逃离后赶紧追上前去。这下广场算是安全了，只是苦了苏扬，在小路上没命地奔跑着，狗就在身后穷追不舍，显然不咬到他誓不罢休。

很快,苏扬眼瞅着自己快接近一个单元的门洞,只要冲进去就能确保暂时的安全,可就在他一只脚跨进去之际,另一只脚上却感到一阵剧痛,然后重重摔倒在地。

毫无疑问,苏扬被狗咬到了,而且咬得不轻,整只脚都酸麻酸麻的,最可恶的是,任凭苏扬怎么蹬踹,那狗就死活不撒口,跟长在苏扬身上了似的。

苏扬又累又怕,半躺在地上,慢慢觉得全身一点儿力气都没了。那只穷凶极恶的狗狗在他眼中变得越来越大,越来越恐怖,仿佛已经变成了一头饕餮猛兽,一口就能将他活吞。

苏扬心想,完了,完了,怎么也想不到我竟然是被狗咬死的,这事说出去谁能信?

"爸爸,别怕,我来救你!"

就在他极度无助之际,突然看到棒棒挥舞着一根棍子冲了过来,小脸上写满了急切和勇敢。

苏扬瞬间清醒了过来,他用尽全力大喊:"别过来,危险!"

可是已经来不及了,狗狗看到正举着棍子远远比画的棒棒后,突然松开苏扬,转身扑了过去。

"儿子,快跑!"苏扬伸手想抓狗腿,却什么也没捞着。棒棒显然吓坏了,刚才的威风荡然无存,哭喊着就往回跑,很快一人一狗便从苏扬视线里消失了。苏扬眼前一黑,心想,糟了,要出大事了。

就在苏扬挣扎着要起身去救儿子之际,他突然看到那狗又跑了回来,吓得腿一哆嗦赶紧卧倒一动不动,结果狗根本没搭理他,向另一个方向仓皇逃窜而去,紧接着苏扬便看到儿子和一群邻居举着拖把、笤帚、簸箕等各种"武器"追了过来。苏扬顿时明白了是怎么一回事,高悬的心这才放松了下来。

棒棒冲到苏扬身边,棍子一扔,关切地问:"爸爸,你没死吧?"

苏扬刚准备起身,一听儿子这么说,赶紧白眼一翻,舌头一吐,脖子一歪,开始装死。

棒棒见状不停摇晃苏扬,看他始终没反应,吓得大哭起来:"爸爸,你醒醒!"

四周的人开始聚拢过来,纷纷关切地问:"孩子,你爸怎么了?"

"我爸死了,被狗咬死的。"棒棒抹着眼泪,"我一定要找到它,替我爸爸报仇。"

然后又抱着苏扬哭:"爸爸,你别死,我保证以后听你话,再也不惹你生气了。"

棒棒这边哭得稀里哗啦,苏扬那边却犯了难。他本来只是想开玩笑吓吓棒棒的,现在好了,要是自己立即蹦起来,肯定会被其他大人骂不着调,这么大个人了,哪有这么和自己儿子开玩笑的?可要是继续装死,这也不是个事儿啊!

就在苏扬左右为难之际,突然听到围观群众里一个女人尖叫了起来:"血,你爸脚上全是血。"

苏扬再也忍不住,用手一抹,好家伙,满手鲜血,这狗咬得可真够重的。

"快……叫救护车!"这是那天苏扬在昏迷前说的最后一句话。

4

苏扬记得小时候看电影,男女主角出事后都会被推进手术室,浑身插满各种管子，身体上方是耀眼的光芒，好几个医生认真且紧张地围着病人转：手术刀、组织剪、止血钳、无齿镊……各类器械在病人身体里作战，门外则有更多的亲朋在焦急等待。等手术门上方的灯一熄，众人立即围上前去，纷纷关切地问从里面出来的医生病人情况如何，医生要么说：放心吧，手术很成功；要么摇摇头，叹口气，什么也不言语地离开，身后立即发出一阵痛苦的哀号……

苏扬感觉自己做了一场很长很长的梦，等醒过来时却发现哪有什么手术台、白被单，自己就半躺在一条冷冷清清的走廊长椅上，安心正抱着棒棒坐在一边。

"爸爸，你醒啦！"棒棒从妈妈身上跳下来，捧着苏扬的脑袋喊："太好了，我爸爸没死！"

"我这是在哪儿呢？"苏扬坐起来，捂着自己的脑袋，"手术做了吗？"

"这是社区医院，医生刚给你打过狂犬疫苗了，脚上的伤口也处理好了。"安心柔声安慰，"放心吧，都没事了，我们可以回家了。"

"我还以为要做手术呢！"苏扬长吐了口气，也不知道是庆幸还是遗憾，"我怎么晕过去了？"

"晕血很正常的，你忘啦，我们婚前体检时抽血，针刚扎进去你突然就晕了，把我吓坏了，那是第一次，后来我就习惯了，家里杀条鱼我都不让你看见。"

"哈哈哈，爸爸，你可真胆小，我都不怕打针。"棒棒见爸爸没事，开心极了，可刚说完这句话又改口，"不对，我爸爸才不胆小，那狗好凶，爸爸都不怕。"

苏扬搂住棒棒："你也知道狗凶啊，下次可不准再冲过来，太危险了，听到没？"

棒棒答非所问："爸爸，为什么那个奶奶骂过我们，你还要救她呢？"

苏扬一愣，怎么也没想到棒棒会如此发问。他想了下，认真回答："因为她当时需要别人的帮助呀，帮助别人是一件很美好的事。"

棒棒似懂非懂："如果你不帮那个奶奶，她就会被狗咬死，就算咬不死，也会吓死的。"

苏扬点点头："确实有这个可能。"

"爸爸，我明白了，那以后我也不和其他小朋友打架了，我要帮助他们。"

"真懂事！"苏扬趁机问，"以前你为什么总爱和小朋友打闹呢？多不好啊！"

"因为他们总是不理我，还笑话我，说我调皮，没有人喜欢我。"棒棒很认真地回答。

"所以你就希望引起他们的注意，对不对？"

"嗯，我也想要有好朋友，我也想得小红花。"棒棒点点头，"我现在知道怎么做了，以后他们就不会讨厌我了。"

"我的好儿子哎，快让爸爸亲亲！"苏扬高兴极了，再次搂住棒棒，在他脸颊上"吧唧"亲了口，接着很得意地看了安心一眼，仿佛在说：看，儿子被我带得多好！

安心脸上露出了满足的笑容，搀扶着苏扬，温柔地说："老公，我们回家吧！"

5

苏扬一家三口刚出楼道,便看见自家门前站着几个人,为首的正是那个被狗撵的老太太。

苏扬吓得不自觉地愣住了,安心则迟疑地走上前:"阿姨,你们这是?"

"我就说你们家住这里吧,这小区就没我不知道的事。"老太太表情夸张,满脸赔笑,"我是来感谢你老公的,他是个好人,我们以前冤枉他了。"

安心差不多明白怎么回事儿了,轻声道谢,让她别在意,大家都是邻居,应该的。

"是是是,远亲不如近邻。"老太太不停点头,然后将手中的鸡蛋不由分说递给安心,"我跟你说啊,你老公最喜欢鸡蛋了,这些是我刚去超市买的,正宗散养鸡下的蛋,赶紧给你老公做了吃,补补。"

说完,她拉着其他几个大妈,笑嘻嘻地离开了。

安心看苏扬,苏扬摇摇头,接过安心手中的鸡蛋,小声嘀咕:"我最喜欢鸡蛋?我成什么了?"然后打开门,"媳妇儿,听到没,晚上给我好好补补,看你的了。"

那天俩人难得的和谐,安心印象中已经好几年没有这样尽兴了,苏扬的表现也很好,仿佛回到了十年前俩人刚认识的那会儿,精力旺盛、感情炽热,仿佛什么都不是问题,一切都充满了希望。

安心趴在苏扬怀中,用手指在苏扬肚子上轻轻划着,感慨着:"真想不到会这样。"

"哪样啊?"苏扬喘着气,"哦,是不是觉得我雄风犹存?"

"我说的不是这个。"安心娇羞地掐了下苏扬,"我真没想到你和儿子现在的感情会变得这么好。"

"哈哈,是不是嫉妒了?"

安心没否认,噘着嘴:"我带了他那么多年,你才接手不到两个月。"

"感情这事和时间没必然关系,就像当年,那么多人追你,结果我们认识才几天,你不就选择了我?"苏扬的眼神里流淌着温柔,陷入了沉沉的回忆,将那些温馨的往事娓娓道来,"那时候的我,什么都没有,没积蓄,没房子,甚至连份安稳的工作都没有。说实话,我自己都在怀疑究竟能不能在北京生存下去,可你却无条件地相信我,一点儿不给我压力。咱俩好上后在呼家楼和别人合租,开始了同居生活——对了,第一个季度的三千元房租还是你出的,你还记得吗?"

"当然记得,那天你支支吾吾了好半天也不好意思说,脸憋得通红,我还以为你生病了呢。"安心回想着往事,露出甜美的笑容,"后来你说想借钱租房子,我说干吗要借啊,就我出呗,你一下急了,说没听说过同居还让女方花钱的,绝不可以。然后我就逗你说,那没钱就别同居了,结果你又说这也不行,反正怎么都得听你的。"

"哈哈,这就叫死要面子。其实不光房租是你出的,屋内的大小物什也都是你从东郊批发市场买的,那是我离开父母后第一次拥有家的感觉,特别温馨、特别美好。我们还花15块钱买了只白猫,不过你总叫它花花,说到这花花啊,真的特别傻,甭管你对它有多好,它要么躲着你,要么就咬你,把家里弄得哪哪儿都是猫毛,一发情起来还到处乱撒尿。有一次花花生病了,医生说是肺炎,治不好了,你偏不信这个邪,买回药来自己治,每天夜里到点儿起来迷迷糊糊地趴地上给它推药,一推就是半个多小时,整整推了半个月,愣是把它从鬼门关给抢了回来。当时我就想,我这个媳妇儿,太不简单,太能耐了。"

"既然我们收养了它,就要对它负责,怎么说也是一条命,不能放弃的。"

"嗯,这的确就是你的个性。我们在呼家楼住了得有四五年,后来又搬到了三元桥附近,当时我的工作稳定了,就让你把工作辞掉,好全心全力地照顾这个家,你二话没说就答应了。辞职后第一件事就是考虑买房子,当时我觉得这事儿离我太遥远了,你却始终坚持,现在想想,得亏听你的,那时候全球金融危机,房价正处于低点,要是错过了就真不好说了。"

"我其实就是想有一个属于我们自己的家,不用总搬来搬去,还可以按照自己的想法好好装修。"

"所以说,这个家听你的总没错。说到这买房啊,就更有意思了,老婆,你还记得最初我们想买在哪里吗?"

"当然记得,你非要在东五环传媒大学附近买,可我觉得太远了。"

"没错,而且当时我还说买个面积小小的老公房就行,便宜,得房率还高,你又说不行,你心中的房子得有个大大的落地窗,以后我们的孩子在窗前晒太阳的样子肯定特别美好。我也懒得再反驳你,当然了,反驳了也没用,那就先看看再说呗,于是咱就在这北京地图上找啊找,你突然说离这儿不远好像有个地儿叫望京,那里韩国人特别多,应该挺不错。我们立即打车过去,结果司机一听去望京就让我们下车,说望京的路全是斜的,进去了就出不来,我们好说歹说他最后才同意,结果刚进望京没两条街就死活不走了,说再往里面就真绕不出来了。我们只得下车,旁边正好有家房产中介,进去一问,正好有一套带落地窗的房子在出售。等我们看房的时候，你眼睛一下子亮了，我就知道你相中了，正好女房主抱了只暹罗猫出来，好家伙，这下你俩聊猫聊得太欢了，惺惺相惜，最后对方一高兴说这房非你不卖，还给抹了两万块，算下来不到一万一平，太合适了。"

"那只猫真的很漂亮，我还记得名字叫仙儿，要是还活着，现在得十来岁了。"

"那可不，一晃我们在这儿都住了小十年了，发生的故事就更多了，多得像天上的星星，怎么数都数不过来，每件事都刻进了心里，怎么忘，都忘不了。"苏扬边说边深情地打量着四周，长叹了口气说，"虽然现在我们又把它给卖了，可我会一直记得这是我们的第一个家。等再过俩月咱在海淀的房子装修味儿散了，就搬过去，棒棒上小学需要适应，我们也要开始适应新的环境。生活就是这样，磕磕绊绊，但会一直往前，只要我们夫妻同心协力，日子就一定会越过越好，老婆，你说是吗？"

"嗯嗯！"安心一边认真地听着，一边轻轻附和着，记忆如潮水般涌来，她眼眶已经湿润。"傻丫头，哭什么呢？"苏扬看着安心抹眼泪，故作轻松状，"是觉得过去太苦了，还是太幸福了？"

"也苦也幸福。"

"这话说的，有情饮水饱，我觉得一点都不苦。"苏扬不想看安心这么感伤，转换了话题，"好了，你也说说呗。"

"说什么？"

"说说你的工作，上班快一个月了，怎么样，没少吃苦头吧？"

提到工作，安心就心烦了，把头转了过去，看向窗外，幽幽地说："你关心我的工作吗？"

"这是什么话？你是我老婆，我是你老公，能不关心吗？"苏扬提高了语调,"再说了,现在你主外,这个家都靠你赚钱来养活,我肯定比谁都在意。"

"你从来都没问过我在哪儿上班,这也叫关心?"

"哈,就知道你会这么说。"苏扬呵呵一乐,"我不问不是不关心你,而是因为知道你在宋歌宋总的影视公司。"

安心一愣:"你……什么时候知道的?"

"就你刚上班那几天吧,具体什么时候我忘了。"

"那你为什么不说?"

"我为什么要说?说了只会给你压力,不是吗?就像你为什么不告诉我,肯定也是怕给我压力对不对?所以我俩都是为对方着想才如此,并不是我们不够坦白,更不是不关心对方,你说是不是?"

安心不置可否:"那你现在为什么又问了?"

"因为啊,如果我没猜错的话,你现在应该有着不小的压力,我觉得是时候和你聊聊,应该可以帮上你不少忙的。"

安心低头,小声说:"我不需要,我能处理好的!"

"傻丫头,我知道你好强,可我们是夫妻,有困难就要一起面对。"苏扬搂住安心,柔声安慰,"要说这持家带娃我肯定不如你,不过职场上的那些事儿,我当你老师应该没什么问题。说吧,不管遇到什么烦心事儿,记住了,有我呢,什么都别怕。"

第六章　重返职场

1

夜深人静，看着身边发出轻鼾、表情满足的苏扬，安心毫无睡意，脑海中想的全是工作上的那些事儿。

我现在有压力吗？当然。压力很大吗？好像又不是。工作会让我烦心吗？肯定的。是不是已经烦到无法承受的地步？感觉又没有。那到底哪儿不对劲了？安心不停追问自己，然后回答：哪哪儿都不对劲。

是的，时隔十年，重返职场，安心的感受和当年截然相反，记忆中的经验丝毫不起作用，这让她的内心不安、无助、焦虑，甚至充满了恐惧。

首先就是这份工作实在太闲了，没有具体任务，没有明确目标，没有所谓的绩效，甚至连像样的管理和考核都没有，安心就像漂浮在太空中的宇航员，离开了地心引力的约束，表面上好像很自由，实则充满了无力感和无序感，特别不舒服。

安心的岗位叫影视策划编辑，岗位职责虽然有，可是特别简单：策划好的影视选题，获得好的影视IP，服务好公司的签约作者和编剧。这个空洞的、大而化之的描述让安心摸不着头脑。什么叫好的影视选题？是能卖上价的还是能拿奖的？是平台要的还是观众认的？不知道，从头到尾没人对此有具体的诠释。你要是想弄明白，得靠自个儿去琢磨——对了，从上班到现在，连个基础的入职培训都没有，就把你往工位上一扔，再没有下文。

此外，公司既然从事的是影视开发，那么方向是什么？喜好是什么？方法论又是什么？同样没人说。安心一开始是以为大家不愿讲，后来慢慢才发现，其实是没人知道，而且别人还都不着急，仿佛不知道就对了，知道了反而有问题。

就这样，安心每天上班都处于"不知道，没事做"的状态，更夸张的是，安心发现并不是自己一个人这么闲，而是全公司都很闲。虽然公司规定每天上午九点半上班，但十一点前人能到齐了那就堪称奇迹，等上完厕所，打开电脑，喝两口水，说两句话，差不多就到吃午饭的时候了。吃好午饭好困的，总得眯会儿吧，不然下午哪有精神好好工作呢？等睡醒后先美美享受一顿公司提供的下午茶，然后纷纷打开社交软件开始各种聊天，公司就跟网吧一样，噼里啪啦全是键盘声，明明挨着坐的同事也不愿当面交流，说话也得通过电脑或手机。就这样很快就到了下班时间，结果倒好，大家纷纷来了精神，开始加班，干到九点十点那是再正常不过，通宵加班的也不在少数。在此期间，公司不但报销晚餐、夜宵和出租车费用，而且加班时间可以按照一点五倍进行调休，因此别说白天大家没什么事，就算有事也得留到晚上加班再做，这中间的账笨蛋也算得出。

安心不是笨蛋，当然明白其中的利益好处，但她不想占公司这些便宜，因此每天都准点到公司，然后整个白天因为无事可做而如坐针毡，只得自己找活儿，比如给公司打扫打扫卫生之类。好不容易撑到下班，可看到所有人都不走，想想自己又是新来的，而且得到这份工作很不容易，总得表现得好一些，于是也只得熬着不下班。而加班时的感觉就更难受了，无聊不说，心中还总惦记老公和孩子，怕孩子受委屈吃不好，又担心老公太遭罪吃不消，那感觉度日如年，一天两天也就算了，长期下来，人就特别痛苦。

除了感到无力，安心还觉得自己特别孤独，甚至比她全职在家时还要孤独。原来是身边没有人，孤独只是一种物理原因，情有可原，现在身边全是人，孤独就变成了一种化学反应，且如影随形，逃无可逃。至于孤独的原因则很简单——她和周遭格格不入——倒不是她不合群，而是大家并不乐于接受她。不接受的原因也很简单，她和她的同事实在不是一类人，确实很难走到一块儿。

怎么说呢？安心是80后，三十大几了，而她的同事大多数都是90后女生，其中不少还是95后，从年龄上来讲，安心是她们阿姨辈的。正所谓人以群分，无论从形象气质还是审美喜好，安心都和这些小同事们大相径庭，一看就是两个世界的人。安心也想进入她们的世界，可是她们聊天的内容、看的剧、用的化妆品、去过的地方、玩的游戏，都是她所不熟悉的，甚至她们说的很多话，安心都听不懂。没办法，三年一代沟，安心和她们中间隔了好几层代沟，走不到一起是必然的。再加上安心非科班出身，来路存疑，也没相关从业经验，而她的同事都毕业于各大影视专业院系，不少还是从国外学成归来，一个个心比天高，眼比心更高，因此安心想要获得她们的认同，几无可能。

要说现在这90后也确实比较自我，在没有利害关系的前提下，喜欢不喜欢都愿意放在脸上,因此安心总能轻而易举地从小同事们的眼中感受到一丝拒人于千里之外的冷漠。而如果说公司里存在着一条谁也看不见但人人都能感受到的鄙视链,毫无疑问,安心肯定身处这条鄙视链的最底层。

2

孤独,安心并不怕,被鄙视,其实也没那么在乎。安心在意的只是自己每天都在"混日子",尽管这并不是她自己造成的,但事实就是如此,而她也迫切地想改变这个窘状。她去找主管,问有没有什么具体的活儿可以让自己做,哪怕给别人打下手也行。主管比安心小整整十岁,架子却比安心大十倍,她很不耐烦地答复说公司正在筹备新戏,现在空点儿很正常,影视公司都这样,有事会找你,等着就是,有什么可急的。安心自讨没趣,回去又憋了大半个月,最后实在受不了,决定去找宋歌,必须把事给说明白了。

找宋歌并不是件容易的事,安心到公司一个多月了,见到宋歌的次数寥寥无几,话更是没说过一句。宋歌很少来公司,要来也是下午,来了也不会和大家打招呼,就待在办公室内,各个部门的主管轮流进去汇报。有时候他会带一些朋友过来参观,普通员工就更没机会和他交流了。安心总是想,像他这样疏于日常运营管理的老板,究竟靠什么将公司做到这么大的?只是运气吗?还是说他有其他不为人知的方法?可从种种迹象来推断,又似乎是前者,如果真是这样,运气又能够管多久?会不会有一天这个公司突然就垮台了。想到这里,安心不禁陷入了深深的忧愁,更加坚定了要找宋歌好好谈一次的决心。

好不容易,安心等到了宋歌来公司的机会,她本想直接过去,结果门口的助理说宋总已经有约了，正和客人在里面谈事，让她先等等，这一等就等了两个多小时。到下午六点，客人终于出来了，安心赶紧走过去，发现前面至少排了七八个等待老板签字的部门主管，个个都比她急。安心想了想，决定还是算了，大家见一次老板都不容易，可千万别因为自己耽误了别人的工作，否则还不被数落死。于是心情低落地往回走，结果刚坐到座位上就接到宋歌助理的电话，说老板让你过来下。

很快，安心再次走进宋歌那无比豪华的办公室。宋歌还是老样子，手脚大张着斜靠在白色沙发里，尽管整体邪魅不羁一如从前，但眼角眉梢还是透露出明显的疲态，这些都被安心看到了眼里，记在了心中。

"你找我是吧？"宋歌站了起来，亲自给安心倒了杯水，"正好我也有事想和你说说。"

安心一惊："哦……"

"先坐吧。"宋歌示意安心坐到旁边的单人沙发里，然后自己点了支烟，深吸了两口，看着安心，缓缓说："我请你过来，可不是让你做保洁的。"

安心松了口气，知道宋歌说的是什么，她解释："我看中午正好有空，就帮着收拾了下，没事的。"

"你没事，我有事。打扫卫生是保洁阿姨的活儿，你不可以越俎代庖。"宋歌盯着安心的眼睛，"要是外人看到了，还以为我公司请不起保洁呢。"

"知道了。"安心突然有点儿委屈，自己就是觉得太闲了才想办法给公司做点儿事，结果反而成过错了。可宋歌说得也没错，只是没想到他天天不在公司，怎么这么小的事都能知道？想到这里，安心突然一个激灵，不由自主地好好打量起宋歌来。

宋歌似乎被安心看得有些不好意思，很快避开了眼光，问："好了，说说你找我的事吧。"

"宋总，我觉得现在自己的工作很不饱和。"安心缓了缓，将心中的话清晰地说了出来，"每天都不知道要做些什么。"

"嗯，"宋歌的表情很平静，轻轻点了点头，说，"还有呢？"

"没有了。"安心小声回答，"就觉得自己在浪费公司资源，这种感觉真的很不好。"

"怎么可能没有了呢？"宋歌反问，"既然你能因为自己没事干主动去给公司做保洁，就证明你心里有事，眼中有活，也就不可能没发现其他问题。"

"宋总，我……"

"你不方便说，我来说。你应该发现公司大多数员工都人浮于事，每天出工不出力混日子，对不对？"宋歌声音一震，"你应该还发现公司的管理一团散沙，不，这个公司根本就没有管理，无论大事小事，都唯我意志是瞻，表面上是执行力强，其实就是不想承担责任，平时出主意的人不少，关键时刻真能做事的，一个都没有。"

见宋歌如此激动，安心反而觉得不落忍，赶紧安慰："其实大家不是您想的这样，主要还是因为……"

宋歌摆手，打断了安心："你不要替他们说话，公司什么样，谁真心为公司好，谁在这里混日子，我比谁都清楚。"

"哦！"安心只得把后面的话咽进肚子里，她很清楚此时此刻她最重要的是聆听，虽然她不知道为什么宋歌要对自己开诚布公。

"可是清楚又有什么用？就算我什么都知道却什么也改变不了，只会让人觉得更窝火。"果然，宋歌轻叹了口气，"我知道别人都怎么评价我，说我吃喝玩乐，不务正业，根本不管这个公司的死活。屁话，怎么可能？这公司是我一手创建起来的，没人比我更在乎。"

安心当然相信这是宋歌的真心话，只是她越来越奇怪于他的逻辑，什么叫知道却改变不了？公司管理的相关流程虽然烦琐，但也不是什么高科技秘密，只要认真执行，假以时日，肯定会大为改善的呀。

"我讨厌管理公司，一想到我还要去管别人，我就特别痛苦。"宋歌好像洞悉了安心的疑惑，又像是自我催眠，"我才不要管别人，好烦的，特别是人性里有那么多阴暗的地方，做管理就是和这些阴暗短兵相接，而且毫无胜算，只会让自己感到沉重和恶心。"

"所以公司现在这样一片混乱，你不但清楚，而且是有意为之。"

"可以这么说。"宋歌愣了下，继续说，"是，我是选择了逃避，逃避来公司，逃避见到其他人，这不是好的方法却是正确的方法，至少对我来说如此。只不过我逃避不是为了享受，而是为了集中注意力去做那些更重要的事，事实上我不认为这个行业还有几个人比我更勤奋、更聪明。为什么我们公司能发展这么好？为什么那么多投资人拿着钱找我？为什么我们可以接二连三推出一个又一个成功的项目？都因为这个。"宋歌指了指自己的脑袋，"只要我还能够专注思考，我就能抓住主要矛盾，只要我持续做出好的作品，其他问题就都不是问题，歌颂者影业，依然会领先于这个行业。"

宋歌慷慨说完，话锋一转："当然，如果公司能够像最初那样在管理和产品两个维度都令人称道，那才是真正的无敌。只可惜，这一切都被我破坏了。"

话说到这份上，安心差不多明白宋歌究竟为什么突然对自己如此倾诉了，她反问："看来你很怀念过去？"

"当然，那时候条件虽然没现在好，但人可以很纯粹，身心也很自由。"宋歌看着窗外，"公司有我前女友管着，管得特别好，我什么都不用操心，只需要安心看稿子，想故事，做自己最喜欢做的事。"

"那你现在可以再找个人帮你管公司啊，应该能找到合适的职业经理人。"

"当然能，但我不愿意。"

"你要求太高，看不上？"

"不全是。"

"因为你无法完全信任别人？"

"因为我不想第三个人分享我俩打下的天下。"对于安心的提问，宋歌没有否认和逃避，而是认真地回应，"有些东西只有失去了才知道珍惜，既然是我造成了今天这种局面，那么就让我来独自承受，哪怕公司最后真毁了，也只能毁在我自己手上，至少这也是一种完整。"

安心轻轻摇头："不，你不会让公司毁掉的。"

"为什么？"宋歌紧盯着安心的眼睛。

"因为你和我说了这些。"安心没有逃避，"我相信这些话，公司除了我，不会再有第三个人知道。"

"当然，除了你，其他人都没必要知道，当然，也没有资格。"宋歌的眼神渐渐柔软起来，"很好，你很聪明，我没看错人。"

"谢谢！"

"我不需要你感谢，我需要你帮我，当然，也是帮公司，帮你自己。"

安心心一沉，思忖良久，缓缓对宋歌讲："宋总，谢谢你的关心和用心，只是现在我是公司员工，所以你的私事，我还是不插手为好，对不起。"

宋歌显然没想到安心竟然会如此直接地把自己给拒了,如果是其他员工,他估计会立即炸毛了吧。可是面对安心,他必须控制住自己的情绪,既然他决定亲手弥补曾经犯下的错误,那么现在遭受的所有伤害都是罪有应得。想到这里,他平静了点,淡淡地对安心说:"我发现了,你们姐妹俩的性格可真像,积极起来恨不得替全天下人操心,冷漠起来谁都拿你们没办法。"

"宋总……"

"别说了,趁我生气之前,赶紧走吧。"宋歌朝门口摆摆手,"我还有很多事要处理,他们都等着呢。"

"那我的问题?"

"我知道了,公司很快要开一个超级重点项目,有的是活儿给你做,到时候你别怕就是。"

"谢谢,我保证完成任务。"安心高兴极了,不管如何,今天的谈话远远超过她的期待,她也从老板口中得到了肯定答案。至于宋歌有所求的那些事,她当然不可能真的不管,只是她很清楚安然的性格,在事情没有弄清楚之前,她绝不会贸然行事,否则只会弄巧成拙,甚至会伤害自己和妹妹的关系,那样就更得不偿失了。

说起来,安心有段时间没和安然见面了,安然约过安心好几次,安心都以忙为借口搪塞了过去。对于自己在宋歌公司上班这件事,安心第一个难面对的是苏扬,第二个就是安然。现在苏扬已经知道了,不但没生气反而还给予了足够的关心,这让安心很是欣慰。可安然呢?以她和宋歌曾经的关系,以及现在对宋歌的态度,能够做到无动于衷甚至祝福吗?安心毫无把握,所以她只能逃避,拖一天,是一天。

不过,现在安心已经顾不上为这些事烦忧了,她的心里满是宋歌口中的大项目。安心决定要好好把握住这个机会,为公司业绩做出自己的独特贡献,不为输赢,只为尊严,一如二十年前的"电脑死机事件"一样,让怀疑她、看轻她的人统统闭嘴。

3

当晚,安心将下午和宋歌谈话的内容对苏扬简单说了说——自从那天苏扬主动关心起安心的职场情况并进行了有效安慰后,安心便开始习惯对苏扬倾诉工作上的烦恼,感觉每次聊完后,内心总是能够获得安宁和力量。安心不得不承认,无论家庭生活中苏扬有多少欠缺,职场问题上,他确实足够成熟且经验丰富。同时她彻底意识到自己这些年来对老公在事业上的奋斗并没有给予足够的理解和支持,也没有充分体谅过他的不容易,这也是她如今最为后悔之处。因此虽然现在这份工作让她备受折磨,但至少可以有稳定的收入,还能让她走近丈夫的过去,也算是意外的收获。

"宋歌批评你批评得很对,你确实不该这么做。"苏扬认真听完,第一句话就这么说。

"我为公司做力所能及的事,怎么就不对了?"安心当然不服,"难道我也要像其他人那样成天混日子吗?"

苏扬轻轻摇头:"这只是你一厢情愿的想法,别人可不是这么看的。"

"那别人怎么看?觉得我太主动了,故意表现自己?"安心越说越委屈,"你知道的,我不是那种人。"

"我当然知道,问题也不在于你是不是在表现自己,而是你破坏了某种规则。"苏扬赶紧点头,握住妻子的手,"职场是这样的,每个人都有自己的一亩三分地,在自己的领域里你怎么做都可以,你可以没事闲着、待着,也没问题,但是你一旦越界了去做别人的事,你的同事和领导就可以认为你耽误了本职工作,甚至是不胜任现在的岗位。因为你的时间精力都是有限的,只要你做了其他事,势必影响自己的事,这个逻辑肯定是对的。而如果每个人都可以随意越界,那公司就乱了,对这样的现象不予以严惩的话,其他同事也都没法干活了,人人都可以去找自己喜欢做或者能够做的事,反正都是为公司好。"

安心当然接受这样的分析,只是嘴上依然抱怨:"职场太复杂,看来还是不太适合我。"

"职场复杂是正常的,只要你别把职场和家庭混淆起来,别把上班和过日子混淆起来,别把同事和家人混淆起来,就没问题。"苏扬轻轻拥住安心,在她耳边柔声说,"好老婆,放心吧,有我这个军师,你很快就会适应的。"

"狗头军师差不多。"安心推开苏扬,嗔怨道,"你别得意得太早,我一定会做出成绩,让你刮目相看。"

"哈哈,那我等着。"苏扬高兴地在安心脸颊上吻了一下,"说起来,这个宋歌对你确实挺客气的,如果换作别人,以他的个性,早开除了。"

"那还不是看在安然的面子上。"想到这个,安心又忧心起来,"你说宋歌今天都这么请我帮忙了,我还拒绝了他,是不是太不给他面子了?"

"没有啊,我觉得你处理得特别好,男女感情方面的事,本来就和给不给面子没关系。"苏扬撇撇嘴，"再说了，安然是咱妹妹，当年他俩到底发生了什么事还没弄清楚，就贸然答应宋歌去当说客，肯定不行，万一是宋歌欺负了安然，咱还得找他算账呢。"

看到老公如此护着自己妹妹，安心感到很窝心："你说如果他俩当年真在一起过，为什么安然从头到尾都没和我提过？"

"这有什么好奇怪的？肯定是安然不愿意说呗，你二妹什么性格你还不清楚吗？你们三个姐妹里最要强的就是她，最要面子的也是她，最有主意的还是她，一件事但凡没做出结果前，她是绝对不会声张的，感情方面的事她不声张再正常不过。"苏扬冷笑了两声，"再说了，这宋歌看上去多不靠谱的一个人啊，我要和他好上了，我也不说，能好几天还不知道呢，说早了等于打自己的脸。"

安心点点头，眼圈一下红了起来："安然就这样，从小有什么委屈和压力都喜欢埋在心里，爸妈本来就忙，后来有了安逸后，对她的关注少了很多，特别是爸爸意外走了，妈妈对她像变了一个人似的。说起来安然和我已经算亲的了，这些年在北京，她没少关心我，倒是我这个当姐姐的，对她太疏忽了。"

苏扬迟疑地问："你爸当年真是因为救安然出的意外？"

"安然又不是故意的，她也很后悔自责的，"安心哽咽了起来，"爸爸的事，或许没人比她更痛苦，对她的伤害也最大。"

"好啦，过去的事就别提了，"苏扬赶紧转移话题，"怎么着，想你二妹啦？明天就联系她呗，一起吃个饭，让她看看姐夫我现在的厨艺精湛到了什么地步。"

"好啊，我确实想她了。"

"切，想她不早点约，还要我来提醒。"

"我只是……"

"只是害怕她知道你现在在宋歌那里上班会生气对不对?"苏扬摸摸安心的头,"傻丫头,你就放心吧,安然这些年久经沙场,职场上什么事没遇到过?不会那么想不通的。"

"真的?"

"当然,你看我都能接受,更别说她了。"苏扬笃定地说,"只要你好,我们都会支持的。放心,听我的,准没错。"

"嗯嗯!"

"倒是你另一个妹妹,你可得多操操心,弄不好将来会有些麻烦。"

"安逸?她又怎么了?"

"现在是没什么事,可前两天她不是说快放暑假了打算回国来北京住一段时间吗?"

"是啊,到时候就住咱家呗,把棒棒的房间留给她就是。"安心怕苏扬不乐意,"哎呀,安逸和安然从小关系就不好,你又不是不知道,肯定不方便住她那里的,你这个当大姐夫的就多担待点儿,说起来我也好久没见她了,也很想她的。"

苏扬知道安心把事情想得太简单了,不过他也说不上具体在担心什么,只是一种预感而已。说起来也奇怪,他其实并没有见过安逸几面,但光听安心讲述她们三姐妹从小长大的故事,就觉得这个小妹太能折腾,这几年在国外读书总算让家里清静了些,现在突然要回来,还住进自己家里,指不定会折腾出什么来。原来他不当家这些都无须理会,现在他成了家庭主夫,所有和这个家相关的细节都需要提前考虑到,不操心可不行。

4

安心本以为还得等段时间才能迎来宋歌所说的大项目，没想到一个星期后便被告知接下来她所有的工作内容都浓缩成了一条：服务好公司最重要的签约作家——王健霖。

王健霖安心是知道的，当前人气最高、影响力最大、最具有商业价值的大作家，关于他的各种传奇故事正长篇累牍地在网上流传着，他的每部作品都能够轻松撬动数亿级别的资本市场，而且每次都能够大获全胜。毫不夸张地说，拥有了他等同于拥有了印钞机。不过近两年来若干家影视公司纷纷投入重金想和他合作而不得，怎么宋歌不动声色就将他签了呢？看来宋歌的厉害之处真不是她们常人可以理解的。

安心当然替公司高兴，但并不觉得这和自己有什么关系。因此当她接到这个任务的时候还是无比惊讶的，她根本没有相关经验，公司为何将至关重要的项目交到她手上？安心不明白，其他人也不明白，可是谁也不敢反对，毕竟这是宋歌亲自下达的命令，他一定有自己独到的考虑。

对此安排，宋歌当然不可能是冲动为之，更非徇私，就算他对安心有所偏心，也不敢拿这事儿开玩笑。毕竟公司现在处处受敌，压力四起，王健霖的作品可是公司给予市场最有力的强心剂，也是公司最重要、最核心的资产，一旦有所差池那就太得不偿失了。

宋歌此举实属不得已而为之。公司秘密签约下王健霖其实有段时间了，也早就安排了编辑对王健霖的创作提供全面的服务，这个活儿表面上并不难，无非是作家没灵感的时候陪他聊聊天，舒缓舒缓情绪，或者作家有什么需求的时候全力帮他满足，细心一点，认真一点就可以。然而所有的这些对王健霖来说统统无效，他性格太古怪了，脾气还很大，一旦抓狂起来就跟精神病一样，简直不可理喻，问题是，他还总抓狂。其实这也正常，他身上背负着那么多人的期望以及那么大的利益纠缠，市场竞争又是如此激烈，个中压力之大，根本无法对外人言说，而创作本身就是一件极累极耗心血之事，有时候特别想写可是怎么也写不出，或者写出来后自己又很不满意，那种痛苦和挫败感，足以将他撕碎。因此他除了折磨自己，只能去折磨身边的工作人员，只是现在的年轻人又有几个愿意忍气吞声的，伺候不起就走人，哪里还不能混口饭吃？就这样，王健霖身边的工作人员如走马灯一样，往往他还没能叫出名字，结果在发了一顿飙后人就不见了。他也知道这样不好，可一旦抑郁的情绪上来，他根本无法自控。此前宋歌至少给他安排了三名贴身助理，其中最长的那一位不过坚持了两个多月，最后也被骂成了抑郁症。而最短的才待了三天，工资都没要就走人了，对方说在他身边多待一天就得少活十年，这王健霖简直就是变态。为此宋歌也找王健霖聊过，可是没有用，王健霖好的时候比谁都通情达理，可一旦犯病了，天王老子都劝不住，真是愁死人了。

那天宋歌和安心聊完天后突然灵机一动，觉得可以让安心试试，她虽然没有经验，可是年龄要比王健霖大出很多，性格更为成熟，内心也更为包容，加上她做过很多年的全职主妇，肯定拥有更好的牺牲精神。如果她都无法包容王健霖，那么公司真的没人可以伺候得了这位活祖宗了。

最最关键的是，她是安然的亲姐姐。尽管现在王健霖已经是他的签约作家，可外面的竞争对手并没有死心，反而一个个蠢蠢欲动意图截和，其中最嚣张的就是安然所在的石门影业，石耀东甚至在外面大放烟幕弹，说王健霖已经答应和他合作，搞得谣言四起。其实对于石耀东这种很低级的伎俩宋歌并不忌惮，他真正在乎的是安然，没有人比他更清楚安然的个性和能力，再不可能的事在她那里都会发生奇迹，因此他不可不防。现在让安心来做王健霖的编辑，对安然来说一定会大大增加她挖人的压力和难度，以前安然曾多次对他说起过安心是她在这个世界上最重要的亲人，她绝对不可能轻易做出伤害自己大姐的事。因此如此安排可谓是一箭双雕，进能攻，退可守，是他绞尽脑汁所能想出的最好办法。

5

宋歌在安排好这一切后，又主动约了一次安然，像过去数次一样，安然直接拒绝了。只是这一次宋歌并没有死心，而是直接在安然公司大楼的地下车库等着。那天安然加班到十点多，她刚走到车边，宋歌就从旁边的迈巴赫里走了下来，拦在她的车前，笑嘻嘻地说："谢总，我等你好久了，你肯定还没吃晚饭吧？走，我请你吃你最爱的酸辣粉。"

安然没好气地说："让开，我不吃晚饭。"

宋歌一点没要让开的意思："你比五年前瘦了至少有二十斤吧？可别再瞎减肥了，对身体不好。"

"我身体好不好跟你有关系吗？你不让开是吧？那我走。"安然说完关上车门，快步往外走去。

"狗脾气，我真是前世欠你的！"宋歌无奈地摇了摇头，嘀咕抱怨着，然后大声对安然说，"你就不想知道你姐在我公司待得如何吗？"

见安然没回头，他又说："我让她做王健霖的编辑啦，以后她每天都服务王健霖，直到他把新小说写完为止。"

安然应声停步，转身，横眉，呵斥："宋歌，你怎么这么讨厌？"

"哈哈，终于感兴趣啦，那就走呗。"宋歌打开迈巴赫的车门，弯腰，伸手，做出了一个邀请的姿势，"小然然，请上车。"

小然然——这是宋歌对安然的独家称呼，也是安然最喜欢听到的称呼，那时候她管宋歌叫小宋。那时候他们很穷，俩人刚开始创业，没有钱，却有爱、激情，更有希望。现在他俩都很成功，有钱、有事业，却把对方弄丢了——安然一瞬间有些恍惚，仿佛回到了多年前。她眼角变得微微湿润，不想让宋歌看到自己的脆弱，赶紧欠身坐进车内，用足够冷漠的声音说："走吧，十二点前我要回到家。"

6

二十分钟后，宋歌的车停在了望京的一家烧烤店门前。

自从当年和宋歌分开后，安然就再没来过这里，因为此地有她太多的回忆。现在看着熟悉的一切，往事瞬间一一浮现。曾经这儿是他俩的"食堂"，刚创业那会儿他俩就在旁边的都市心海岸雅园五号楼的地下室里办公，几乎每天都会加班至午夜，下班后最幸福的事莫过于来这儿吃点儿夜宵。只不过当时实在没钱，因此每次只能点上几串烧烤，然后就着花生毛豆，边喝最便宜的"大绿棒子"边畅想未来。那会儿体力也确实好，就这么干聊也能一坐就是好几个小时，两人之间仿佛有着无穷无尽的话题，说什么都特带劲，好像一点儿都感受不到生活的苦涩，而未来一切都充满了希望。只是每次都苦了那些服务员，在他俩身上赚不到钱不说，还没法按时下班。经常出现的情景就是天际已经发白，烧烤店里只剩下宋歌和安然一桌，然后十来个服务员打着瞌睡围着他俩，宋歌依然激情澎湃，仿佛光靠憧憬便已赚到了几个亿，安然更是听得如痴如醉。终于一个矮个子服务员受不了了，冲上前说："大哥快醒醒吧，你就点了五个串统共才十块钱，可这都聊了四个多钟头了。还拍电影呢，范冰冰是你家亲戚啊？她能给你拍戏？哎呀妈啊，整得跟真的一样，也太吓人了。"其他服务员听了一起哈哈大笑，眼中充满了鄙夷。

有一回宋歌喝多了，借着酒劲儿对服务员大声说："我知道你们瞧不起我，行，我很快就会把你们这里买下来。"记得当时服务员又集体大笑起来，仿佛听到了世上最可笑的笑话。矮个儿服务员笑得眼泪都出来了："大哥，要不我再给你烤俩小腰，免费的，等你当这里的老板了，给我加点儿工资就行，我先谢谢了。"

一晃七八年过去了，物是人非，物是人非啊！

安然收起迷思，和宋歌一前一后走了进去，里面人声鼎沸，喧闹无比，大堂得有好几十桌，桌桌座无虚席，门口还有不少人在排队。安然心想这可比当年热闹多了，老板还不得赚死？

接下来的一幕就更让她惊讶了，几乎所有服务员见到宋歌后都毕恭毕敬地问候："宋总好，您来啦！"

宋歌点点头，说："把店长叫过来。"

很快，一个穿着西服的矮个中年人赶了过来，安然一看，不正是当年取笑过他们的那个服务员吗？

店长满脸谄媚地不停招呼："宋总您可有段时间没来了，怎么也不提前说一声？我们好准备准备。"

宋歌直接问："还有包间吗？"

店长面露难色："真没了，包间都是至少提前三天订出去的，咱这里生意太好了。"

宋歌不以为然，淡淡地说："给你五分钟，你想办法给我弄个包间。"

店长愣了下，连连点头："好嘞，宋总您稍等。"

很快，店长带宋歌和安然坐进了一个大包间。店长有点儿委屈地说："就这间的客人快吃好了，为了让他们立即走，今天的单打折了一半。"

宋歌丝毫没有感谢的意思，而是瞪着服务员："快点菜，还愣着干吗？"

安然有些看不下去了："你怎么还是对服务员这么霸道？至于吗？！"

"当然至于了，现在我可是他们的老板，有这个资格。"宋歌看着菜单，不无得意地说，"我早把这里买下了，这两年经过我的改造这儿已经变成了网红店，很多外地游客来北京都要过来打卡的，怎么，你不知道吗？"

安然一愣，反问："我为什么要知道？"

宋歌也不生气，继续说："从我盘下这家店的第一天开始，我就对他们强调，无论有多少客人，一定要留个包间，以防不备。可他们为了多赚点钱，就是不听，你说是不是应该好好管教？"

"你总是有理。"安然冷笑，"你带我来这里，不会就是为了炫耀当年吹过的牛已经实现了吧？"

"你说得对，这确实值得炫耀。"宋歌把菜单扔到一边，"好了，你别看了，所有的串儿都来十根，所有的菜都上一道就是，咱自己的店，随便吃。"然后吩咐服务员赶紧去做。

"你能不能别这么幼稚？"安然拉下脸，"好了，我不想吃了，你快说为什么要让我姐当王健霖的编辑？你明明知道这样她的压力会很大，也知道她肯定做不好的。"

"不见得，你应该是低估了你姐的能力。我放眼整个公司，就只有你姐可能服务好王健霖，其他人根本不灵。"

"我不管,反正你要是让我姐受委屈了,我绝不放过你。"

"可别这么说,如果你真觉得你姐在我这里不合适,你就不会让她到我这里来了,不管最后结果如何,你都是要承担的。对了,说起来,我还挺奇怪你为什么要这么做呢。"宋歌拿起刚端上来的烤串,大口吃了起来,"嗯,好吃,好吃,小然然,和你一起吃饭果然连味道都不一样了,你快来根。"

"你觉得还会有人给她这么多薪资吗?"安然慢慢拿起一根烤串,若有所思地说,"现在我姐夫失业了,全家都没有收入,可他们要还房贷,要生活,还要抚养我外甥,哪哪儿都需要钱。我说借钱给他们,我姐又不同意,她自己找工作根本没戏,到我们公司上班也不合适,所以我只能出此下策。"

"嗯,和我想的差不多,不过什么叫'出此下策'?这话我可不爱听啊!"宋歌半真半假地说着,"小然然,我能不能这么理解,你其实也没有那么恨我,对不对?或者说,你对我的恨是有一个特定范畴的,在这个范畴以内,你很感性,范畴以外,你其实很理性也很现实。说来说去,你,谢安然,还是一个实用主义者。"

安然看着宋歌说完,反问:"你在嘲笑我?"

"我只是在陈述事实,没有任何批判的意思。其实这样特别好,至少我下面的话可以更坦然地说出来。"宋歌顿了下,真挚地看着安然,"小然然,回来吧,我真的需要你。"

"你光想着需要我,有没有想过我并不需要你?"安然冷笑,"宋歌,你能不能不那么自私?不那么自以为是?"

"你当然需要我,我请你回来,真的不只是为了我自己,更是为了你。"宋歌认真了起来,"不管你这些年为你们公司做出了多大的贡献,对石耀东来说，你始终是个外人。他只在乎你有用还是没用，根本不会在你身上投入一点点感情，一旦你没了利用价值，他就会立即卸磨杀驴。"

安然继续冷笑："石董是什么样的人，对我到底怎样，我心里都有数，用不着你在这里胡说八道。"

宋歌站了起来，在房间内来回踱步，边走边说："小然然你怎么还不明白呢？石耀东根本就不是一个踏踏实实做内容的人，他是这个行业真正的资本玩家，吃肉不吐骨头的主儿，影视项目不过是他金融杠杆的支点。这些年他靠你做的项目的收入加了几十倍的杠杆，到处拿地做文化产业园，还大肆购买价格昂贵的艺术品用作投资，这些你不可能不知道。但你知道他还涉赌吗？知道他商业贿赂吗？他暗地里做的很多事儿你根本不清楚，都特别夸张也特别危险。总之，他对影视一点儿感情都没有，更别说情怀和责任了，一旦他发现做影视再也无法成为他的赚钱工具，就会立即跑路，而你们这些人，都是炮灰。"

安然不说话。

"你以为这几年整个影视行业都发展得很快真是因为我们都很厉害吗？错了，是因为资本市场在眷顾着我们，更是因为这个行业正处于野蛮生长的阶段，只要你进来，都能够赚钱，这就叫大势所趋。可是这个势头不会一直持续，你没看到现在整个影视圈变得多乱了？监管部门不会放任不管，听之任之的，大乱之后必有大治，等相关政策一出台，谁是玩票的，谁在裸泳，一目了然。到时候只有真正懂内容、做内容的人才能活下来，就像我和你。"

安然依然不说话。

宋歌顿了顿，喝了口啤酒，继续说："这种局面你我都知道，石耀东不可能不知道，所以他早就在布局，将影视公司的资本往国外转移。呵呵，相信这个你也蒙在鼓里的吧？"

"不可能，上个月我们还对外发布了公司未来三年的片单，石董还亲自对媒体承诺要增加对影视公司的投入。"关于宋歌说的这点，安然当然不会完全没有感觉，但她始终不愿相信。

"这就对了。你也做了这么多年的影视，应该很清楚片单计划和实际制作并没有必然的联系，那些都是做给市场看的。石耀东越是高调就证明他越是想跑，这是他一贯的策略。"宋歌一扬眉，"其实这也没什么，他要是真能够全身而退，只能说明人家道行高，可你有没有想过到时候你怎么办？重新找工作？你是败军之帅，谁会用你？所以说，趁一切还未发生，你得先行动，三十六计，走为上计。"

安然没再接话，而是紧紧盯着宋歌，宋歌被盯得有些不好意思，问："你看我干吗？"

安然依然只看不说，仿佛要在宋歌身上掘地三尺。

宋歌只得调侃："是不是觉得我说得很有道理？那你打算什么时候向石耀东摊牌呢？"

安然突然轻轻摇头，说："你怕了！"

"你说什么？"不知道宋歌是没听清楚还是不相信自己听到的话。

"我说你害怕了，你怕我们石门影业就要把你甩在身后了，所以故意对我说这些危言耸听的话，离间我和石董的关系。"安然冷笑，"宋歌，你这样做未免太过用心险恶且卑鄙无耻，我是不会相信你的。"

"谢安然，你是不是疯了？"宋歌果然一点就着，怒不可遏地反驳起来，"我明明是在关心你好不好？我会怕你们超过我？可笑至极，在我眼中石耀东就是个老骗子，根本不值一提。我就算现在停工五年，石门影业也不可能和我相提并论，如果不是因为你在那里，不是怕你有一天被人卖了还替人数钱，我看都不会看你们公司一眼，还我怕了？"

"瞧你都恼羞成怒成啥样了？越解释越掩饰，你就是怕了，你这个胆小鬼。"安然当然是故意气宋歌的，她也知道如何才能让他出离愤怒，不管他说的话真假与否，就眼前这局面，她也不能认输。

"好好好，我怕了，我有病好不好？"宋歌气得眼珠都红了，拿起桌子上的碗碟狠狠砸了起来。如果是别人这样冤枉他、讽刺他，他恨不得立即上前和对方打上一架，可是面对安然，他除了生闷气、砸东西，不知道还能做什么。

"你本来就有病，我才不关心你说的这些乱七八糟的，我一个字都听不进去。"安然一点儿也不怕，等宋歌发泄完后继续狠狠说，"倒是你给我听清楚了，只要有我谢安然在，石门影业就不会败。还有，王健霖我一定会从你手中抢过来，你等着。"

第七章　无家可依

1

安心服务王健霖的第一天，就遭到下马威，差点儿被气哭，多亏她年龄放在这里，生生忍住了。

按照流程，那天她直接来到富仁花园报到，此前她听同事说起过王健霖的别墅装修得特别高档，没想等眼见为实后还是被其奢华程度给震惊到了。更让人匪夷所思的是，这里上下四层，十来间房，却只有王健霖一个人住，连个负责生活的阿姨都没有，因此房间内虽然富丽堂皇，却显得无比凌乱，整体特别违和。更违和的是王健霖给安心的第一印象，和安然一样，安心想当然认为王健霖身为当今知名度最高的青年作家，文质彬彬应当是最起码的，拥有儒雅的书生气也很合理，可这些都没有。安心到了后，在客厅等了好久都没等到王健霖，看着乱糟糟的四周不禁手痒了起来，心想反正公司派自己过来就是服务他的，业务上的事她又不懂，还不如多做点儿家务,让作家有个好心情也利于创作嘛,于是撸起袖子就开始干活。只是以前安心哪收拾过这么大的家呀,这整整忙活了两个多小时连客厅都没收拾利索,刚准备坐下喘口气之际,突然从身后传来了一声呵斥:"你谁呀?"

"啊!"安心尖叫了起来,赶紧回头,这才发现一个板着脸的小伙子不知道何时出现在了客厅里。

见安心被吓着了,小伙子一点儿绅士风度都没有,依然口气粗鲁地说着:"你是宋歌叫来的阿姨吧?我跟他说过多少次了,别让乱七八糟的人过来碰我的东西,走走走,你赶紧走人。"

安心愣了下,突然反应过来面前这个除了不像作家其他什么都像的人就是王健霖,心中顿时涌出一阵失望。不过她也来不及多想,赶紧澄清:"健霖老师您好,我不是阿姨,我是您的编辑谢安心,宋总让我过来,看您有什么需要我做的,好让您安心创作。"

"你是编辑?"王健霖满脸鄙夷地上下打量着安心,"怎么这么老?"

安然本就郁闷的心瞬间就被打击得千疮百孔,今天为了见这个王健霖,她还特地好好捯饬了一番,粘了睫毛,做了指甲,买了衣服,烫了头发,结果刚见面就被他嫌弃,而且是女人最不愿听到的话语,就这素质怎么还能当作家呢?难怪之前没人愿意伺候,总这样下去,病估计都能给气出来。

结果这还没完,见安心不说话,王健霖看了她一会儿,突然又感慨:"算了,老就老点儿吧,你干这行多久了?以前带过哪个作家?"

安心郁闷死了:什么叫老就老点儿?我这究竟是有多老啊!她立即没好气地回答:"两个月了,你是我的第一个作者。"

"什么？"王健霖简直不敢相信自己的耳朵，"我说宋歌没事吧？找个这么老还没经验的人当我的编辑，也太不重视我了！不行，我得好好说说他，这不瞎胡闹嘛！"王健霖边说边拿起手机，刚准备打，又看了眼安心，问，"你刚才说你叫什么？"

"谢安心。"安心已经暗自决定，只要宋歌轻信他的牢骚而说自己一句不是，她就立即辞职，给多少钱都不干——还作家呢？整个儿一精神不正常的病人，老娘才懒得搭理你。

结果王健霖打完电话后立即放下手机，脸上竟然出现了一丝笑意："那我知道了，你是谢安然的姐姐，说起来你能到宋歌的公司，还有我的功劳呢。"

这下又把安心给说蒙了，短短几分钟，王健霖已经充分向她展现了自己喜怒无常的性格。

"你知道为什么你都这么老了，而且没经验，宋歌还让你当我的编辑吗？"王健霖仿佛刚侦破了复杂的案件，特别兴奋，"你妹妹现在正想方设法挖宋歌墙角，希望我和宋歌解约，然后签到他们石门影业。说实话，你妹真挺厉害的，我都那样拒绝她了她还不死心，而且给我的条件越来越好，好到我都觉得不合适了。下次你妹过来，一看亲姐姐在这里坐镇呢，看她怎么办？可不办回去没法向老板交代，办了又没法向你交代，有意思。谢安然当初想方设法把你推荐过来，一定没想到会有今天这个局面。"

安心大吃一惊，王健霖的这段话信息量好大啊，她只听懂了一半，剩下的一半，她想都不敢想。

"好了，既然如此，我们就一起来看看最终的结局会如何吧。"王健霖高兴极了，仿佛在说着一件和自己毫不相干的事，"看到底是姐姐坚守阵地，击退妹妹，还是妹妹大义灭亲，从姐姐手里抢走战利品。"

说完他又摇头补充："不对，不对，我把故事说简单了，这里还有曾经的恋人反目成仇，现在成了竞争对手殊死搏斗，亲情夹杂着爱情，恨中有爱，爱里有仇，谁也不服谁，谁也不怕谁，简直太好玩了！哈哈，我的小说又有素材啦！"

2

那天安心在王健霖的别墅一直待到晚上七点多才下班，王健霖也不要安心做啥，就让她待在自己身边，说只要看到她，自己就有源源不断的灵感，只要她走远一点，立马又觉得文思枯竭，特别神奇。一开始安心还以为王健霖在故意作弄自己呢，尽管她不懂写作，但怎么可能会有这么邪乎的事？可是她看王健霖恳求自己的样子又不像开玩笑，加上她的工作就是为他创造各种条件，确保他能按时高质地完成新作的创作，因此她宁可信其有地在王健霖的书房里找了个地方坐下来，随手拿起一本他之前出版的悬疑小说，结果从第一页开始便被深深吸引住。别看这家伙生活中有点儿不着调，小说确实写得太好看太精彩了，简直拿起来就放不下。

就这样，王健霖认真写着，安心认真看着，整个世界变得无比安静，两个人都颇有些物我两忘的境界。也不知道过了多久，王健霖突然将笔记本合上，伸了个大大的懒腰，一脸满足地说："收工。好久没写得这么爽过了，宋歌把你安排过来，简直再好不过！"

安心正好看完那部悬疑小说的上册，惦记着后面的情节，连问了王健霖好几个问题。看到安心这么喜欢自己的作品，王健霖更是高兴。他先简单回答了两句，又卖关子说要想知道终极谜底，明天早点儿过来，他可以专门给安心讲讲自己的构思和用心，算作编辑的独家福利。

俩人作别后，安心这才想起包里的手机。因为害怕打扰到王健霖创作，她早把手机调成了静音模式，后来看小说太入迷了竟然把手机给忘了，赶紧取出来，这才发现上面有好几个未接来电，都是苏扬打的。

安心一惊，自从自己上班后苏扬怕影响她工作几乎从不会主动打电话，现在肯定是出什么事儿了，于是赶紧拨了回去。刚接通就听到苏扬特颓的声音："老婆，你在干吗呢？急死我了！"

"今天一直在开会，怎么了？"

"唉……"安心就听苏扬长长叹了口气，"买咱房子的那人突然让我们一个星期内必须搬走，真是怕什么来什么。"

3

等安心赶到家，一进门就看到苏扬穿着围裙，耷拉着脑袋，满面愁容地正在厨房里炒着菜，昏暗的灯光下，他身上越发有了种家庭妇男的气质。要是从前摊上这种事，不，比这更棘手、更麻烦的事儿，他恐怕也只会微微一笑，不在乎地说："这种鸡毛蒜皮的小事你负责解决就是，无非多花点儿钱，没什么大不了的。"现在怎么就如此"惊慌失措"了呢？都说屁股决定脑袋，还真是一点儿都没错。只是眼睁睁看着自己老公变得这样"接地气"，安心还是觉得有点儿不舒服。

"这人怎么能这样啊？也太不讲信用了！"安心来不及多想，抱怨着和苏扬商量对策，"当初他买房时明明答应给我们留半年的，这才过了不到三个月，早知道不卖给他了。"

"是啊,我和他交涉了,他说他没办法,未婚妻意外怀孕了,要提前举行婚礼,也不知道真假。"苏扬叹了口气,"不过现在是真是假都不重要,房子早就过户了,人家确实有这个权利。"

"有权利也得遵守承诺啊,现在就给我们一个星期,让我们往哪儿搬?"安心最看不得的就是自己老公受委屈,气不过地说,"不行,我得去找他好好说道说道,没这样做事的,这不是欺负人吗?"

"那倒没必要,也不是说我们真的一点儿办法都没有。"苏扬用手指敲打着桌面,咬了咬牙,"实在不行,咱提前搬到海淀新买的房子里得了。"

"不行的,你不是说了吗?新装修的房子必须空置半年以上放放味儿,否则对孩子的健康特别有害。"安心矢口否决,"现在多少得白血病的小孩啊!咱那房刚装修好两个多月,现在住进去等于慢性自杀。"

"那就只能抓紧时间去租个房过渡一下了。"苏扬没坚持,事实上,他也就是这么一说,就算安心同意,他也不会冒这个险的。

安心担忧:"可是总共就一星期,我还得上班,你一个人又要找房子又要搬家,还要照顾棒棒,能行吗?"

"唉!!!"苏扬又长长叹了口气,音调变得更忧伤了,"都到这地步了,不行也得行。只是一想到我们折腾了这么多年,结果最后还要租房住,心里就特不得劲儿。都怪我,瞎折腾,害得你们跟着受苦。"

"老公,别这么说。"安心心疼极了,赶紧抱住苏扬,柔声安慰,"没事的,我们想在这个城市里生活得越来越好,就必须承受很多压力,接受很多挑战。可只要我们一家人在一起,所有的麻烦都会过去的。"

"如果是以前,这些话应该是我说来安慰你才对,看来你上班后真的成长很快。"苏扬看着安心,突然笑了,"当年我执意让你全职在家或许真是个错误,如果你一直工作,说不定现在比安然都要做得更好。"

"如果真是那样,我也一定会失去现在的生活,我不愿意。"安心松开苏扬,看着他的眼睛,一字一句地说,"老公,你知道吗?一切都是最好的安排。我不上班虽然错过了一些经历,但是我没有错过儿子成长的每一天,而现在我重新工作,不管遇到什么事,首先会想如果是我老公的话,你会怎么做。每次这么一想,我就觉得自己全身都充满了力量,再大的挑战都不会害怕。"

"这倒是,就像我在家,一方面觉得事儿总是不断,确实很烦,可另一方面又觉得自己可以为这个家做贡献,也会很有成就感。最重要的是,通过这一件件的事,感觉和你更接近,也更懂你了。"

"老公,这些天真是让你受苦了。"

"哪里,哪里,你也不容易。"苏扬竟然不好意思起来,"都是为了这个家,为了孩了嘛!"

"嗯,那你现在心情好些没?"

"好多啦,我其实就是抱怨抱怨而已,快吃饭吧!"苏扬长吐了口气,赶紧将三菜一汤摆好,饭盛到安心面前,搓着手说,"你工作一天肯定累坏了,赶紧吃饭吧。等会儿我就上网看看房源。我找不到工作难道还找不到房子吗?请首长放心,三天之内,一定搞定。"

4

事实很快证明,苏扬找不到心仪的工作,同样找不到合适的房子。从苏扬自身的感受来说,想租个靠谱的住房比找份合适的工作更累更难更不靠谱。

原因很简单：自从更加严厉的限购政策出台后，市场上的求租需求就持续高走，公寓租赁突然占据了投资的风口，导致在很短的时间内至少出现了十来个自住公寓品牌。他们在游资和热钱的催生下，迅速持有了大量房源，造成了可出租房源的进一步减少，以及租房价格的直线上升，这些是外部原因。至于内部原因则是因为苏扬只想短租三四个月过渡一下，中介倒无所谓，可绝大多数房东一听就不乐意，太折腾了。此外苏扬考虑到棒棒还在附近上幼儿园，这里的生活全家人也都熟悉了，于是将租房范围圈定在附近几个小区，房子不需要太大但是又不能是群租隔断房，可以是2000年前的老房子但不可以太破太旧，而符合他这些要求的待租房源少之又少。好不容易遇到一套合适的，结果租金竟然比他的心理价位整整高出了一倍，气得他当场就回绝了，接着又跟着中介看了十几套房，终于在更远的小区碰见个能凑合的，战战兢兢地一问价格，更离谱，综合比较下来还不如前一个呢。于是又往回找，结果被告知已经租出去了，等于好几天都白忙活了。最后那个带他看房的年轻中介用一种无奈加嘲讽的口气说："好房不等人，一天一个价，哥，再这样看房，你能找死，我能饿死，要不算了吧。"

话说租房租到让中介主动放弃的，苏扬也算创纪录了。苏扬觉得很没面子，心中更是焦急如焚，眼瞅一周的期限就快到了，这房子的影子还没看到呢，他们往哪儿搬？总不能睡大街上吧。想来想去实在没办法，只好硬着头皮给买他们房的那哥们儿打电话，恳求再宽限几天，结果话还没说完，对方勃然大怒，像骂无赖一样怒斥苏扬："别跟我说那么多没用的，你言而无信、出尔反尔，我一分钟都不会多给你，不搬走我就报警。不是没地儿搬吗？让你们家住到监狱里，免费的。"

苏扬被挂断电话，愤慨无比却又欲哭无泪，举着手机好半天没动弹，最后实在没办法只得又给安心打电话,将情况简单说了一遍,问:"老婆,我把事儿搞砸了,这可怎么办啊?!"

5

苏扬着急,安心听了更急。苏扬至少还在现场,为这个家忙前忙后,她却只能每天加班加点地守在工作岗位上,想为老公分担一点都无能为力。安心不是没想过请假,也提过,只是没说真实原因,觉得这事儿太寒碜,讲不出口,就推说身体不舒服,想回去休息半天。安心入职后没请过一次假,也没早退过一分钟,加班的时长可以倒休好些天了,但她一次没休过。像她这样认真积极的员工现在提出这个合情合理的要求,正常领导都能同意,只可惜她现在的"领导"王健霖不是正常人,面对安心的请求,王健霖想都没想就给拒了:"我这里房间很多,你随便去休息就是,吃的喝的也都有,不喜欢还可以叫外卖,都能报销的。"

安心欲哭无泪:"可是我……"

"反正你别离开我太远,否则我又会没灵感。我没灵感就写不出来,写不出来宋歌就又该崩溃了,宋歌崩溃你们谁也没好日子过,嗯,就是这样!"

就这样,王健霖一两句话便将安心堵得死死的,再多的话,再多的苦,也只能往肚子里咽。她忍了好几天,也煎熬了好几天,只能祈祷着苏扬可以顺利将麻烦解决,这样什么都不会影响和耽误,没想到最后等来的却是老公的哭诉求助。安心立即就崩溃了,转身就推开了书房房门,王健霖正全神贯注地码着字。此刻他思如泉涌,创作已入佳境,丝毫没有意识到身前的安心。如果换作平常,安心或许会立即小心翼翼地等待着,身为编辑，她必须呵护自己作者的灵感，可现在王健霖对她的忽视只会让她更加抓狂。是的，她不是小女孩了，她足够成熟，面对生活和他人也尽可能做到了接纳和理解，可是她再成熟也还是个女人，感性还是她灵魂的底色。此刻她几乎丧失理智，一想到自己老公正在遭受痛苦就无法自控，强烈的情绪在胸腔内回荡了好几个来回后终于爆发了——她用怒不可遏的嗓音对王健霖咆哮了起来："别写啦！"

王健霖吓得魂飞魄散，瞬间感觉自己被人从极致快乐的云端一脚踹了下来，摔得粉身碎骨，第一反应就是要防卫。可当他灵魂归窍，定睛看到的是一个前所未见的谢安心——只见她面若冰霜，横眉冷对，圆瞪的怒目里面似乎噙着泪水，她身后有光，时空仿佛汇聚成了深邃的隧道，她飘浮在隧道的上空，宛若来自地狱的罗刹，浑身散发出肃杀的寒意，强大的气场更是将整个空间笼罩。

任凭王健霖的想象力再丰富，也从来没见过一个女人如此模样。而那一瞬间他感受到的却只有美，是的，侵入骨髓的美，令人窒息的美。从来没有女人让他有过这种感觉，它太过强大、太过魅惑，以致他忘了愤怒，忘了恐怖，忘了欲望，呆若木鸡地对着安心喃喃痴语："你好漂亮！"

"闭嘴！"安心完全控制不住自己，把心中所有的愤怒和不满一股脑宣泄了出来，"你变态啊？写作把脑袋写坏了吧？你到底要捉弄我到什么时候？"

"我没有啊！"王健霖回过神来，不停摇着头，委屈得像个孩子。

"没有？"安心冷笑，"什么叫我不在你身边，你就写不出东西？你真当我傻啊？我不知道你为什么要这样，很好玩是不是？"

安心的眼泪终于止不住地流了下来："我明明知道你在骗我，可是我宁可信其有，因为我尊重我现在的这份工作，更因为我尊重你。你是作家，为了读者掏空了自己，你很不容易，我是你的编辑，需要我付出的我一定会付出，需要我牺牲的我也不会推卸责任。可是我也是人，我有我的家庭，我有我的无奈，你知道吗？我们家现在住的房子早已经卖出去了，这几天买主让我们赶紧搬出去，我老公每天疯了一样在外面找房子，可是根本找不到。我好想去帮他，不，是和他共渡难关，可是我不敢，我怕我走了你就不好好写了，我怕因为我耽误了公司的发展更辜负了那些喜欢你支持你的读者。所以我每天只能强忍着煎熬着待在这里，眼睁睁看着我老公受苦受累却无能为力，你知道我有多痛苦吗？再过两天，如果我们再找不到房子，真的就只能睡大街了。"说到这里，安心终于控制不住，捂着脸，哭了起来。

　　王健霖手足无措，从来没有一个女生在他面前如此失态痛哭过，那一瞬间他竟然有些恍惚："我是在捉弄她吗？好像是的，我把自己都骗了，可是我为什么要这样？"王健霖很清楚自己其实从看到安心的第一眼便在内心产生了异样的感觉，原因说不清道不明，反正这是他前所未有的体验，所以接下去他的所言所行都像是在表演，为的就是不让她离自己太远，而只要看到她就会觉得温暖，心中更是充满了安全感。只是他太过看重自己的感受，却没想到自己的任性和自私竟然会给她造成这么大的伤害，他突然觉得自己词穷了，真的词穷了，只剩下心疼，无止无尽的心疼，充满爱意的心疼。

　　"你在哪里？过来一趟吧！"安心走后，王健霖立即拨通了宋歌的电话，"就现在，快！"

6

安心赶回去时苏扬正埋头收拾行李,整个家仿佛刚遭遇了地震,一片狼藉。

安心赶紧上前轻轻抱住苏扬:"老公,别怕,会好起来的。"

"要不我们还是搬到海淀吧,再不健康也比睡大马路上强,至少不用低三下四求别人。"苏扬有气无力地在安心耳边喃喃,"家具行李先搬进去,我们人可以在附近找个宾馆再对付一段时间,我累了,就这样吧。"

"也可以先到安然那里挤挤,她肯定会同意的。"安心抬起头,"我这就和她说。"

"算了,安然有自己的生活,咱别打扰人家。"

"这不是没办法了吗?再说了,她是我亲妹妹,还谈什么打扰不打扰的?她肯定不会介意的。"安心嘴上越是说得这么笃定,心里其实就越不自在。她知道安然对自己很好,可真就这么举家搬过去住,确实也不合适,何况她现在和安然还互为竞争对手,白天上班各为其主,晚上下班你侬我侬?想想都别扭。

"我介意。你俩白天都上班,我一个人大男人寄人篱下做饭带孩子,太傻了。"苏扬还是不赞同,"要不你和儿子在安然家先暂住一阵子,白天我接送上下学,做完家务,晚上就睡海淀房子里,这样又省钱,还能尽量不麻烦到安然,两全其美,怎么样?"

"不怎么样!"安心委屈极了,"老公,我不想和你分开。"

"这怎么能叫分开呢?只是不在一起睡觉而已。对了,就是晚上要辛苦你照顾儿子了。"

"那也不行,我不可能让你一个人睡在有毒的房间里。"安心还是摇头,"我再想想办法吧。"

"还想什么想?能想的我都想啦!"苏扬一屁股坐在地板上,看着被自己折腾得乱糟糟的家,突然笑了起来,"你看,我们在北京生活了小20年,竟然有了这么多东西,每一件都带着无法忘记的回忆。本来我以为会一直带着它们去向更好的地方,可现在我决定将它们当中的很多先遗弃。我没能力好好照顾它们咯,也不希望它们将我束缚,所以只能彼此告别,断舍离。"苏扬突然莫名其妙地抒了一大段情,然后看着安心,"老婆,我混到如今田地,你说它们会怪我吗?"

"我……"安心不知该如何作答,她很担心苏扬脑子会急出什么问题,这时她的手机突然响了起来,拿起一看,是宋歌。

7

尽管安心特别不情不愿,最终还是答应了老板"立即见一面"的要求,地点就在她家附近的咖啡馆。

安心让苏扬在家歇会儿,先不要再收拾东西,自己去去就来。一路上她特别担心是下午和王健霖吵嘴的事被宋歌知道了,现在他找自己算账来了。

果然,见面后宋歌板着脸,第一句话就是:"听说你把王健霖臭骂了一顿?"

安心没否认,冷笑:"他嘴可真快。"

"骂得好!"宋歌突然咧嘴笑了,真的,安心认识他有段时间了,就没见他笑得这么开心过。

安心有点儿不明所以:"啊?"

"你让他体验了很多人情冷暖、生活滋味,对他是大好事。"宋歌认真解释,"健霖是个怪才,一方面天马行空,才华横溢,另外一方面不谙世事,至纯至善,像个孩子。"

"我看他是任性自私还差不多。"

"你这样说也对,总之王健霖同学就不是我们正常人,咱不能用正常思维去看待他,否则能被他活活气死,分分钟恨不得掐死他,哈哈!"宋歌说着说着又乐了起来,"你知道吗?刚才他突然火急火燎地把我叫过去,然后向我倾诉他是怎么挨你臭骂的,那样子可冤了,还特委屈,看得我爽死了!"

安心一脸黑线,心想:宋歌你也是个怪人,开心的点可真够奇怪的,还我们正常人呢!您就别跨界了。

"说实话,我还真是头一次看到健霖这个样子。以前他眼睛看到的只有自己,心中想到的只有作品,这个世界如何,外人怎样,他根本不关心。所以甭管他赚多少钱,获得多大的声名,他一直都谈不上幸福,甚至,挺可怜的。"

"那也是他自找的,谁让他把自己封锁起来的?"

"没错,确实是他自作自受,这和他的原生家庭有很大关系,孤独注定是他灵魂的底色。坦白说,他这样的人要么就是不世出的天才,要么就是一无是处的废物,你要么不搭理他,要么只能哄着他。此前我派了好几个编辑到他身边,个个都是乘兴而去,败兴而归,闹得双方都难受。可你让我发现,原来还有第三种可能,这是连我都没有做到的。"

安心差不多能明白他话里的意思,不过她根本没心情听这些,她只想回家和苏扬共赴时艰。

"谢谢,宋总您过誉了,我是公司员工,服务作者是我的职责,只要对方不太过分,我都会尽量接受和消化的。今天下午的事,我很抱歉,只是当时情况确实很特殊,我……"

"你不用解释,我都知道了。"宋歌打断了安心,"我特意来找你可不是想当和事佬,何况健霖压根就没生你的气。他把你现在遇到的麻烦对我说了,还请我务必要帮你忙。哎呀,能让如此薄情冷血的人变成了热心肠,可真不容易。"

"宋总,我们家的事我们自己能解决的。"

"你们能解决是你们的事,帮不帮你们是我的事。"宋歌又摆出了惯有的那副桀骜模样,"别说我们中间还有安然这层关系,就冲着王健霖对我提的这个要求,我也不敢不答应。你说万一他一激动罢写了,我的损失可就不是一套房两套房那么简单了。"

宋歌说完掏出一把钥匙:"也是巧了,好几年前我决定向小然然求婚,花了全部的积蓄悄悄在望京买了套房,不大,但已经是我那时能为小然然做到的最浪漫的事。本来我想这应该是我们的婚房,在里面我们可以一起开始新的生活,想不到刚拿钥匙没几天,她就毅然决然地离开了我,从此再也没回头。"宋歌看着钥匙娓娓道来,眼神变得越发伤感,"这些年我赚了不少钱,不过一套房都没买,因为再也没有人能让我渴望为她停留,让我愿意拥有一个叫家的地方。可是这套小房我也一直没卖,因为我总是暗示自己,只要房子还在,总有一天小然然会回来的。哪怕这个想法变得越来越可笑,越来越渺茫,我也不愿意放弃,是不是挺傻的?"

安心轻轻摇头。她真的被感动了,怎么也想不到看上去冷血薄情的宋歌竟然对自己的妹妹用情如此之深。

宋歌将钥匙轻轻递给安心:"拿着吧,空着也是空着,你们先搬进去住。"

安心不接:"宋总,这不太合适,你的好意我们心领了,真的!"

"有啥合适不合适的。"宋歌坚持将钥匙塞到安心手中,"其实不是我帮你,而是你帮我,你们住进去了,小然然就肯定会过来的,也算是帮我圆梦了。不过,你可千万不要告诉她这背后的事。"

"为什么不说?宋总,既然你对安然还有情有义,就应该告诉她。"安心暗下决定,"我帮你说吧。"

"算了,我们都不要说。"宋歌摆手,"本来我确实是想你能帮我做做她的工作,那天你拒绝我后我去找过她,结果和她大吵了一架。这个小然然,越来越倔,简直钻进牛角尖出不来了,你现在去关心她的感情只会让她更反感,还是等等再看吧。唉,这感情的事,还真是一点儿都不能勉强呢!"宋歌突然话锋一转,"你老公最近如何?"

"我老公……他挺好的,就是太累了。"

"你现在每天都加班,他有没有抱怨?"

"没有,他很理解我的。"

"嗯……"宋歌点点头,又问,"那他知道你现在每天在王健霖那里上班吧?"

"我没说,怎么了?"

"没什么,就是关心关心。"宋歌叫来服务员买好单,"明天再给你放一天假,加上周末你一共有三天的时间,你们抓紧搬家,然后下周要正常上班。你不在,王健霖就什么也不写,真的,他这样做确实很过分,但我们没有办法,只能继续将就他。我估计再有个把月他的作品就能大功告成,但愿在此期间,不要再出什么幺蛾子,要是他又做出什么让你不舒服的事,也请你多担待,大局为重,谢谢了!"

8

宋歌的房子所在小区是整个望京排前三的高档社区,面积虽不大,但作为安心家的过渡房绰绰有余。周四晚上拿到钥匙后,安心和苏扬几乎24小时没合眼,周五一鼓作气完成了搬家这个壮举,周六又脚不沾地地收拾了一整天,到周日时便开始了新生活,效率之高,战斗力之强,夫妻俩完美诠释了一把什么叫劳动人民最光荣。

一块大石头落地,苏扬和安心都很高兴,周日中午做了满满一桌子菜,把安然叫了过来一起庆祝。

"大姐,我以前最喜欢的小区就是这里,特别是小区中间那片湖,感觉特别有灵气。"安然一边参观一边感慨,"嗯,这房真挺不错的,别看不大,但户型特合理,基本上没什么浪费的空间。"

安心看着安然,若有所思:"是啊,最适合小两口生活了。"

"房东是你们的朋友?"安然突然问,"怎么以前都没听说过?"

安心愣了下:"你姐夫的朋友,正好空着,就借我们过渡下。"

"那也太够意思了,谁家新房愿意让别人先住啊。多少钱一个月?"

"不要钱!"

"行啊我姐夫,这朋友交得可不赖,现在还能这么仗义的人可不多了。"安然坐在床上,斜眼看着安心,"不是我挑礼啊姐,怎么你这次都不提前和我说一声,怕我不帮你这个忙吗?"

"我们就是不想打扰你工作,"安心赶紧解释,"这不是你姐夫有路子吗?安然你别多心。"

"大姐,咱可有段时间没见面了。"安然话里有话,"你现在工作怎么样,还适应不?有没有觉得我们影视行业挺有意思的?"

"挺好的，公司也没太多事。"安心尽量让自己看起来别那么尴尬，"你呢，最近如何？"

"嗐，我还是老样子。"安然又笑嘻嘻地将话题转了回去，"听说你现在是王健霖的编辑了，他可不好伺候吧？"

"也还行，健霖老师其实挺简单的，虽然有点儿直率，不过人不坏。"

"看你这话说的，现在有几个坏人啊？"安然说得特自然，让安心看不出她话里话外到底什么意思，"当然了，也没有几个好人。姐，可别说我没提醒你，伴君如伴虎，你可千万别当炮灰。"

安心听了这话有点儿不开心，正不知如何作答之际，苏扬走了进来，一顿插科打诨："你姐要能当炮灰，那只能说明她还真有价值了。不过我感觉现在还轮不到宋歌拿她当枪使，不是宋歌不愿意，是你姐不够格。其实吧我是这么想的，让你姐先积累一点儿经验，回头还是到你那边去，有你罩着她我肯定最放心。现在在歌颂者影业，说实话，我挺不乐意的，宋歌那德行，好像全世界都欠他钱，唉，真没法说。特别是现在还让你姐照顾那个什么'作家第一人'，孤男寡女地整天关在别墅里，你都不知道我听了多硌硬。安然，你说宋歌脑袋是不是进水了？"

安然愣了下，点头："不光进水了，还被驴踢了。"

"没错儿，还是咱安然机灵聪明，一眼就把人看透。"苏扬对着安然比画大拇指，接着又调侃起安心，"你姐现在还总护着宋歌呢，说他也挺不容易的，而且重情重义，你看，拿人手短，说的就是她，哈哈哈！"

安心和安然一起莫名其妙地看着苏扬，都不知道这有啥可笑的，不过经过他这一顿搅和，俩人也没心思再打机锋了，一家人开开心心地吃起饭来。只是刚吃两口安心电话又响了，是个陌生号码，等接通后传来一个清脆的女声："大姐，我回来啦，现在正在首都机场过安检呢，你快来接我吧。"

安心、安然、苏扬三人面面相觑。

安心撂下筷子："谢安逸怎么突然回国了？"

"别看我，我怎么知道？"安然一脸蒙圈，"又不是我让她回来的。"

苏扬则叹气，摇头："是谁让她回来的不重要，重要的是，这小祖宗回来了，又有好戏看咯！"

第八章　小妹难缠

1

挂完电话，安心立即放下碗筷，让安然和苏扬一起去机场接人。

安然拒绝："我还要去公司加班，先走了。"

"一起去吧，"安心拉着安然的手，"再怎么说，大家都是亲姐妹。"

"大姐，你把她当亲妹妹，人家可没把我当亲姐姐。"安然冷笑，"眼不见为净，看到她我就烦。"

苏扬打圆场："算了，算了，安然和安逸见面总掐，还是先别去了。"

"那不是以前嘛，这都好几年没见了，都成熟了。"安心无奈地摇头，"也真是服了你俩了，从小吵到大，无冤无仇的，也不知道为了啥。"

"得了吧，我和她生下来就有冤仇，大姐你不会明白的。"安然拎起包,边往外走边说,"算了,不说了,我走了,你们这新房真心挺好的,卧室枕头下我刚放了一万块红包,有事回头再联系,拜拜!"

"别啊,安然,这又不是我们买的房,就住几个月过渡一下,给什么钱啊!"安心追到门口,冲安然背影喊,"等我们接到安逸后你再过来一起吃饭,听到没?"

"再说吧!"安然挥挥手,忙不迭地钻进了电梯。

"哈哈,瞧刚才把安然给吓得!"去机场的路上,苏扬边开车边乐着说,"安然天不怕地不怕就怕安逸,你们家这三姐妹,一个克一个,有意思。"

安心缓缓摇头,一点儿笑不出来:"她不是怕,而是真的讨厌。长这么大,除了现在的宋歌,我就没见过她这么讨厌一个人的。"

苏扬不屑:"切,都是一个妈生的,有那么夸张吗?"

"你没兄弟姐妹,是不会明白这种感觉的。"安心的表情认真且忧伤,"你应该听过'父母即祸害'这句话吧,有时候兄弟姐妹也互为祸害,安然和安逸就是这样。她俩年龄更接近,安逸最小,生下来后身体又一直不好,所以妈特别宠她,也会明显地偏心她。那时候我都上中学了,对这个也没什么太大感觉,可安然夹在我们中间,就反应特别大。加上安逸确实也总恃宠而骄,不管什么都喜欢和安然对着干,只要是她喜欢的,就一定要抢过来。而一般发生矛盾后,妈根本不问青红皂白就会骂安然,就因为她是姐姐,该让着妹妹,久而久之,俩人就越来越无法和平相处,用水火不容来形容也不为过。用安然的话讲,可能上辈子她俩真的是冤家,这辈子才会如此不对付。"

"说来说去,还是资源有限。"苏扬感慨,"她俩的事我管不了也懒得管,我只要我老婆没受气就好。"

"我倒是想管,再怎么说我也是她们的亲姐姐,爸早没了,妈又不在身边,我更有这个责任照顾好她俩。"

"你是有这个责任,但你有这个能力吗?"苏扬反问,"安然这么成功,她会听你的?安逸主意更多,当年你们全家反对她出国学什么电影,费钱费事费力,她偏不听,让你妈出去借钱也要供她留学,这不是胡闹嘛!咱还借了好几万呢,等于打水漂了,你看安然,一分钱都不出,多英明。哎,我现在提这个可不是心疼钱,我只是说,大家都是成年人了,很多事情不是你这个当大姐的能控制的,特别是人心的事。咱就做力所能及的事,踏踏实实把自己的小日子过明白就行,你说是不是?"

"好了,知道了,婆婆妈妈的!"安心白了苏扬一眼,"你什么时候变成这样了?!"

"哈哈,嫌弃我了是不是?那也没辙啊,家庭主夫就得这样,否则怎么持家过日子?"苏扬乐了,"有时候我也觉得自己这样挺烦的,一天到晚油盐酱醋磨磨叨叨的,可更多时候我感觉还真不赖,倍儿有成就感。这就叫释放天性,可能我骨子里就是个居家小男人,所以还真要谢谢你了我亲爱的大老婆,这些都是命,你让我找到了自己,你就多担待些吧。"

2

T3航站楼到达层,安心指着不远处一个扎着丸子头、戴着墨镜、露着白花花的大腿,两条胳膊成了"花臂",坐在比人还大的行李箱上正嘟着嘴吃棒棒糖的姑娘,迟疑地问苏扬:"老公,那是我家安逸吗?"

苏扬眯着眼睛:"有点儿像,不过我记得安逸没文身的呀!也没这么瘦。"

"嗯，那就不是，再找找吧。"安心有点儿急了，"这家伙，电话说不接就不接，可别出什么事了！"

苏扬调侃："那肯定不会，她不闹事就谢天谢地了。"

就在俩人往另一个方向走时，花臂姑娘突然发现了他们，远远便挥手叫唤起来："姐姐，姐夫，我在这儿呢。"

安心和苏扬应声停步，对视了一眼，赶紧跑了过去。

"安逸，这都几月份了，你就穿这么一点儿，冻着了怎么办？"安心一见安逸就不停关心，"还有，你怎么这么瘦了？"

"饿的呗，一天只吃一顿饭，能不瘦吗？"安逸晃着腿，无所谓地说，"我一点儿都不冷，早习惯了。"

"突然回来也不说一声，妈知道了吗？"

"我这次回国有点儿事，就没告诉她，你也千万别说啊，省得她又要干涉我，烦也烦死了。"安逸说完朝安心张开胳膊，"姐，抱抱。"

"多大的人了，怎么还像孩子一样。"安心摇摇头，将安逸从行李箱上抱了下来，然后姐妹俩紧紧拥在一起。

"姐，我可想你了，你啥时候有空出国啊，我全包了。"安逸在安心耳边撒娇。

"行，等哪天妈愿意了，我们一起去看你。"安心挺高兴，觉得小妹终于长大，心里头有别人了。

"安逸，这文身啥时候做的？挺酷啊！"苏扬站在一边故意咳了两声，然后上下打量安逸，"肯定特疼吧，怎么两年不见，你变了个人似的？"

"姐夫好，我悄悄告诉你，我微整形啦，花了好多好多钱，不过效果我还是很满意的。"安逸松开安心，又要和苏扬拥抱，"姐夫，我是不是变漂亮啦？像明星！"

"确实漂亮了不少。"安逸如此直接反而让苏扬接不住了，后退了两步，连声附和，"不过更像网红。"

"姐夫，你还真说对了，我这次回来就是要做直播，当网红的。"安逸丝毫不以为然，"签我的平台可大了，他们承诺会重点打造我呢。"

安心迟疑地问："那你什么时候回去读书？"

"不知道呀，我已经办理休学了。"安逸满脸不在乎，"先看看在国内的发展情况，回头再说吧。"

"休学？"安心一下急了，"安逸，你怎么能这样？这么大的事你怎么着也得提前和家人商量商量，当年你哭着喊着说一定要去留学，妈花了多少钱费了多大的劲你不是不知道，现在你这一半还没读到就要放弃？不行，我不答应。"

"姐，此一时彼一时嘛。当年出国读电影专业就是最好的选择，可现在是网红经济和直播的天下，多少主播每年轻松赚好几千万，她们条件还没我好呢，我是不可能错过这个千载难逢的机会的。"

"那也不行，你明天就和我一起回老家……"

"我不回去！"

"得了，有什么话我们回去再说，别人都在看我们。"苏扬赶紧打圆场，然后一把拉起安逸的行李箱，"哎哟喂，这里面都什么东西啊，真够沉的。安心你还愣着干吗？快帮着推一把。"

3

回去的车上，安逸一直不停和一个男人发着语音，好不容易消停了，安心赶紧问:"谁啊?"

"我在美国的师兄,他毕业后回来创业,发展得特别好。"安逸一边补妆一边说,"我这次回国就是他建议的,他现在手上资源很多,可以给我导流量的。"

"有这好事?"苏扬边开车边调侃,"等于说你被他签了呗!"

安逸点头:"嗯,我们是在大学舞会上认识的,当时他就觉得我的条件特别好,这两年一直都有联系。他现在要进军直播领域,想打造几个当家花旦,第一时间就找到了我,我也觉得是个不错的机会。"

"他的公司叫什么?怎么听上去这么不靠谱呢?"安心担忧,"安逸,你当心点,别被人给骗了。"

"放心吧姐,我又不是三岁小孩子,别说这个人我知根知底,就算他真骗我也无所谓。"安逸侃侃而谈,"我早想清楚了,不管和谁合作我都是要踏出这一步的,形势最重要,做了就比不做强。如果他真有实力那最好,如果他没实力,至少我可以通过他进入这个圈子,等我真做起来了,就是我去选择别人了,这得一步步地来。"

"听到没?安逸心里门清,你就别瞎操心了。"苏扬冲安心撇嘴,然后又问安逸,"晚上想吃啥?姐夫给你做。"

"都可以,反正我不怎么吃晚饭的。"安逸有些迟疑地问,"对了,姐,谢安然……等会儿过来吗?"

"啊……你想你二姐啦?我叫她晚上来吃饭就是。"

安逸不置可否:"听妈说她在北京混得挺好的,拍电影好像。"

"何止混得好?简直不要太风光!"苏扬抢话,"安然现在是一家知名影视公司的执行副总裁,每天一票明星围着她团团转的那种。"

安逸撇撇嘴:"姐,那你叫吧,说起来我真的好久没见她了。"

"行，我这就打电话。"安心一看安逸竟然主动示好，赶紧给安然打过去电话，只是刚讲没两句安然就挂了。安心有点儿不好意思地解释："安然晚上有个重要会议要参加，说过两天来看你。"

"得了吧，我看她就是不想见我。"安逸没好气地说，"真不知道我是怎么得罪她的，小肚鸡肠，还副总裁呢，我看叫势利眼还差不多。"

苏扬和安心又是面面相觑，苏扬悄悄做了一个鬼脸，俩人都不再说话。

到家后，安逸打开行李箱，将带给大家的礼物拿了出来。安逸将其中一份礼品递给安心："姐，这个你替我扔了吧。"

安心迟疑："什么意思？"

苏扬打岔："肯定是给安然的，给你就是让你先放着。"

安逸委屈地将礼物扔到地上："才不是呢，我好心被当作驴肝肺。"

"行，回头我给安然。"安心将礼物捡起来，"你二姐是真忙，我们现在一年也见不上几回。唉！既然现在大家都在北京了，以后就要常聚。妈这两年身体不太好，要是能把妈再接过来养老，那就更圆满了。"

看安心有些伤感，苏扬赶紧安慰："老婆你就放心吧，等过阵子我们搬到新房子里，就把咱妈接过来。"

安逸兴奋地叫了起来："你们又买房子啦？看来这几年没少挣钱啊！"

苏扬赶紧解释："我们把原来那套卖了置换的，现在住的还是租的，先过渡一阵子。"

"租的呀！还挺新的，装得也不错。"安逸四下打量，"不过和我也没什么关系，反正我也不住这里。"

"什么？"安心惊愕，"你不住这儿住哪儿？"

"我师兄那里啊，他不是说要签我吗？那肯定需要先投入的，我在北京期间的食宿还有培训费都是他出，每个月还要给我发工资呢。我等会儿就过去找他，姐夫，中关村离这里远不？"

"远倒是不远，可是你刚过来就走，不太合适吧。"

"有什么不合适的？我也先看过你们了，礼物也带到了，谢安然不讲究是她的事，下次要是我和她再吵起来你们别向着她就是。"安逸见机将心底酝酿好的话和盘托出，"姐你先借我点生活费吧，我第一个月的工资还要过段时间才能拿到，这刚回来，有不少东西要置办呢。姐夫你要是方便，等会儿就送我过去，也好让我师兄看到我在北京是有人的，这样他就算想欺负我也得掂量掂量了。"

4

两小时后苏扬送完安逸回到家，安心连忙上前问："你见到安逸那个师兄没？"

苏扬边换鞋边点头："见到了，他就住在后厂村。"

"后厂村？"安心脸色微变，"不说是中关村吗？那人看上去像好人还是坏人？"

"都是村，刚来的人哪分得清楚。"苏扬乐了，"就是一普通理工男，人倒是挺客气的，其他也看不出来什么。不过要说他那状态想创业，我觉得有点儿悬。"

"那怎么办？安逸都被他签了。"

"哎呀，我说你这个当姐姐的就放心吧。我看安逸现在不光外形换了，思想也变了，说句话你别不开心，这家伙现在挺有城府的，她不欺负别人就谢天谢地了。"

安心不反驳,只是说:"反正她是我亲妹妹,出了什么事我肯定得出头。"

"那当然,又没说不管她。"苏扬四仰八叉地躺在沙发上,大声感叹起来,"安然刚随的一万块份子钱你转手就给了安逸,我说她干吗不直接去她师兄那儿,非得绕咱这里转一圈呢,还非送什么礼物,真行。这钱啊我看也要不回来了,回头安然有啥事咱要把人情还回去,几分钟,里外里两万块,这下个月的房贷还不知道在哪里呢,生活啊,一波未平一波又起,我太难了!"

"知道了,真磨叽,跟个女人似的。"安心的态度突然变得很差。

"咦!老婆,咱刚才不还好好的?你怎么说翻脸就翻脸?"

"我愿意!"安心白了苏扬一眼,"再过几天我就发工资了,钱的事不用你犯愁,你愁了也没用,有力气多歇会儿,少抱怨。"提到工资安心就想起工作,提到工作就想起王健霖,想到王健霖安心就觉得不是滋味。明天就是星期一了,她再怎么不愿意也只能硬着头皮见他了,上回俩人不欢而散,这再见面,还不知道又会闹出什么幺蛾子呢。

第二天上班的路上,安心一直琢磨等会儿见到王健霖时该摆出怎样的姿态,最后决定还是成熟一些,公事公办,私人情绪就别轻易流露,那很不专业。再说了,上周的冲突其实也是因为自己情绪失控,王健霖并没有真做错什么,实在没必要斤斤计较、没完没了。

安心好不容易做完心理建设,结果刚走进别墅院子,见到正在大门口等待自己的王健霖,她就崩溃了——只见眼前的王老师一改平常的"居家随意慵懒"风,整个人变得"精致"起来——明明在自己家里,却穿得油光水滑的,还做了个和宋歌如出一辙的夸张发型,眼镜也换成了黑框的，脖子上还挂着粗犷的金属风项链，整个人感觉就是照着宋歌复制了一下——问题是，没复制好，歪了，宋歌的高大身材以及那张有棱有角的脸配上这身打扮可以说是相得益彰，可王健霖如此只能说是自我伤害，哪哪儿都特违和，自己还倍儿不舒服。他走路膝盖不会弯，说话舌头捋不直，撑着胳膊肘斜靠在门框上，十米外就对安心眨着眼睛微微笑，露出一口碎牙，不用说，这油腻的造型也是学的宋歌。

安心愣住了，不敢再上前，远远定眼细看，确定那不是坏人或变态，迟疑地问："健霖……老师？"

"Hello啊！"王健霖说话间身体又换了个更别扭的姿势，"你来啦，喝点什么？咖啡还是奶茶？"

"健霖老师，你没事吧？"安心想，完了，这王健霖肯定是那天被自己骂神经了，要么就是写作写得走火入魔了，反正追究起来自己都难辞其咎。

"我好得很呀，见到你，很开心的呢。"王健霖说话声太温柔了，好像大一点都怕把安心给吓到，"如果可以，我们开始吧！"

"开始？"安心立即全身警惕，暗中发功，决定只要王健霖意图不轨，立即大招伺候。

"对啊，开始！"王健霖温柔依旧，"你是我的编辑，我是你的作者，我们开始工作，我写，你看，就像过去一样，好不好？"

"好……不好……好吧。"安心脑海里瞬间闪了几十个来回，最终尴尬地点点头，"健霖老师，你说话怎么变成这样子了？怪怪的！"

"好像是有点儿奇怪，不过没关系，我愿意自我改变，为了你！"

"啊！"安心再次大惊失色，用手指着自己，"为了我？"

"对，为了你。"王健霖很认真地点着头，"如果我没记错，上个星期你在训斥我的时候有说我对你太野蛮粗暴,根本不像一个文化人。"

"我……那天就是随口说说……对不起健霖老师……你别往心里去。"

"我必须往心里去。"王健霖上前两步,"安心,谢谢,你骂醒了我,我决定改头换面,在你面前重新做人。"

"别别!"安心连连后退,"做自己不更好吗?"

"好是好,可是你不喜欢。"

"我喜不喜欢不重要!"安心有些急了,冷笑,"再说了,难道你现在这样我就喜欢了?"

"那你喜欢什么样?我做得到。"

"我做不到!"安心正色,"好了,健霖老师,快别闹了,还能不能好好说话了?"

"能!"王健霖垂头丧气,用眼角瞅安心,小声说,"一天到晚骂我,那么凶干吗?"

安心松了口气:"乖,你就正常一点,我肯定不再随便发火。"

"太好了,我保证听安心姐的话。"王健霖听了又高兴起来,"安心姐,要不今天我们不写作了吧。"

"为什么?"

"因为我不想写了,我想逛街,买衣服!"王健霖用一种哀求的眼神看着安心,"我赚了这么多钱,可是没一身像样的衣服,就现在穿的都还是向宋歌借的,你刚才也说不适合我了。所以作为我的编辑,你陪我逛街责无旁贷,你一定不会拒绝我的,对不对?安心姐!"

安心特别想拒绝,但最终还是答应了。

答应的原因不是因为她是他的编辑,而是她觉得他太可怜了。

不管这个人再怎么怪异、莽撞,甚至无礼,他的确没一身像样的衣服,从外表来判断,他就像一个破产的穷光蛋,哪里有半点亿万身价的影子?安心觉得自己好像泛起了一丝母爱,突然很想对面前这个内心孤独的孩子好一点,多给他一些人间的温暖。

这真是个奇怪的感觉,它突如其来,且来势汹汹,让人逃无可逃。

所以她迟疑地点了点头,说:"好吧,我陪你去买衣服,不过要不要先请示下宋总?"

"请示个大头鬼,他敢不答应,我把他的头拧下来。"王健霖高兴坏了,眉飞色舞,"对了,我周末刚买了辆车,你会开吗?"

"会倒是会,不过不熟练。"安心反问,"难道你不会开?"

"我认为我会,就是从来没开过,哈哈!"王健霖把安心带到车库,指着一辆崭新的猩红色玛莎拉蒂GT,"漂亮吧?"

安心深吸了口气:"好漂亮!"

王健霖把钥匙递给安心:"你喜欢就好,从现在开始,这辆车归你了。"

安心听了差点儿蹦起来:"不行,不行,这不合适,真的不可以。"

"放心吧,不是送给你,是让你开车,给我当司机。"王健霖露出坏笑,"瞧把你给吓得,好可爱。"

"那也不行,这么贵的车,刮坏了我可赔不起。"

"你尽情开就是,车有保险的,只要人没事,怎么刮都行。"王健霖打开车门,"好了,快上车吧,我要买两套,不,十套衣服,看宋歌这小子再怎么取笑我,哈哈!"

见王健霖这样,安心无奈地摇了摇头,这男人不管多大,也不管有多少钱,幼稚起来还是像个孩子。她想了想,然后沉着地坐进宛若太空舱的驾驶室，深吸一口气，发动引擎，挂挡，松脚刹，踩油门，座下的跑车顿时宛若猎豹，发出强劲有力的咆哮，向前驶去。

5

苏扬好久没有眼皮跳了，但那个周一他左眼整整跳了一天。

一开始苏扬并没有太在意，觉得是最近房子的事太闹心，没休息好所致，后来跳得越来越厉害，心里不禁嘀咕着究竟"左眼跳灾还是跳财"，实在不确定就上网查，结果说什么的都有。到了下午，右眼皮也开始跳了，苏扬心想：这下也甭确认了，灾也好，财也好，是福不是祸，是祸躲不过，一起来就是。

结果下午四点左右突然接到安逸的求救电话："姐夫，有人要强奸我，救命啊！"

苏扬吓坏了，眼皮也不跳了，赶紧驱车直奔后厂村，路上还给安心打了个电话，简单说了下事由，让她别太担心，自己会处理好，保持联系。

一路违章，原本近一小时的路程苏扬用了一半多点儿时间就赶到了，本以为会少不了和强奸犯殊死搏斗，没想到在对方小区门口便遇见了正拖着大行李箱往外走的安逸。她虽然神情落寞，稍显狼狈，但也没想象中那么恐慌无助。苏扬赶紧停车上前问询，安逸摇头说自己没被实质性欺负到，倒是她连踹了强奸犯裆部好几脚，对方应声倒地，痛苦不已，估计这辈子生孩子成了问题，因此此地不宜久留，赶紧离开是好。

车上，苏扬给安心打电话报完平安后问安逸："你那师兄一看就不像什么好人，昨天我没好意思说，你没事就好。"

"He is a pervert（色狼）。"安逸点点头，急不可耐地吐槽，"本来我以为他顶多也就是想骗骗我的钱，反正我也没钱，就算耽误点时间也无所谓。没想到他千方百计把我骗回国，原来一直都惦记着让我做他的炮友，脑子进水了，也不看看自己那副德行。昨晚还假模假样地和我谈未来，说他上学时就对我情有独钟，还说自己将来一定会飞黄腾达出人头地身价百亿，聒噪了整整一夜，今天又啰唆到现在，让我什么也别要，就一心跟他好。有病啊！当我也缺心眼儿？这个死骗子见我始终不上当干脆就硬来，哼！想猥亵我，他还嫩了点，我不会放过他的，我要让他断子绝孙，身败名裂，在美国在中国都抬不起头来。"安逸明明说得很狠，眼泪却汹涌而出，苏扬本来刚想叫好，见状又怀疑她其实另有隐情，刚才这番话只是在伪装和宣泄，可他也不好追问，只得不停地给安逸递上纸巾，等回家见到安心商量后再说。

就在苏扬的车快接近小区入口时，一辆红色跑车突然在身后不停对自己鸣喇叭，苏扬没理会，结果对方喇叭越按越起劲。苏扬这一天本就心烦不已，加上安逸又摊上了这破事，腾地火气就上来了，猛踩一脚刹车，将车停在路的正中间，接着怒气冲冲地直奔跑车而去，安逸紧跟了下来。

苏扬刚准备发飙，突然看到跑车内坐的竟然是安心，身旁还有一位浑身潮牌的男士，顿时愣住了。

见到安逸，安心也赶紧下车，紧紧抱住妹妹，问："你没事吧？"

"姐，我被人欺负了！"安逸本来情绪已经稳定了，这下又痛哭了起来。

苏扬看看安心又看看跑车："老婆，这是怎么回事？"

安心这才想起什么，赶紧给大家介绍起来："这是健霖老师，著名作家；苏扬，我老公；安逸，我妹妹。"

苏扬还没反应过来，安逸已经伸出手，笑意盈盈地对王健霖说："你好,大作家,哎呀,你还和首富同名呢,真厉害!"

王健霖愣了会儿,觉得这人说得好无聊啊,最终也没伸手,只是点了点头,算是打过了招呼。

安心看着安逸:"刚才我陪健霖老师在华贸买东西,接到电话就立即赶回来了,三环太堵了,还好你没事。"

苏扬看着安心:"那现在你是回家还是去上班,或者,继续去购物?"

安心看着王健霖:"健霖老师,我……"

王健霖认真琢磨了下,说:"时间还早,要不再买会儿衣服吧,我还没买够。"

此话一出,三个人顿时大跌眼镜,苏扬觉得自己一口老血直往外涌,又不能表现得太明显,只得生生咽下。安心本来还想再争取一下,可下班时间的确还没到,王健霖的要求虽不近情理但还算合规,倒是安逸突然哭了起来,边哭边指责王健霖:"你这人怎么能这样?我受了这么大的伤害,你知道我姐多担心我吗?你还让她陪你逛街,还有人性吗?亏你还是作家呢,心中没有爱的人永远都写不出真正的好作品!"

6

毫无疑问,安逸只能在安心家暂住了,只是说名为暂住,可她究竟要住到什么时候谁也不知道。苏扬很想问,安心不让,于是只能曲线救国问她接下去有什么规划,小姑娘回答得倒干脆:"谁知道?既来之,则安之,反正我是不打算立即回去继续读书了,先在北京待着,看看有什么机会再说呗。"说完便跟没事人一样,敷着面膜,光着脚丫,露出小蛮腰,盘腿开始在客厅做瑜伽,各种高难度动作看得苏扬和安心目瞪口呆。

安心怕安逸累着,苏扬怕安逸闪了腰,俩人不停地劝她休息,安逸不愿意,认真地说:"现在当网红没那么容易,得严于律己,把自己的外貌和身材当产品一样精心管理起来。要想人前显贵,必须人后遭罪。"说完又将手机音乐放到最大声,来了一组劲爆的动感操,跳得浑身大汗淋漓去冲凉了。结果她刚进洗手间,突然有人猛敲门,一开门,是个老头,老头特别生气地对着苏扬吼:"我是你楼下的,这都几点了,你们干吗呢?又是秧歌又是戏的,天花板轰隆隆地响,我以为地震了呢。心脏病犯了,你们给不给治?"

苏扬赶紧赔不是,好说歹说才把老头哄走。老头临走前朝房内瞅了一眼,冷幽幽地说:"你们新搬来的吧?这是高档小区,别把原来的不良习气带过来,注意点儿。"

关上门,苏扬看着安心耸了耸肩,然后又对着洗手间摇了摇头,说:"你妹可真行,心态也太瓷实了吧,哪像下午快被非礼的人,不对,指不定谁非礼谁呢?我得看看人小伙子去。"

"怎么说话呢你?注意点儿!"安心怕安逸听到,赶紧把苏扬拉进卧室,沉着脸,小声指责起来,"你当姐夫的这样冷嘲热讽有意思吗?"

"我觉得挺有意思的。"如果换作平时,苏扬大概率会立即和颜悦色去哄安心吧,可那天他不想这么做,依然"冷嘲热讽"地说着,"我说错了吗?我们刚搬过来,各方面就得多注意点儿,不然这邻里关系怎么相处?她倒好,一来就影响到别人,特别不合适。还有,她是你的亲妹妹,你有这个责任和义务去好好管教管教,这来北京才两天不到,多少事了你自己说?"

安心刚想反驳,突然意识到有点不对劲儿。苏扬今晚的表现很反常,于是她一言不发地斜眼瞪着他，等他继续抱怨。

果然苏扬深吸了一口气，继续"宣泄"起来："还有你，谢安心，你也越来越不让人省心了，没事折腾着要出去工作就算了，找什么工作不好偏偏干这份狗屁工作？你不是编辑吗？怎么还陪人去逛街购物买衣服呢？这不是成'三陪'了吗？有机会我倒要问问那个姓宋的，他开的究竟是影视公司还是夜总会，把我老婆当什么了？你说他是不是有病？还有那个什么狗屁作家叫什么王健霖是吧，看上去就跟个低能儿一样，好好写他的小说就是，让我老婆给他买衣服算几个意思？就他那五短身材，什么好衣服穿上去也倍儿难看，花再多钱也没戏。"

"老公，你……"

"我什么我？我还没说完呢，下面就轮到你了。"苏扬突然鼻子一酸，委屈极了，"你变了，变得势利了，拜金了，你没看到你下午在跑车里那怡然自得的样子，我都不敢相信自己的眼睛。这是我朝夕相处的好老婆吗？怎么那么陌生呢？开跑车很爽吧，不嫌挤得慌啊？怎么平时让你开家里的车又是害怕又是不会呢？原来是嫌不好呀，嫌不好你直说，不，说了也没用，就这破车我都想卖了还房贷呢。本来我还挺舍不得，这可是咱家第一辆车，可是有啥用啊，有些人就是不喜欢……我说你笑什么？我在批评你呢，能不能严肃点儿？"

安心的确在笑，而且越来越想笑，她笑是因为觉得苏扬太可笑了，她没想到自己老公原来这么能作。真的，自从他们夫妻俩"互换身份"后，她真的发现了太多以前自己忽视的地方，更是更新了很多根深蒂固的观点，这些都不是坏事，安心也不觉得苏扬突然这样作天作地让人讨厌，她甚至产生了一种自豪感。现在她看着苏扬，就好像看着原来的自己，她很清楚他为什么会突然"大放厥词"，知道他的言下之意，更知道他想要什么。就这样,她一直含笑看着苏扬,耐心聆听着他的满腹牢骚,在最后时刻上前将他紧紧拥抱,深情地在他耳边说:"老公,不管是过去、现在,还是未来,你都是我唯一深爱的男人。"

"真的?"苏扬瞪大了眼睛,感觉眼泪都快要出来了。

"真的!"安心狠狠点头,"无论发生什么,这个永远都不会改变。"

苏扬不再硬挺着了,他将脸深埋在安心的胸前,委屈地说:"老婆,我也爱你,不能没有你,永远永远!"

7

第二天,王健霖见到安心后突然问起:"你那个刁蛮任性的妹妹还好吧?"

安心愣了下,说:"没事了。"

"虽然她说话挺冲的,但也不无道理。"王健霖看着安心,眼睛中发着光,"她说心中没有爱的人永远写不出真正的好作品。"

安心回避了王健霖炽热的眼神:"她还是小孩子,就随口乱说的,你别在意。"

王健霖的眼神紧紧追了上去:"她可不是小孩子,也不可能是随口乱说的,我也并没有在意。事实上,我觉得她说得挺对的,以前我就觉得我的作品总差点儿什么,我尝试了各种手法去弥补可都无济于事,直到最近我才意识到那是因为我从来没有体验过心动的感觉。所以我的作品也总是少了一种感性,哪怕情节再复杂、人物再丰富,但依然是干瘪的,乏味的。"

安心有点儿语无伦次："是吗……那怎么办！"

"你是担心我了吗？放心吧，我想我已经找到那种怦然心动的感觉了，所以我的作品很快就会变得越来越完美。"

"哦！"安心不想再继续这个话题，"那你赶紧好好写吧，我先去做点儿其他事。"

"等会儿，你别走。"王健霖叫住了安心，"陪在我身边不就是你要做的事吗？我已经好几天没写了。"

安心犹豫了会儿，轻叹了口气，坐在一旁的沙发上，别着脸看向窗外，语气有点儿丧："好，我不走，你写就是。"

"我知道你是怎么想的，你也应该知道我是怎么想的。"王健霖不依不饶，"安心，你在逃避……"

"健霖老师，能不能别说了！"安心腾地站了起来，"现在是上班时间，我不想谈这些乱七八糟的，你要再这样，我就向宋总提辞职了。"

"好，好，我不说就是，你可千万别辞职。"王健霖吓得赶紧回到电脑前，见安心又坐了下来，小声嘀咕，"做也不让做，说说还不行！"

见王健霖特委屈的样子，安心也觉得自己刚才的反应太过了些，可是她必须如此。她很清楚自己的原则是什么，自己的底线又在哪里。尽管王健霖说这些话的出发点是真诚的，甚至美好的，但也是她根本无法接受的，因此哪怕只是"只言片语"，甚至"含沙射影"，她都不能容忍。对，但凡涉及挑战自己感情的部分，她一律零容忍。

还好，那天之后的时间内，王健霖一直没有再触犯到安心，他再一次沉浸在了自己的创作当中，进入了物我两忘的境界。安心跟着王健霖也有段时间了，对他的情况自然无比熟悉，因此不敢有半分打扰，就这样等王健霖合上电脑，虚脱一般瘫在椅子里时已是黄昏，安心赶紧递上茶水和点心。

"一万两千字!"王健霖看上去很是疲惫,但表情却无比兴奋,"我今天足足写了一万两千字,一气呵成!好久没这么顺了,而且感觉特别神奇,就好像老天在我身后拿着我的手在写一样。原来爱的力量真的如此强大,心姐,你要不要看看?"

"好……啊,可是你不是说过你正在写的作品不能先给别人看的吗?"

"那是以前,以前我不自信,总是害怕别人看了会打击我,我就没有信心继续写下去了。"王健霖站了起来,又用那种豪情万丈的目光看着安心,"再说了,你也不是别人,我能写成这样,你居功至伟。总之,太棒了!"

"嗯嗯!"见王健霖如此开心,安心其实也很高兴。事实上,除了在情感表达上王健霖的方式方法会让安心感到不舒服,其他地方她还真觉得这个人挺好的,简单、质朴,而且特别有才华,和他做朋友,她十分乐意。

安心开始暗自祈祷,祈祷王健霖能够顺利完成这部作品的创作,这样自己就能够圆满完成任务,结束这尴尬和奇怪的工作,回到正常的职场情境中。她更祈祷在剩下的时间内,王健霖可以控制好自己的情绪和情感,不要再节外生枝。直到此时,她突然明白为什么那天在咖啡馆宋歌最后要说那些话,原来他早就预料到会有这一天。那么还有哪些事是自己不知道别人却早心知肚明的呢?安然提醒过自己不要当炮灰,是不是真有这个可能呢?想到这些,她的心思更加复杂纠结起来。

第九章　姐妹冤家

1

在安逸入住安心家半个月后,谢家三姐妹终于在一次饭局上聚齐了。

饭局当然是安心组织的,原因有两点。首先是安逸来了这么久,安然始终避而不见显然不合适,安然做得出来,安逸也好像不在乎,但安心却受不了,内心越来越自责,所以一直约安然过来。安然当然各种推脱,最后安心怒了,说:"天底下就数你最忙,谢安然,你要再不来认你妹妹,干脆也别认我这个大姐了。"

安然听后思想斗争了好久,最后极不情愿地就范:"我去就是,为了那丫头至于把话说得这么严重吗?"

安心这才消了气,觉得自己这个当大姐的还是有点话语权的。其实对她而言,如此竭力撮合大家见面还有一层原因,那就是苏扬越来越抱怨安逸这家伙实在太麻烦了,每天都不出去,就待家里,跳舞、唱歌、吃零食、看美剧，而且都得苏扬好吃好喝地伺候着。对了，她还总和棒棒吵架，争东争西，一点儿都不把自己当外人。而且她经常穿着内衣走来走去，上厕所也总不关门。白天往往就她和苏扬在家，这很不合适，苏扬只得在外面瞎溜达，到点儿回来做饭外加收拾房间，跟保姆基本上没啥区别了。苏扬心中虽然怨言颇多，可他毕竟是姐夫，不好意思当面说，每天憋着一肚子话等安心回来后再抱怨。一开始安心还总替妹妹说话，说她还小，没有恶意，让苏扬再忍忍，都会过去的。结果生生把苏扬给说急了。

"这不是小不小的问题，更不是忍不忍的事。咱家统共就这么大，现在你妹妹自己独占一房，儿子天天和我们挤一张床，对谁都不合适。"

安心没反驳，苏扬说得很在理，自从安逸搬进来后，棒棒就一直和他们睡。别的不说，就连夫妻之间正常的亲热都再没有过。

"你是姐姐，你对妹妹好没错，可你还是我老婆，是棒棒的妈妈，你也得想想我和棒棒的感受，对不？"

"嗯，老公，你和儿子是我最在乎的人。"

"别光嘴上说，要看行动。"

"可是我们家现在就这么大，安逸又不肯和棒棒睡一间房。"

"安然家大呀，好几个房间就她一人住。"

"可是……"

"我知道你想说什么，我跟你讲，你是安逸的姐，安然也是，你们仨是一个妈生的，她俩不对付那是过去的事，不可能这辈子都老死不相往来。现在就需要你劝说她俩，她俩和好了不只是对我们好，对她们更好，这你好我好大家好，才是你这个当大姐最应该做的事。"

尽管安心依然觉得让安逸住在安然家特别不靠谱，可苏扬说得也确实在理，就算她俩再不对付那也是亲姐妹，能有多大的仇恨？再说了，此一时,彼一时,大家现在都成长了,是时候正视过去、面对明天了,就算安逸不搬走,能让她俩关系缓和也是她这个大姐最乐意见到的事。因此安心认真地点头说:"好,我试试。"

苏扬在安心脸上吻了一下:"对咯,这才是我的好老婆,儿子的好妈妈。"

得到老公的嘉奖,安心很开心,只是她怎么也没想到自己不试还好,结果这一试,试出了更大的麻烦。

2

那个周六的中午,在约定的时间过去了半个多小时后,安然终于姗姗来迟,一进门就和苏扬、安心打招呼,眼睛却从头到尾没往安逸身上瞅,整个人感觉特别不自在。倒是安逸,没事人一样拿出礼物,递到安然眼前,自然又热情地说:"二姐,这是我特意在美国给你买的,都放了好久了,还好这东西没保质期,不会坏。"

安然冷冷看了一眼,没说要,也没说不要。

安心赶紧将礼物接过,然后张罗:"哎呀,难得安逸有心,给你就快拿着。"

安逸噘嘴抱怨:"大姐,你这是什么话嘛,说得我好像对二姐一直没心没肺一样。"

苏扬适时打岔:"饭好咯,吃饭啦,今天能为你们谢家三姐妹服务,荣幸之至,赶紧上桌吧。"

安心佯嗔:"要是菜不好吃,唯你是问。"

"必须的,为了今天这顿饭,我整整准备了一个星期。"苏扬不忘自黑,"让你们见识见识我这个家庭妇男的能耐。"

"姐夫,你也吃吧。"三姐妹坐好后,苏扬不停往桌上端菜,安然过意不去,刚站起来想帮忙,又被安心拉住,"没事,让他忙活,来,我们好久没团圆了,喝一点吧。"

"好啊,我想喝啤酒,白啤,有吗?"安逸积极响应。

"老公,你把酒给我们开了……"安心刚想让苏扬开红酒,听了赶紧打住,"啤酒啊,行,老公,你还是现去买吧,要白啤哈。"

"好嘞,你们先吃,白啤马上到。"苏扬摘下围裙,赶紧小跑着准备出门。

"姐夫,你别动了,天儿怪冷的,就红酒吧。"安然接过红酒瓶,然后打开,给自己和安心倒了一点,然后将酒瓶放到桌上,看着安逸冷冷地说:"爱喝不喝。"

"谁说我不喝了?"安逸边倒酒边回嘴,"二姐,你是不是最近工作不太顺心呀,怎么脾气这么大呢?"

安然从喉咙里发出了声"哼",没有理安逸。

安心赶紧打圆场:"老公,你做的鱼好了没?好了就赶紧端上来呀!"

"对对,还差一条鱼,哎呀,这鱼可是我最拿手的,马上就好,你们先吃哈。"苏扬说完转身进厨房了。

安心举起酒杯:"来,二妹、三妹,我们好久没团圆了,大姐敬你们一杯。"

安然和安逸分别和安心碰了杯,安逸本想和安然也碰杯,结果安然头一仰,把杯中酒全喝了。安逸跟着一饮而尽,安心刚抿了一小口,看看安然,又看看安逸,轻叹了口气,也干了。

就这样,三姐妹菜没怎么吃,酒倒喝得挺快。这酒一喝多,气氛也就上来了,安心给两个妹妹夹菜,两个妹妹也给她夹菜,不过两个妹妹之间还是没有互动。安心一边热情招呼一边察言观色,就等着一个突破口,好将她俩使劲儿撮合撮合,结果还没等她开口,安逸倒先哪壶不开提哪壶了。

"二姐,听说你现在做影视,做得还挺好,妈总夸你。有合适的角色给我介绍介绍呗,我是你亲妹妹,举贤不避亲……"

安逸这话安然本来就不爱听,她还提到妈就更让人烦了,安然于是借着酒劲儿将过往的不满一股脑都发泄了出来:"闭嘴吧,谢安逸,我说你怎么这么脸大?你以为演员那么好当的,你会表演么你?"

安逸立即提高嗓门反驳:"我怎么不会了?我在美国不就读的影视专业吗?我们有表演课的。再说了,我从小就有表演天赋,这点大姐可以作证。"

安心赶紧点头:"那确实,安逸打小唱歌跳舞就比咱俩强。"

安然冷笑:"也是哦,会哭的孩子有奶吃,你从小就特别会演戏,也特别爱演戏,一天到晚把自己扮成受害者,天天到爸妈那里告状。也不知道是你演技太好还是他们太愚蠢,你总是能把自己的幸福建立在别人的痛苦之上。"

"谢安然,你什么意思嘛!"安逸"砰"地将酒杯推倒在桌上,人站了起来,对安然大声发难,"不行就不行呗,你侮辱人干吗!显得自己很高级吗?从你进来,我就一直主动和你说话,你始终拉着个脸,就好像我欠你什么一样。"

安然还是冷笑,对安逸怒目圆瞪:"你还真欠我的。"

"我欠你什么?你说。"

"我为什么要说,你自己就没点数吗?"

"我当然有数,那就是我什么都不欠你,是你自己心理变态,得了被迫害妄想症,总觉得我抢走了你的爱。真搞笑,我能看上你什么?只能说你自己不争气,不会说话,脸又难看,难怪妈一直不喜欢你。"

安然这下坐不住了,站起来扬着胳膊:"你说什么?信不信我抽你?"

安心赶紧劝阻安逸:"好了,你少说两句,还有完没完了。"

安逸本来就不是省油的灯,这些日子她一直对安然抱有幻想,才压着忍着自己的脾气,现在全都豁出去了,根本没什么顾忌。她抬高音调,绘声绘色地冷嘲热讽起来:"我说错了吗?还我心中有没有数,你有数?你也不看看自己现在多大了,都三十岁了还不找对象,妈都被你气出病了你知道吗?老家的人是怎么议论你的你知道吗?以为赚几个钱就了不起啊,告诉你,在妈心中你就是我们谢家的耻辱,你一天不找对象,她就一天不会放过你,更不可能喜欢你!"

"够了,别说啦!"安心深知自己再不拿出大姐的威严,场面就彻底失控了,于是用力拍着桌子嘶吼起来,"你们一见面就吵架,眼中还有没有我这个大姐?"

安逸吓了一跳,赶紧住口,安然本想上前薅安逸头发给这小崽子点颜色看看,也愣在了原地。

苏扬从厨房冲了出来,手中还端着鱼,不停地打圆场:"哎呀,都是亲姐妹,一家人,有什么这个那个的,来来来,吃鱼,吃鱼!"

"你也给我住口!"安心对苏扬怒目圆睁,"你先进房,我们姐妹之间的事跟你没关系。"

"我……"苏扬吓得愣在原地,手中的鱼放也不是,不放也不是。

"进去啊,你耳朵聋了吗,听不懂人话?还要我说几遍?"杀鸡儆猴,事到如今安心必须先拿苏扬开刀了。

"唉!你们爱打就打吧,懒得理你们。"结婚十年,苏扬还真没看安心如此发飙过,只得灰溜溜地进了房间,边走边摇头,"别打出人命就行,等会儿我来收拾残局。"

等苏扬进房后,安心看着安逸,开始数落起来:"谢安逸,你怎么说话呢?还讲不讲一点礼貌了?你眼睛睁大点,她是你亲二姐,是和我们一个妈生的亲姐妹,你怎么可以这么说你二姐?你书都读到哪里去了?连基本的道德礼仪都不懂,还出国留学呢?从小到大你二姐一直都让着你,你不知道吗?爸妈宠着你,那是因为你最小,但你不可以恃宠而骄,现在你已经长大成人,必须对自己的人生负责。妈现在老了,身体也不好,你应该有所担当,而不是说退学就退学,浪费钱更浪费家人的一片苦心。你现在也不出门找找工作,成天就窝在家里跳舞听歌看剧刷抖音,你觉得你这样对吗?"

安逸特别想大声反驳,可是她不敢,她怕真惹毛安心了被赶走,只得低声嘟囔:"我这不是让她给我介绍工作吗?她不肯就算了,还笑我。"

"我就笑你怎么了?"安然一看又提到自己,赶紧开战,"我还抽你呢!"

"谢安然,你倒抽一个给我看看。"安心掉转火力,指向安然,"小时候你就总偷偷打安逸,别以为我不知道,我是懒得管你们。现在都是大人了,怎么还这么不成熟?我看你平时在外面不挺冷静理性的吗?怎么对自己的亲妹妹反而这么冷漠刻薄呢?到底有多大的仇恨?这么多年了还不够你消化的吗?"

安然别过脸,不看安心:"没法消化,你看她刚才怎么说我的?"

"安逸那样说是不对,但话糙理不糙,既然今天大家把话都摊开了,那我也要说两句。安然,你现在这样确实很过分,干吗呢你?我们明明是一家人,是亲姐妹,可是现在连你的感情都不能过问了是不是?一提就是刺猬心态,把自己裹得紧紧的,躲得远远的。你要不是我妹妹我还懒得问你呢,我压根操不起那个心,你不觉得你现在这样太自私了吗?

"我没有……"

"你当然有,安然,我不知道你为什么一直逃避自己的感情,以前我还以为是不是你的性取向有问题,我也不知道,我也不敢问,我只能瞎猜,就怕伤害到你。现在我知道你很正常,我也知道你和宋歌好过,就算他伤害了你,没关系,咱这辈子都可以不原谅他也不搭理他,但咱不能不放过自己啊。你还年轻,你需要有人呵护疼爱,你需要有自己的家庭和孩子,你不可以逃避这些的。对,孩子,你告诉过我,你特别特别喜欢孩子,可是孩子不会从天上掉下来,得你自己努力争取才会获得。你可以不为了妈,不为了我,甚至不为了你自己,你为了你的孩子,你也得积极面对自己的感情,打开尘封的心扉啊,而不是像现在这样,别人提也提不得,自己更是不愿去面对,你说这不是自私又是什么?"

安然没有再反驳,此刻她除了流泪什么话也说不出,什么事也做不了。是的,她特别喜欢孩子,她那么渴望拥有自己的孩子,曾经她和自己最爱的那个男人收获了爱的结晶,可是一夜之间所有的幸福都荡然无存,这是她人生最大的梦魇,这么多年她一直在逃避。现在,面对着自己的亲姐妹,她却无路可逃,只能看着已经结痂的伤口被一点点无情地剥开,鲜血流满躯体。

安心还在说着,安然却什么也听不进去,她只想离开,离开这令人窒息的环境,离开这以爱为名的伤害。她拼命咬着自己的舌尖,借着剧痛换来的一丝清醒,不顾一切地向外跑去。

3

六年前，也就是安然和宋歌确定恋爱关系后的第四年，安然意外怀孕了。当时正值他们事业上升的关键期，宋歌在深思熟虑后决定先不要这份上天赐予的礼物，理由是还没做好准备，时间、精力、经济都不成熟，无法确保可以给孩子完美的人生。安然深爱着宋歌，对他的话深信不疑，所以在经过一番剧烈且煎熬的思想斗争后极其痛苦地接受了这个残忍的决定。如果当时她知道宋歌放弃的真正原因是他是个丁克主义者，她一定不会这么干，所以她很后悔很后悔，这也成了她这辈子最无法原谅自己的一件事。所以她更是痛恨宋歌，痛恨他的自私，痛恨他的无情，甚至痛恨他的坦白——在他们携手经历了那么多坎坷，战胜了生活和事业上的那么多磨难，一切变得美好起来之际，他突然告诉自己他原来是一个不婚主义者，他可以永远恋爱，但无法接受婚姻，更不打算为人父母，只有这样，他的爱才能纯粹，他要将自己纯粹的爱永远献给安然——多么奇怪的理论啊，直到此时安然也意识到自己编织了四年多的爱情童话其实不过是场美梦。梦里她投入了太多，也付出了太多，她的青春、她的才华、她的憧憬、她的努力，甚至，因为宋歌不希望别人干涉他们纯粹的爱情她宁愿选择不公开，哪怕对自己的亲人都只字不提，就好像自己是爱情绝缘体，是感情上的怪物，也不希望别人对性格张扬、行事特立独行的宋歌指指点点。这些她都做到了，她以为苦尽就一定会甘来，付出就一定会有回报，却怎么也没想到，是梦，就总有醒来的那一天，而希望一旦破灭，所有曾经犯过的错误都会卷土重来，其中最可怕的莫过于他们联手将她子宫中的胎儿扼杀。这是她的生命无法承受之痛，而只要还和宋歌在一起，她的脑海中就会始终萦绕这个梦魇，使她不安、慌乱，难以呼吸视听。她犹如变了一个人，脾气暴躁，身体也越来越差，开始每天都和宋歌无休止地争吵，她说我想要一个完整的家、一场完美的婚礼、一个可爱的孩子、一个尽心尽责的丈夫，可这些你都给不了。既然给不了，那我只能走，只能逃，就像这个单调乏味的午后，在冷风中、在大街上，她像个失去灯笼的孤独小孩，泪流满面，赤脚奔跑，绝不回头。

4

那天下午安然一直在外面游荡，没有目的，也没有方向，像具没有灵魂的行尸走肉。安心不停打来电话，她不想接，只在微信上回复说自己没事，想一个人静静。就这样一直走着，从望京走到国贸，这才感觉心里轻松了些，也有些累了，于是找了家星巴克，结果刚坐下电话又响了，这次是她的老板石耀东。

安然屏气凝神接完电话后，咖啡也顾不上喝，赶紧叫上一辆车，直奔顺义的中央别墅区。石耀东让她立即过来，说有要事相商。

说起来，安然加盟石门影业这么多年，还从未去石耀东的家里做过客。石耀东向来在意和员工之间的距离，更在乎尊卑有序，二十多年来，也不知道有多少忠心耿耿跟随他的人最后莫名其妙被冷落甚至被辞退，都是因为错误判断自己和老板的关系够好了，然后开始没大没小，甚至在公司内部拉帮结派，对于石耀东的指示阳奉阴违。这种情况石耀东绝对是零容忍，不管对方曾经为公司做出多大的贡献，更不管失去此人会造成多大的损失，一律"杀无赦"，以此向所有人宣示：石门影业始终是他石耀东的私有财产，其他所有人，都是过客，只是棋子。

按理说，这种陈旧落后的理念是很难经营好一家现代企业的，然而成王败寇，石耀东身为影视行业的老炮儿，从最初一个小小的场记做到现在，无数次命悬一线，又屡屡绝境逢生，自然有其过人之处。比如他热衷社交、出手大方、精力旺盛，赚钱是他这辈子最喜欢做的事，只要能赚到钱，他可以不讲原则，更没有底线，在他眼中影视作品和毒品并没有本质区别，都是他实现快速赚钱目的的工具。当然了，前者不但不违法，反而裹挟着各种迷人的光环，让他利欲熏心的灵魂可以被粉饰得很是高大上。特别是前些年，当资本尽情拥抱影视，突然绽放出巨大的吸金能量，更是让石耀东这样的老江湖如鱼得水，他长袖善舞、偷龙转凤，左手影视、右手金融，一时间风生水起，本已日薄西山的石门影业更是枯木逢春，公司经营范围从电视剧到电影再到网剧网综，从布局院线到投资影视小镇，从国内投资入股到资本海外并购。石耀东凭借一系列令人眼花缭乱的金融手法和动作，一举将自己的企业打造成行业前十的文娱集团，而股市也很快对他的表现作出了积极反馈。石耀东旗下的两家港股上市公司的市值分别在短短三年内翻了二十多倍，石耀东也靠此日进斗金，成为名副其实的顶级富豪，游艇、私人飞机等超级有钱人的大玩具他也应有尽有，人生到了巅峰。

然而"盛名之下，其实难副"，巅峰时的石耀东其实和绝大多数靠资本起家的超级富豪一样，表面无比光鲜，背后却狼狈不堪，最大的隐患就是负债太多。影视本来就是轻资产，账期长，回款慢，坏账还多，赚到的那点钱压根没法满足进军实体行业特别是地产业需要的资金，更别提还有那么多的并购了——然而这只是表面原因，还有一个隐晦的原因就是他现在沉迷豪赌，每年去澳门的次数不下十次，每次至少都要输上几百上千万。这些钱都是从公司账上挪用的——为了填平窟窿，他只得通过各种形式的加杠杆去融资贷款，甚至是民间的高利贷，毫不夸张地说，现在石门影业完全就靠债务活着,每天过着拆东墙补西墙、捉襟见肘的日子。只是银行券商又不是你亲爹亲娘,你能赚钱的时候自然对你关怀备至,你赚不到钱的时候变心比变脸还快,因此石耀东必须让世人觉得自己依然很能赚钱,只要信心在,钱就在。可信心从哪里来?不能光靠他讲故事,他也没那么多故事,得有新的实锤素材。放眼当下,国内原创小说第一人王健霖就是最好的故事材料,只要拿下他的版权,就能够撬动至少十个亿的资本,那是他石耀东最为擅长的游戏。而如果得不到王健霖,后面一切为零,再没有新的融资进来,前面即将到期的债务便会呈雪崩之势,瞬间坍塌,将他摧毁得尸骨无存。这样的故事每天都在上演,石耀东绝不能允许自己成为下一个主角,成为别人茶余饭后的谈资笑料。

所以,两个月前他郑重其事地给最得力的大将安然下达任务,让她不惜一切代价和手段拿下王健霖,可这么多天过去了却毫无进展,这是从未有过的。他当然也听说了安然和宋歌似乎有着不可告人的关系,如果是平时,他一定会让安然离开这个项目,甚至借机问责让她离开公司。可现在他不敢,就算他对安然再有意见,安然还是最能干的人,如果她做不到,别人就更做不到。因此他只能继续用安然,并且给她更大的压力,逼她拿下王健霖,只有这样,他或许还有一线生机。他决定将安然请到自己的家里,和她好好交心。对于女人,他心知肚明,无论何时何地,怀柔一定是最有效的手段。

5

安然走进石耀东那中式庭院别墅的大门后,立即被眼前一千多平方米的绿地吸引住了。这些年来安然接触到了很多富人,眼界自然提升了不少，但石耀东家里的奇花异石、名案字画还是让她叹为观止，感觉像是走在一个小型的艺术博物馆内，处处透露着高雅和底蕴，大量的细节彰显着这里主人傲世的财富和独具匠心的审美，而整体散发的气质更非王健霖那样的新富所能比拟。

在管家的带领下，安然来到后院的池塘，石耀东正在那里钓鱼。他表情恬静，看不出丝毫烟火气，好像再大的烦恼和压力此刻都变得荡然无存。不得不说，石耀东在其人生跨过天命之年后，至少在演技以及控制情绪这两点上，都达到了全新的高度，几乎没有人可以看清楚他真正的内心，甚至，他自己都不能。

安然静静站在石耀东的身后，保持着一定的距离。石耀东没有回头，始终一动不动地看着水面，犹如老僧入定。鱼始终没咬钩，或者水里根本没有鱼，别人不知道，石耀东知不知道也没人知道，反正他很投入，似乎也很享受，让这个近似行为艺术的举动也变得颇具美感起来。甚至连安然在观看了许久后也觉得心静了不少，外面的那些凡事纷扰仿佛都被隔离开了，在这里只剩下安静、淡然，以及若隐若现的美。

夕阳西下，晚霞将湖面映射得通红，石耀东终于松开鱼竿，面露微笑地看着安然，目光温和地说：“来啦谢总，让你久等了。”

"没有，我也刚到。"尽管跟随石耀东已经好几年，但安然在他面前仍然会感到局促，她能清晰地感受到他们之间那堵厚厚的墙。她曾经试图穿越这堵墙，不为别的，只为证明自己，可是她失败了。无论她取得多么耀眼的成绩、收获多大的荣誉，石耀东始终高高在上，俯视着他们，她永远都不可能真正接近他，更不可能真正得到他的欣赏和信任。就像无论她多努力都无法成为她父母眼中最出息的女儿，成为他们的骄傲，赚再多钱、获再大名都不能，这也是她最难受、最恐惧、最无法接受，却又不得不面对的。

很多时候安然会在噩梦中惊醒，看着空荡荡的房间还有那无尽的黑夜，泪流满面地问自己：我得不到父母的欣赏、老板的认可、爱情的祝福，我没有家庭没有爱情没有孩子，我真的成功吗？我还有什么？不，我什么都没有，我就是一个彻头彻尾的失败者。

有些人拼命挣扎是很想赢，可安然这样只是不想输，她表现出来的所有坚强，不过是内心自卑和恐惧的伪装，用来对残酷人生进行负隅顽抗。

"谢总？"石耀东的轻声呼唤将安然从恍惚中拉回，她赶紧面色尴尬地解释："石董，不好意思，我……"

"没事，人来到新的环境总会有些不适应。"石耀东带着安然来到一边的凉亭里，坐定后接过管家递过来的茶水，呷了一口，然后看向四周，似在询问却更像感叹："这里的一切，你觉得怎么样？"

"很漂亮，我以前也去过不少豪宅，但都没法和您这里相提并论。"安然很真诚地回答，"我算开眼了，真的。"

"嗯，确实很漂亮。十几年前我就买下了这块地，然后一砖一瓦开始打造，可以说这儿的每一棵树、每一朵花、每一片瓦、每一寸土都凝聚了我太多的心血和感情。"石耀东的眼睛很快湿润了起来，"我殚精竭虑，倾尽所有才将这里打造成我想要的样子，可以说，现在除了空气质量让我很无奈，其他的一切我都很满意。不容易，真的很不容易啊！"

安然一直静静听着，她当然相信石耀东说的这些是充满真情的，但她也很奇怪为什么他要对她说起这些。要知道，石耀东是一个极少在员工面前流露情感的人，他这么做不可能是无心之举，他一定还有话要说。

果然，石耀东在凝视了片刻眼前的一切后，话锋一转："只可惜，这么美好的地方，很快就不属于我了。"

"石董,怎么了?"安然大为惊愕,实在忍不住发问,"为什么这么说?"

"嗯,你没听错,这里,我的家,耗费了我无数精力和金钱的地方,我已经将它抵押了出去,很快我就会成为这儿的过客,和你们一样,最多只能来看看它,再也无法拥有它。"石耀东的语气变得越来越平淡,仿佛在说着一件和自己无关的事,"不光是我的家,还有我的公司,都已经抵押了,也就是说,我很可能会失去所有。"

石耀东目光停留在安然的脸上,认真地重复:"是的,所有!"

安然坚持了片刻,还是敌不过石耀东那复杂的眼神,别过脸去。原来坊间的一些传言都是真的。她想说点什么,却又什么都说不上来,如鲠在喉,特别难受。

"公司发展需要钱,很多很多钱,特别是现在到了一个非常关键的时刻,进一步海阔天空,退一步万劫不复。"石耀东双眉紧锁,目光如炬,"事业就是我的命,为了事业,我可以付出所有,也绝不会在困难面前退缩不前。"

"石董……"安然刚想说点什么,石耀东将她打断了。

"谢总,你应该知道我是哪里人吧?"

"石董是湖南人。"

"嗯,湖南人。"石耀东点点头,"都说一方水土养育一方人,这确实。在我们湖南有条江,叫湘江,全国所有的大江大河都是由西往东流,所谓九江朝东,可我们湘江一反常态,由南向北绵延几百公里,气势磅礴,而且中间没有形成一个冲积平原,就一路克服重重阻力,开山断崖,奔流向前不回头。这就是我们湖南人,可以连续作战,自己不休息,也不让别人休息,老折腾。在湘西有一种叫雄根的野生稻,可以在零下十几度的寒冷天气里存活，等到春暖花开再顶开冰土，长出大地，发出新芽，这在全国也是独一份，这也是我们湖南人。一条湘江，一个雄根，基本上能代表湖南人的性格，极端、强悍、霸蛮，生命力极强。你怎么也打不死他，压不垮他，更别说让他屈服了。总之，人生有路我们顺路走，人生没路我们就开出一条路走，反正绝对不会服输。"

石耀东缓了缓，继续语重心长地说："谢总啊，公司这几年的高速发展你都经历了，也做出了杰出的贡献，公司现在的压力除了我，你比谁都更清楚。困难我们都不回避，就看如何去面对。现在外界不管是对我还是对我们公司，评价和期待都是非常高的，因此这些问题也是前进中的问题，是甜蜜的烦恼，所以我们更是不可以泄气，更不能动摇，而要齐心协力战胜困难。一般的员工或许没有这样的认知，但是你我，还有其他的高管，甚至中层，必须统一思想、全力以赴，急公司所急，让所有怀疑我们甚至诋毁我们的敌人知道他们究竟有多么的肤浅可笑。"

"石董，我会的，明天我就组织相关人员开会，您参加吗？"

石耀东轻轻摆手："开会很必要，但不是目前最重要的事。当务之急就是找到破局的方法。公司目前的各方面发展都非常顺利，只是在资金上出现了缺口，我们的努力都要紧紧围绕这个问题来进行。我为什么要把自己的房子和公司都抵押，就是为了融资，可这些还远远不够，我们需要从股市上获得更多的钱，需要更多的股民和机构对我们产生兴趣，也就是说我们需要给他们更多的信心。"说到这里，石耀东再次将目光投射在安然的眼睛上，"谢总，能不能拿下王健霖不是重不重要的问题，是我们能不能渡过目前的困难，往前一步的问题，甚至是生和死的问题。这一点，希望你要清楚。"

巨大的压力扑面而来，安然慌乱地点点头："我知道。"

"嗯,知道就好。谢总,你是我一手培养起来的,你的能力和忠诚度都是我非常欣赏和满意的,所以我把公司最重要的业务交给你负责,你也从来没有让我失望过。这一次也请谢总不要让我失望,只要我们拿下王健霖的新作版权,我承诺给你还有你部门所有员工加薪,你有其他要求,我也可以满足。"

"石董,我……"

"安然啊,我知道你有困难,否则也不会这么久了毫无进展。但我更希望你明白办法总会比问题多,包括一些非常规手段。在这个项目上我可以给你最大的授权,只要能够拿下王健霖,公司不惜一切代价。你就大胆去做,出什么问题,我给你兜着。"石耀东说完后又闭上了眼睛,"好了,我累了,你去吧。我相信你,等你好消息,记得,要快!"

第十章 一场交易

1

那天中午姐妹仨不欢而散后,安心越发愧疚自责,趴在床上哭个不停。苏扬一直在旁边安慰安心,让她尽管拿自己撒气,好不容易刚有点儿起色,结果安逸又开始不消停了,把自己的房门摔得震天响。苏扬和安心赶紧过去,就见安逸背着包,拖着行李箱,戴着帽子,噘着嘴,头也不回地往外走。

安心上前拉住她,问:"你要干吗?"

"放开,让我走。"安逸将安心推了一个趔趄,眼睛一红,哽咽着说,"反正你们也不想管我了,就让我沦落街头,自生自灭吧。"

"安逸,你这是什么话啊!什么叫我们不想管你?"

"本来就是,我想了一下午,算是想明白了,你们就是嫌我烦了,不想让我再待在这里白吃白喝了。放心,我不会让你们开口赶我走的,我自己走。"

"安逸你站住,我和你姐夫怎么可能不管你?更不可能想让你走!你肯定是哪里误会了。"

"你们是怎么想的自己心中清楚,"安逸停下脚步,冷笑,"反正我不想让有些人觉得我在啃老,是寄生虫。"

安心上前轻轻搂住安逸的肩膀,柔声安慰:"安逸,你不要胡思乱想,我知道你是在为中午的事生气。今天谁都不怪,就怪我,我不应该让安然去说你,更不应该那么去说安然。我本来就是想姐妹们团聚一下,没想到现在弄得一团糟,安然不理我了,现在你也要走,你们都怨我,我这是怎么了我?"

安心说完,双眼飙泪,一副痛彻心扉的模样。

苏扬赶紧上前将她抱住,同时不停地给安逸使眼色,安逸慌乱地点头改口:"姐,你别难过了,你对我的好我都知道,我怎么可能怨你呢?"

"就是啊,老婆,家家有本难念的经,这很正常的,你可千万别把问题都往自己身上揽。刚才不是都说清楚了吗,怎么又来了呢?"

"可我是大姐,出了事就是我的责任。"

"你这就叫钻牛角尖,不放过自己也不放过别人。大家都成年了,没有你以为的那么脆弱,再说了,就算你有心担当,想要负责,也得看看自己有没有这个能力。做力所能及的事,别添乱,就是最大的负责。"

"是啊,姐,你别哭了,我刚才就是想发泄发泄情绪,不是真想走。你也知道我回来这么久了,什么都没做成,还被骗了,我很着急的。成天待在你们家里也不是个办法,邻居还总是来投诉,害得姐夫一天到晚赔礼道歉,我也会内疚的呀。可我如果不健身跳操的话身材就会走样,那我就更没有竞争力了,就这样我都胖了好几斤了,你都不知道我有多焦虑。"

苏扬见机赶紧问:"要不你还是继续读书吧,对,等毕业了再回来好好发展。"

安逸摇头:"我不想这样灰溜溜地回去,更不想轻易就放弃,我还是有机会的。"

"哦!"苏扬怕再说安逸她又觉得是在赶她走,于是点点头,不再言语。

"姐,要不明天开始我跟着你去上班吧!"安逸突然眼前一亮,"你不是说你在做那个大作家的编辑吗?我也想当编辑,你就带我去吧,我不会打扰你们工作的,我就好好观察,认真学习。"

"这个……"安心怎么也没想到安逸会突然提出这个要求,一时间竟然不知道说什么好。

"反正他家很大,就当我去散散心也好。"安逸摇晃着安心的胳膊,"我再这样每天闷下去,真的会疯掉的,行不行嘛?好姐姐!"

2

第二天,安逸跟着安心来到王健霖的别墅,一进门眼睛就立即不够用了。这里实在太豪华了,里面陈设着各种高档家具,还有她只听说过没见过的奢侈品,地下室有私人影院和酒窖,三楼有星空健身房,后院还有个迷你泳池,车库里猩红色的玛莎GT在灯光照射下熠熠生辉,各个细节都在彰显着主人的身价不菲。

安逸越看越激动,那个上午,她只做了一件事,就是不停自拍,各种角度，各种造型，精修后陆续发在QQ空间、微信朋友圈、微博、小红书等平台上，很快便收到了比平时多几十倍的回复。网友们都在问，这是哪里呀？感觉好洋气的！还有人让她发一下地址，说也要来打卡。安逸隔着屏幕仿佛都能闻到那浓郁的酸味，这正中她下怀，于是装作云淡风轻地回复：亲，不是网红店哦，是我朋友在北京的私人府邸，外人进不来的。然后再配一张自己在卧室床上的美照，信息量就更大了，立即又引来若干赞和感叹。安逸开心极了，感觉憋屈已久的心情终于得到了宣泄，于是按捺着喜悦，强装淡定地一一答复，忙得不亦乐乎。当然也会有人冷嘲热讽，说她盗图，想当网红想疯了，对此安逸丝毫不惧，该怎么怼就怎么怼，反正心里有底，这里不是酒店，时间有限，价格还不菲，自己想来就来，想拍就拍，简直不能再开心。

对于安逸的表现，安心虽然觉得不妥，但也没有制止。一方面她的确很希望自己的小妹能够开心一点，另外她也觉得安逸这样并没有打扰到王健霖的创作，事实上她能否带安逸过来，事先也征询过王健霖意见。而安逸过来后，除了拍照，还能够陪安心聊会儿天，感觉姐妹的感情得到了明显提升，因此安心觉得这样也算两全其美。

同一屋檐下，安逸当然也会碰见王健霖，一开始安心还特担心安逸不懂事，王健霖情商又不怎么在线，俩人可别话不投机怼起来，那就得不偿失了。结果安逸见到王健霖时非常有礼貌，声音小小的、表情嗲嗲的，还知道嘘寒问暖两句，倒是王健霖始终保持着不解风情的本色，每次都只是轻轻点点头就当作打过招呼了。安逸问他话，他也爱搭不理，可你说他真不解风情吧，他转身看到安心立马换了个人一样，又殷勤又热情，表情丰富，甚至还能讲笑话了，这就更让安逸受不了。安逸开始还以为他在生自己和他第一次见面时言语顶撞的气，慢慢才发现并不是，他确实眼中就没自己，这是程度最重的一种藐视。要是换成平时，她早作过一百次了，可在这里她不敢，她怕得罪了王健霖就失去了这么好的拍照环境，继而失去活在上流社会的假象，失去每天那么多人的祝福和羡慕。这是她万万不能接受的，所以每次她被无视冷落后都装作不在意地转身离开，然后通过疯狂自拍来安慰自己那颗备受伤害的心。

当然，如果安逸对此始终只会默默忍受，那她就不是谢安逸了。私下里她多次对安心抱怨："姐，你们这个大作家是不是脑子缺根筋？这种人在电视剧里最多只能活两集，怎么就能赚这么多钱呢？老天真是不公平。"

安心自然不会帮腔，只说："他就是这样的人，熟了就好。"

"跟他熟不了，"安逸翻白眼，"要不看在你是他助理的分上，我可饶不了他。有钱就不理人？我可不惯着他！"

安心认真解释："我是他的编辑，不是助理。"

"这不一样吗？你看你对他多好，吃喝拉撒什么都管，人前人后嘘寒问暖，对姐夫都没见你这么细心。"

安心轻斥："可别瞎说。"

"谁瞎说了？我看到什么就说什么呗，这又不是什么见不得人的事。你是他的助理，照顾他很正常。"安逸嘴角突然露出迷之微笑，"不过他对你那么好就有点儿不正常了。嗯，特别不正常！"

"住嘴，安逸，还能不能好好说话了？"

"哈哈，看你脸都红了，是不是被我说中了？"安逸越说越兴奋，压低声音，"姐啊，你说他是不是暗恋你呀？我看像。"

"怎么可能？你快别胡说八道了，再说我真生气了。"

"我才没胡说八道呢，我又不是傻瓜，都这么明显了还能看不出来？

姐,你放心,我不会告诉姐夫的。"

"无聊!"安心摇摇头,干脆坐到另一边,不理她了。

安逸又紧贴上前,继续八卦:"你说他这么有钱,而且又有才华,万人敬仰,姐你就真的一点儿没动心过吗?"

"当然没有!"安心正色看着安逸,"你再这么说就真不懂事儿了,你想想你姐夫是怎么对你的?"

"哎呀,这是咱姐妹之间的悄悄话,和姐夫没关系。再说了,我又没其他意思,就是觉得很不可思议也很好玩,觉得特别像电视剧里的情节,当然会脑补很多。"

见安逸这么说,安心也觉得自己的情绪和态度都太过紧绷,语气不禁松了下来:"人生那么长,总会遇见很多想不到的事,本着初心去面对就是了,这样就算有意外,也不会犯错。"

"一个人就只能有一个初心吗?"安逸看着安心的眼睛,很认真地问,"你的初心就永远是姐夫?"

安心没回答,反问:"你的初心又是什么?"

安逸摇头:"有时候我也特别想知道自己要什么,但更多时候又觉得眼前一片模糊,想再多也没用,只能走一步算一步。"

安心继续问:"那你要来这里的原因又是什么呢?不会就只是为了自拍和做直播吧。"

"是,我本来确实挺想结识结识这个王健霖的。第一次见面时你说他是大作家,而且看上去特别有钱,平时在家里也总听你和姐夫聊起他的事,感觉又神秘又牛逼。离我那么远的人却突然近在咫尺,对我真的很有吸引力,所以我就很想过来,万一发生点什么呢?可现在我没什么想法了,很明显他对你动了心,其他女人在他眼中要么是空气,要么是垃圾,我当然不会再自讨没趣。"安逸做了个无奈的动作,"算咯,说起来,他其实和谢安然是一丘之貉,都不是我的菜,我也没必要再为他们这种情商捉急的人浪费心思。"

安心没再说话,心中却长长久久地叹了口气,她突然觉得眼前的安逸是那么陌生,都说95后的孩子特别直接,现在她对这句话算是深有体味。只是这样的对话发生在她们姐妹之间还是很尴尬,而且安逸说的也都是事实,虽然她一直不想面对,可王健霖确实成了萦绕在她心头的云朵,虽然还没有变成乌云,却也会遮住原本纯洁的天空,让灿烂的阳光变得黯淡起来。

3

就这样,安逸始终让安心觉着不省心,安然很快也加了进来,更给她这个当大姐的添堵。

一天上午她和安逸刚到别墅,王健霖就立即把她单独叫了过去,表情有些严肃地说:"有件事我想还是先告诉你为好。"

安心心一沉:"你说。"

"谢安然昨天又来找我了,过去一个星期她几乎每天都约我。"

"安然来这里找你?我怎么不知道?"

"你已经下班了,她应该是专门挑的这个时间,怕遇见你。"

"哦,她找你……她是想代表公司签你的作品吧。"

王健霖点点头,伸出右手,五指张开:"而且开出了一个天价,比以前的报价足足高了5倍。"

安心不由得深吸了口气,她很清楚这个价格意味着什么。那一瞬间她担心的并不是王健霖会被撬走，而是安然突然如此不按常理出牌，显然是遇到了相当棘手的困难。

"你和宋总说了吗？"

王健霖摇摇头："没有，我想先听听你的意见。"

"那你是怎么想的？他们的报价应该是史无前例吧！"

"很可能也后无来者。"王健霖说这话时语气依然很平静，"不过我没什么感觉，报价再高也只是数字，一个亿和十个亿对我而言并没有本质的区别，我在意的只是能不能写出真正的好作品。如果读者不认可，别人给的钱越多，反而是对我越大的侮辱。"

说完，王健霖顿了下，看着安心，认真表白："所以对我而言，你的陪伴才是最为重要的，也是独一无二的，是多少钱都无法比拟的。"

安心不想听到王健霖继续抒情，尽管她听了后真的挺动容的。不是每个人在面对这么一笔巨款时都能够如此淡然理性，王健霖能够拥有今天的地位，除了他过人的才华，一定还和他的价值观有着根本的关系。只是现在这个局面太过复杂，而且无比尴尬——她和安然是亲姐妹，宋歌和安然是前恋人，王健霖和宋歌是兄弟，宋歌是她老板，王健霖还对她心心念念——现在安然站在了他们的对立面，就算拒绝也不能够那么生硬，否则伤害了安然，也就伤害了所有爱她的人的心。

"要不，你还是告诉宋总吧，这种情况，他需要第一时间知道……你是不是觉得有些为难？我说也行。"

"不为难，我亲自说，你转告的话只会压力更大。"

"谢谢！"安心见王健霖如此体贴，心里越发动容，"那我先出去了，有事你叫我。"说完她便匆匆离开了。

看着安心离去的背影，王健霖依然一脸深情，却又无奈地轻声叹了口气,然后拿出手机,给宋歌打电话。

4

中午,安逸戴着耳机在王健霖的别墅泳池边直播跳操,跳得大汗淋漓。经过连续一个多星期的折腾,现在她每次直播粉丝数都在飙升,打赏的礼物自然价值也高了不少,这些粉丝大多在三四线城市,起先只是想窥探北京富人的生活,慢慢就被安逸的青春活力和热情洋溢打动,成了她的拥趸。他们总是不遗余力地夸赞安逸漂亮又健康,给他们的生活带来了正能量,这让安逸很是受用,于是更加卖力地投身直播事业。

一曲跳完,安逸还没来得及和粉丝互动,门铃突然响了起来。安逸边擦汗边打开门上的监视器,就看到屏幕上出现了一个特别时尚且帅气的男人,安逸随口就问:"谁啊?"

来人自然是宋歌,他先是愣了下,没直接回答,而是没好气地用他那特有的拽拽的语调反斥:"你谁啊?快开门。"

安逸心里咯噔了下,感觉被冒犯了,小姐脾气顿时上来了,又暗忖可别遇见了坏人,必须先声夺人将其震住,于是也提高了音调:"我是你妈妈!我告诉你,这里是民宅,你赶紧走,否则我报警了。还敢对我喊,哼!"

她话音刚落,安心急匆匆从屋内小跑了出来,看了眼屏幕,赶紧将门打开,不停打招呼:"宋总好!"

宋歌很是郁闷地问:"你这是在干吗呢?"

安心解释:"刚才在洗手间,耽误了会儿。"

宋歌也没再追究,而是看着一旁穿着性感健身服、满头大汗的安逸,冷笑着说:"我爸好福气啊,给我找来个这么年轻的小妈!"

"我的妈呀!"安逸此时当然知道自己闯祸了,小声嘀咕着,又吐了吐舌头问安心,"大姐,这位帅哥是谁呀?"赶紧转移了话题,也趁机表明了身份。

"这是宋总,我老板;这是我小妹,谢安逸。"安心见缝插针地介绍,"安逸放假回国没事做,我就带她过来待两天。真不好意思啊,宋总。她还小,也不会说话,一见面就把您给得罪了。"

"哦,没事!"果然,宋歌的态度立即和气了不少,"原来你们还有个妹妹,安然从来没说过!"

"哼,她当然不会说了,她恨不得全世界都不知道我的存在才好呢。"安逸咬牙切齿,瞬间感觉眼泪都快下来了。

宋歌看看安逸,又看着安心,问:"健霖呢?"

"在书房写作呢,您是来找他谈事的吧?"

"你已经知道了?"宋歌点点头,"那你有什么想法?"

"早上他提了两句,这种事还是需要宋总来判断和沟通,我这边肯定会以公司利益为重,宋总请放心。"

"好!"宋歌没再说什么,径直走向二楼的书房。

安心狠狠瞪了安逸一眼:"好好管住你的嘴,以后别总冒冒失失的。"

安逸不以为然:"原来她就是你的老板,谢安然的前男友。"

安心一惊:"你怎么知道的?"

"你自己说的呀,怎么忘啦?那天中午我们吵架,你不是提到谢安然以前有个男友是你现在的老板,叫什么来着的?对,宋歌,刚才你叫那个人宋总,肯定就是他咯!"安逸说完,自顾自地感慨,"这个宋歌长得倒不赖,肯定还很有钱,谢安然运气真够可以的。真不晓得那天她怎么一听到这人的名字就崩溃成那样,好像受了天大的伤。唉,贱人就是矫情!"

"好啦,都让你管好自己的嘴,怎么还这样说话呢?"安心真生气了,"安逸,你越来越任性了,再这样我可管不了你,也懒得再管你,你爱去哪里就去哪里。"说完,她气鼓鼓地转身离开了。

安逸愣了会儿,突然意识到直播还在继续呢,虽然离手机太远声音应该没录进去,但让粉丝看到刚才的一幕也特别不好,于是赶紧过去关了直播,然后追着安心,边跑边叫:"姐,你别走啊!等等我……我知道错了,我改还不行吗?"

5

那天宋歌和王健霖在书房内足足聊了一个多小时,除了交流安然"挖墙脚"的事,他俩谈得更多的还是安心。王健霖不停对宋歌强调此时最揪心的人不是他,也不是宋歌,更不是安然,而是安心,因此一定不能让安心背负太大的压力。

宋歌不以为然:"谢安心又不在局中,她的压力怎么就最大了?"

王健霖有些急了:"这有什么可不明白的呢?谢安然是她的亲妹妹,你是她的老板,我是她的……作者,我们每个人都和她有牵连,现在谢安然和你争我,无论谁赢谁输,她都会不舒服。"

宋歌眉毛一扬:"我会输?"

"我只是打比方,谢安然当然不会如愿,但安心肯定也会因此受到牵连。"王健霖很认真地说着,"不管怎样,安心都是无辜的,她人那么善良,对自己的两个妹妹那么好,肯定不希望看到她们失落——哎,你干吗这样看着我?"

"我就纳闷了,谢安心究竟对你施了什么魔法,让你这样一个不食人间烟火的家伙突然变得如此情深义重?"宋歌皱着眉头盯着王健霖,"就因为上次她骂了你?不至于吧?你也太傻白甜了。"

"当然不是,你以为我和你一样是受虐狂?谢安然都对你那样了,你还一个劲儿往上贴。"王健霖不停摇头,很认真地说,"安心上次骂我只不过让我觉得她和别人很不一样,给了我前所未有的感受。可她真正打动我的地方只在于她自身,和其他都无关。"

宋歌也摇头:"说得神乎其神的,不明白。"

"你那么现实的人,当然不会明白了。"王健霖嘴角含笑,"安心的身上总是散发出一种迷人的母性,让我很有安全感。她在花园里种花浇水时,我经常站在书房的窗户前看她,每每此时,我都会想起我的妈妈,她俩劳作时的身姿和动作真的特别像,不,简直一模一样。还有,她关心我时的眼神特别温柔也特别真诚,让我沉沦,好几次我都产生幻觉,以为我的妈妈从天上又回到了人间,变成了安心来照顾我、守护我。"

宋歌点点头:"所以你那么在意她,不只是因为她作为一个女人对你产生的吸引?"

"我现在对安心的感情确实很复杂,而且每一种情绪都很强烈,或许这就是缘分吧。"王健霖轻轻点头,"总之,我不希望她因为我们不开心,这些年来,我从来没觉得哪个女人对我如此重要过。"

"我知道了,你就好好把小说写完,其他什么都不要管。"宋歌眼睛亮了,"其实你刚才有一点说错了,安然虽然不会如愿,但她也不会以失败告终,我的想法其实和你一样,就是绝不会让自己心爱的人受伤。现在事态还没到那一步,慢慢来,后面会越来越精彩。"

"小说的事你放心。"王健霖顿了顿,"对了,还有件事希望你去做一下……"

6

宋歌出来后将安心叫到了另一个房间,叮嘱了她几件事:

第一,这段时间最好不要主动见安然,更不要提起她私下联系王健霖这件事。如果安然来找她帮忙,也别直接拒绝,有什么事都推到他身上。总之,不要伤害到安然,更不要因为这件事让自己觉得心烦。

第二,全力以赴帮助王健霖将小说写完,现在已经到了最后的冲刺阶段,事关重大,他绝不能再被任何事打扰。

第三,以后别让安逸再过来了,这是王健霖的要求,倒不是怕她直播跳舞打扰到自己,而是看她总对安心不尊重,没大没小的让他很不舒服,所以也不想让她太舒服了。

对于前两条,安心自然心领神会,第三条却多少让她意外。原来王健霖这些天嘴上虽然没说什么,却都看在眼里,这么点小事都要为她出头,她心中还是会涌上一丝感动。她本想去找王健霖解释,争取让安逸能够继续享受这一切,但想了想还是算了。宋歌说得对,现在形势越来越复杂了,没什么比王健霖将小说写完更重要,所有可能存在的不利因素都要为此让路,等大功告成之后再想办法让安逸过来也不迟,这些日子就先忍忍吧。安逸也不是小孩了,她应该会理解的。

很显然,安心并不了解她这个刁蛮任性的妹妹。安逸确实不是小孩,但她也的确不愿理解别人,更不愿意委屈自己。

第二天早上,安逸穿着淘宝上刚买的新衣服,像往常一样美滋滋地跟着安心准备去"上班",结果门还没出就被安心叫住了。

"这个……那个……"安心吞吞吐吐地说着,"安逸啊,今天要不你别和我一起过去了。"

"不行。"安逸想也没想就拒绝了,"我等了好久的衣服终于到了,可好看了,今天好多网友要看我穿着这身衣服跳舞呢,我还专门编了一套动作,特性感,嘻嘻!"

"嗯,要不就在家跳吧,一样的。"

"姐,你说什么呢?怎么可能一样嘛?"安逸大惊小怪地叫了起来,"这儿加起来才一百平,还抵不到那里一个客厅呢!再说了,这里有泳池吗?有私人影院吗?什么都没有,网友不喜欢的。我答应过他们,今天要在三楼的星空健身房给他们跳操,不可以食言的哦,否则掉粉会掉得很厉害的。"

"可是……"

"怎么了姐?"安逸这才从兴奋里走了出来,似乎意识到点儿不对劲。

安心一狠心:"没什么,反正今天你别过去了!"

"为什么呀?是不是因为昨天的事你生我的气了?我不是道歉了吗?你能不能别那么小心眼儿?行行行,我再给您赔个不是,姐,我错啦,我不该管不住自己的嘴巴,以后我保证听你的话,这下总可以了吧!哈哈,还挺押韵。"

安心看着安逸一副不谙世事的样子,纠结极了:"不是因为这个。"

"那为什么呀?哦,我知道了!"安逸拉下了脸,"肯定是你那个老板指使的,对不对?"

"你别问那么多,听我的就是,我先走了,你在家好好的,晚上我回来请你出去吃饭。"安心不想再解释下去,匆匆说完,转身走了。

"我不吃,谁稀罕你请的破饭。"安逸看着安心的背影咬牙切齿,"那个宋歌一看就不正经,穿得跟个嬉皮士似的,也就谢安然看得上。"

苏扬适时走了过来,笑呵呵地说:"在家也好,我都好久没看你跳操了,今天姐夫跟你一块儿练。"

"讨厌!"安逸愤愤不平地埋怨着,根本没理睬苏扬,气呼呼地进卧室了,将房门摔得震天响。

苏扬愣在原地,也不知道安逸刚才是骂自己还是骂宋歌,当然也可能两个人都骂,很快他自嘲地耸耸肩,撇撇嘴,然后没事人一样继续做家务去了。

结果过了没十分钟,安逸突然戴着墨镜,挎着包,风一样冲了出来,任凭苏扬怎么喊都喊不住。

"小崽了!"苏扬摇摇头,心想:要是我儿子将来像这样不懂事,我一定揍死他!

7

"师傅,去北辰世纪中心。"出了小区,安逸直接打了辆车,整个人已经淡定了许多。其实刚才她也并没多难受,很多时候情绪只是一种刻意的表达,开心是这样,伤心亦如此。

20分钟后,安逸到达目的地,看着这座雄伟气派的顶级写字楼,她深吸了口气,然后直奔歌颂者影视公司。

是的,她要来找宋歌。

也是巧了,一星期难得来公司一回的宋歌那天上午正好来办点事儿,而且来得还挺早,结果刚进门就听到助理报告说:"宋总,有位女士找您!"

"我现在没空,"宋歌边做事边反问,"怎么不提前安排啊?"

"她没预约,直接过来的。"

"那不见了,我忙着呢。"

"她说她姓谢,是您朋友。"

"姓谢?"宋歌这才抬头,想了想,"请她进来吧。"

很快,安逸跟随前台穿过整个公司,来到最里面那间几百平方米的豪华办公室。说起来,这还是她人生第一次接触到真正的职场呢,她四处打量,眼神里充满了好奇。

宋歌从里屋走了出来,安逸想:天,这办公室竟然是套间,这么大面积就他一个人享用,有钱人的世界真是令人匪夷所思。

"来啦,坐吧,喝点什么?"宋歌招呼着,语气谈不上冷淡,但也绝对不热情。

"宋总好。"安逸这才发现自己其实很紧张,比昨天第一次见到他要不自然很多,"我都行,要不咖啡吧,谢谢!"

"嗯,刚才我助理说你姓谢,我就猜想会是你。"宋歌一如往常那样四仰八叉地斜躺在自己的专属沙发里,"说吧,找我有什么事?"

安逸没回答,而是反问:"为什么姓谢的就是我?为什么不是谢安然呢?"

"哈,谢安然!"宋歌乐了起来,"她要是能来这里找我,她就不是谢安然了。看来你真的是很不了解你二姐。"

安逸有点儿尴尬:"我很早就出国读书了。"

"这不重要,好了,你快说你有什么事,我马上还有个会。"

"好。是你让我姐别带我去作家那里的吧?"安逸委屈地说。

"没错,是我让的。"宋歌丝毫没有否认,"看来谢安心执行得很不错。"

"你为什么要这样?"

"看你不顺眼呗!"宋歌乐了,"不可以吗?"

"你……"安逸气得语塞,"行,算你狠。"

"你过来就是想知道这个答案的?那现在你知道了,可以走了。"

如果是别人,在宋歌的连续施压下估计早溃不成军了吧,可安逸骨子里其实和她两个姐姐一样,越受挫只会越坚强。她竭力调整着呼吸,决定将话题带到自己的主场,以攻代防。

"宋总,你是我二姐的前男友吧!"

果然,她见到宋歌眼神中闪烁出一丝别样的色彩,虽然很快,但还是被她清晰地捕捉到了,这让她信心倍增。

"你把我二姐伤害得很深,到现在她都不原谅你,所以你再怎么找她也没有用。"安逸缓缓说着,眼睛却死死盯着对方。她们三姐妹吵架的那天中午安心当着她的面提起了宋歌找安然的事,结果安然整个人立即不好了,身为一个情感经历丰富的成年人,要想将其中的故事融会贯通一点儿都不难。

"原来你找我是为了确认这个。"宋歌点点头,似问非答,"有点儿意思。"

"不,我对你们的过去一点儿兴趣都没有。"安逸感觉自己越来越占据上风了,整个人也越来越轻松,"我过来只是想和你做个交易。"

"你想和我做交易?哈……"宋歌笑了起来,突然脸色一沉,"我不认为你有什么是我想得到却没有的。"

"是，你那么有钱，想要什么都能买到，而我只不过是个穷学生。"安逸强忍着被轻视引发的不悦，努力保持着脸上的笑意，继续不卑不亢地说着，"可是再有钱你也买不回自己的感情，更买不回我姐对你的原谅，在你曾经犯过的错误面前，你的钱一文不值。"

宋歌冷冷地呵斥："说下去。"

"可是我不一样，我虽然没有钱，但除了我妈还有大姐，我就是这个世界上和我二姐最亲的人。我二姐这个人表面上冷漠，内心其实特别重感情，尤其是亲情，别人的话她或许不愿听，但家人的意见她一定会认真考虑。我妈根本不知道你的存在，自然谈不上帮你说话，我大姐虽然是你的员工，可就算你拉得下脸请她帮忙，她也未必肯帮。因为她更在乎我二姐的想法，在你和我二姐之间，我大姐一定会选择自己的妹妹，所以现在天上地下理论上只剩下一个人可能帮到你，那就是我。"

"你说得挺好，可你漏掉了一个关键性的因素。"宋歌目光如炬地看着安逸，"要是我根本就不想和你二姐和好呢？你真以为我那么恋旧？没有她谢安然我就过不下去了？"

安逸内心一阵慌乱，的确，她刚才所有攻心的话都是基于宋歌渴望追回安然这个假设，那天安心话里话外也都是这个意思。但如果他根本就不是这样想的，那么自己的言辞不但无用，而且可笑。不过事到如今她已经没有退路，她只能相信自己的判断，赌一把。

"好啊，那你就当我什么都没说，再见！"安逸站了起来，大步往门外走去。

一步，两步，三步……安逸的心慢慢变得凉凉，当她走到门口时，突然听到宋歌在身后喊了起来。

"好吧，你赢了！"

安逸停步，回头，脸上情不自禁地流露出笑意，而刚才还无比正经甚至略显凶狠的宋歌也变得嬉皮笑脸起来。

"走什么走？咖啡才刚好。"说完，他亲手给安逸冲了一杯。

"谢谢！"安逸接过，喝了一口，"好香，我喜欢！"

"真行！要说你们三姐妹不是一个妈生的，我第一个不相信，一个比一个倔，也一个比一个贼。"宋歌歪着脑袋打量安逸，"你说我怎么就和你们怹耗上了呢！"

"切，别人想要这个机会还没有呢。"安逸又恢复了可爱状，"我二姐那么清高自负，天底下能够入她法眼的没几个人，她能够看上你，还和你在一起那么久，绝对是你的福气。"

"我承认，不过我现在也没有了，否则也不会被你给抓住小辫子。"宋歌悠然地坐回到沙发里，"虽然你也说了你只是理论上能帮到我，但只要有这个可能我都不会放过。说吧，你的交易条件是什么？"

"很简单，我也想到你这里上班！"安逸看着宋歌，一字一字地回答，"就现在。"

8

当天上午十点半，安心突然接到公司人事总监的电话，让她立即回公司，有重要人事调整要宣布。

安心赶回公司，大会议室里已经全员集合，人事总监亲自宣布今天将入职一位非常重要的新同事，担任公司的首席体验官。这是一个全新的岗位，不隶属于任何部门，直接向公司CEO宋歌汇报，负责对公司从员工精神面貌到流程管理制度再到产品使用感受进行全面的监督和点评。也就是说，从此公司的任何事务都会有一双眼睛在盯着，且"直通天庭"。从某种意义上而言，此人在歌颂者影业就是一人之下，众人之上，妥妥的钦差大臣。正当所有人窃窃私语，暗自思忖究竟何方神圣才能担此重任时，宋歌走了进来，在他身后紧紧跟着一位年轻貌美的女孩，人事总监带头掌声欢迎，接着在大家无比惊愕的眼神注视下，女孩落落大方地向众人自我介绍起来。

"大家好，我叫谢安逸，从此我们就是同事了，希望大家可以相处愉快，谢谢！"

说完，安逸专门对面前已经惊讶得合不拢嘴的安心挤了挤眼，那笑意盈盈的表情说不清楚是调皮还是挑衅。

第十一章　艰难抉择

1

都说初生牛犊不怕虎,这点在安逸身上得到了淋漓尽致的体现,当然了,她身上还有一个显著的特点,叫"无知者无畏"。

身为歌颂者影业首席体验官的她上任没两天,就把公司各部门的同事都得罪了一遍。首先她对影视行业是一知半解,看上去什么都明白但严重缺乏实战经验,也就是眼高手低,别人做得不好的地方在她看来是错的,别人做得挺好的地方也往往是错的。其次她还爱较劲儿,眼里容不得一粒沙子,别人迟到早退她要管,别人上班聊天吃零食她也有意见,像什么团队互相推诿、开会效率低下、生产进度总是延误这些个老生常谈的问题她更是零容忍,必须要伸手管一管,屁股决定脑袋,公司上下就没她不敢管的事儿。最后她还很直接,直接到近乎冒失,一旦有什么意见就会立即指出来,才不管你是领导还是老员工,也不管是人前还是人后,更不会考虑你能不能接受，总之没人吃得消她的沟通方式，却不知该如何应对才好。一方面忌惮她的职位，其次又觉得她就是个小孩，还是脑子有问题的那种，你要是和她对着干只会有失体统。这种人用脚指头想也不会在公司待多久，算了，还是忍忍得了，实在不行就到老板那里打打小报告，公司这么多人，还是有几个能和老板说得上话的，总不能让这小崽子太无法无天了。

然而吊诡的事很快发生了，当那些自认为是老板心腹的员工分别以自己的方式去找宋歌诉苦之后，得到的答复竟然是："谢安逸这样做非常好，公司现在很多员工每天都尸位素餐，遇到问题总是推卸责任、明哲保身，这些问题我都看在眼里，也给过大家机会去自觉改善，可始终不见成效。现在有人拿根小鞭子在后面抽打，你们越不舒服就表示越有效，这就叫鲶鱼效应，就算打错了也无伤大雅，反正总比之前一潭死水强。从现在开始大家要进一步配合她的工作，不许再到我这里告状，谁来也没用，就这样，回去吧。"

宋歌说得很认真，理由也很冠冕堂皇，但听的人还是不愿意相信真相就是如此。公司的问题不是今天才存在的，他想要整治的话早干吗去了？再说了，造成今天管理上的这副局面根本原因不就在老板身上吗？他的个性压根不适合做管理，要么不放权，要么什么都不问，高兴起来恨不得给全体员工立即发放奖金，不爽的时候见谁都不顺眼，搞得大家每天都在揣摩他的心思，这样不乱才怪。谢安逸要抽打的话首先得抽打老板，否则治标不治本，越是用力就越是欲盖弥彰，老板如此器重此人，一定另有隐情。

还别说，真有人能耐，竟然从谢安逸口中找出了"真相"。千穿万穿，马屁不穿。一天安逸在接受了财务室那位巧舌如簧的出纳大姐各种奉承后主动分享了自己的一个小秘密："姐,你知道宋总是我什么人吗?"

大姐的心瞬间跳到了嗓子眼,感觉手脚出汗,头晕目眩,自己即将解开公司年度之谜,简直太刺激了。

"他是我姐夫,二姐夫!"安逸笃定又自豪。

财务大姐的内心翻江倒海,一浪高过一浪:天哪!原来如此,这个答案虽在意料之外,但绝对是情理之中啊!宋总和谢安然谈过恋爱早已不是什么秘密,只是万没想到他们并没有真正分手,更没想到谢安逸竟然是谢安然的亲妹妹。对啊,从名字上就能够判断的,以前我怎么就没想到?咦,那谢安心呢?我的妈呀,她们仨该不会是亲姐妹吧?难怪宋总将公司最重要的作者王健霖交给谢安心,等于白给她送钱又送名,这下就全好解释了。真没想到宋总看上去大大咧咧的,心里算得可明白了,大姨子帮他管作者,小姨子给他管公司,肥水不流外人田,妥妥的一个家族企业啊!不行,今天这个瓜太大,我得好好消化消化,哈哈哈哈,我真是太英明了!

"你笑什么?"安逸对财务大姐翻白眼,"我说的很可笑吗?"

"没没没!"财务大姐吓得一激灵,"好妹妹,你放心,我有数,今天你告诉我的,我保证守口如瓶,以后谁再不服你管,我带头和他干,不给他报销。对,就说银行系统坏了,急死他,哈哈!"

大概20分钟后,财务大姐将她的惊天发现告诉给了负责卫生的阿姨,阿姨也保证了绝对不说。

大概半天后,公司至少一半人知道了谢安逸、谢安心和宋歌的亲密关系。

大概两天后,这个流言已经衍生出了五个版本,每个版本都情节丰富,有鼻子有眼。

对此，安逸很是满意，知道的人越多，大家对她就会越忌惮，这种感觉可比直播得到一些网友的点赞打赏爽太多了。都说职场很复杂，影视公司的水尤其深，可她完全没感受到呀，反而觉得小试牛刀便如鱼得水，简直越来越佩服自己了。

2

安逸在公司闹得人仰马翻，安心虽然觉得荒唐，但因为她平时不在公司办公，所以眼不见为净，加上安逸已经从她家搬出去了，姐妹俩暂时处于井水不犯河水的状态。对此最开心的非苏扬莫属，他的空间变大后立即开始折腾起自己的事儿——虽然他现在是全职主夫，照顾好家庭和孩子是他最重要的责任，但他毕竟"叱咤职场"过，不可能完全没有事业心。好几个月前他便思忖着自己闲暇时究竟弄点儿什么副业，一方面可以让自己别闲着，另一方面也能挣点钱补贴家用。就这样琢磨来琢磨去，最后还真给他琢磨出了件事，那就是把自己职场的坎坷经历以及近年来遭遇的人生变化写下来，写成一本书。

这个想法简直匪夷所思，可一旦产生了就如同洪水猛兽，迅速侵占了他的思绪，让他兴奋不已。他甚至连书名都想好了，就叫《主夫难当》，他要把自己的憋屈、自己的郁闷、自己的不甘、自己所有的感悟都写进去。甚至，苏扬想有朝一日这本书被改编成影视剧也不是没可能，安然不就是影视公司的老总吗？自己近水楼台有这个条件。再说了，安心现在服务的可是当今国内最知名的大作家——对了，苏扬想起来自己为什么非要写作了，就是被王健霖给刺激的。自从安心成为王健霖的编辑后，回家总是有意无意地说起王健霖的作品有多精彩、多吸引人，苏扬表示很不服气,写作又没什么门槛,不就是编故事吗?总有一天,他也要让安心赞美自己的作品——好吧,他承认他是嫉妒了,但嫉妒也是动力,无论如何,他都要坚持把这件大事做成。而做成之前,他谁也不说,包括安心,等写好了再拿出来,保准吓所有人一大跳。当然了,就算实在写不出来也不丢人,反正没人知道。

就这样,苏扬越想越开心,并且一有时间就偷偷摸摸地写这部《主夫难当》。虽然他此前并无创作经历,但因为看过不少小说,加上写的又是自己真实的情感和经历,所以进展还算顺利。只是前阵子搬家、后来安逸过来后又各种折腾,他创作的空间实在有限。现在好了,白天就他一个人在家,可以心无旁骛地写写写,简直太爽了。

3

安逸在歌颂者影业的所作所为对安心和苏扬影响不大,却着实把安然给惹毛了。她正想着要找宋歌谈谈呢,一直拉不下脸,这下可算找到了机会。于是她赶紧给宋歌发了个信息,说要见面。宋歌一看立即屁颠屁颠地出来了,显然上次的不欢而散没有给他留下任何后遗症。

一见面,安然便先发制人,厉声质问起来:"你为什么让谢安逸到你公司上班?你到底想干吗?"

宋歌没回答,而是一直笑,开始还挺克制,到后来简直抑制不住地笑得满脸开花。

"问你话呢,你笑什么笑?"安然更加怒不可遏,"严肃点,回答我!"

"我笑是因为我很高兴。"宋歌笑意盈盈地看着安然,"怎么,不可以吗?"

"不可以!"安然快气爆了,"宋歌,我告诉你,你再这样肆意诋毁我的名声,我可以起诉你!"

"嗨,真有意思。"宋歌又乐了,"请问我怎么诋毁你了?"

"谢安逸在你公司里一天到晚胡说八道,别以为我不知道。"

"胡说八道?哦,说我是她二姐夫,对吧?"宋歌一副安之若素的表情,"切,我当是多大的事呢。再说了,她胡说八道和我有什么关系?"

"她敢这么放肆,都是你纵容的。"

"是又怎样?"宋歌没否认,"你妹妹喜欢说,我也挺喜欢听,没毛病。"

"我不喜欢!"安然振振有词,"你们爱怎么胡闹就怎么胡闹,别牵扯上我,否则我和你们没完。"

"小然然,你怎么越来越凶了?有点儿过了啊!"宋歌边说边轻轻摇头,"不对,这才几天,话就传到你耳朵里了?看来没少在我公司安插你的人!"

"切,我们公司不也有你的人吗?"安然别过脸,口气缓了下来,"你为什么要这么做?"

"谢安逸是你亲妹妹,你们姐妹之间有什么矛盾恩怨,我不知道,现在也管不着。"宋歌走到安然面前,表情戏谑,"我只不过接受了她的条件,做了一次交易而已。"

"是她主动要求到你公司上班的?"安然没有再逃避宋歌的目光,"她的条件是什么?"

"当然是承诺撮合咱俩和好咯!除了这个,请问天下还有什么让我在乎的事?"

"就凭她？不自量力！"谢安然满脸鄙夷，"你还真信了，你俩都真够有病的。"

"哈，我当然不信。"宋歌悠悠地说着，"我首先不相信她会真的来游说你，其次我更不相信她能够说服你。"

"那你还答应她的要求？"

"很简单，我答应她是知道她一定会在公司胡说八道，然后一定会传到你的耳朵里，你也一定会受不了。"宋歌的眼睛亮了起来，"事实证明，我的猜测完全正确，而且来得更快更直接。小然然，自从五年前你离开后，今天是你第一次主动来找我，我真的很开心，由此可见，我请你妹妹到我公司，真的没毛病。"

"你越来越臭屁了。"安然斜眼看着宋歌，突然冷笑了起来，"宋歌，你真以为我今天来找你是因为谢安逸？"

"至少有一部分原因是因为她吧。"宋歌慢慢收起脸上的笑容，"我知道你想说什么，其实你现在更关心的人是王健霖，对吧？"

安然没回答，算是默认了。

"嗯，其实你早就想找我了，可怎么也拉不下这个脸，现在谢安逸这样一闹，正好给了你机会。"宋歌顿了顿，"所以你应该感谢你妹妹才对。"

"好，我承认，我的确是为了王健霖才来找你的。"安然凌厉的声音里竟然多了一份哀求，"宋歌，你……可以将他让给我吗？"为了这句恳求，安然也不知道思想斗争了多久，如果不是实在无路可走，如此卑微的话她是决计说不出口的。

宋歌咬着牙，缓缓回答："不可以。"

四目相对，安然脸上浮现出苦笑，是失望，更是解脱："好，当我没说过,再见!"然后转身就走。

"等会儿!"宋歌一把拉住安然的胳膊,"小然然,你明明不愿意,更知道不可能,却还是提出了这个要求,可见你的压力真的已经大到无法承受的地步。"

安然眼泪都快出来了,强忍着道:"放开我。"

"我不放。小然然,你听我说,真的不要再留在石耀东那里了。我没有离间你们的关系,更没有怕他会超过我。这些天又发生了很多事,你听我慢慢说。"

"我不听,既然你不肯帮我,就别说这么多废话。"安然用力甩胳膊,大叫了起来,"我确实太可笑,竟然找你帮忙,我这是怎么了?"

"你不是可笑,只是责任心太强,太想赢了,这种个性成就了你,也会害了你。"宋歌松开手,却依然挡在安然面前,深情地注视着她,缓慢且认真地说着,"上回我告诉你石耀东这些年来一直将影视当作他融资的工具,真的没有危言耸听。就在两个星期前,银监为了防止人民币继续外流,突然要求各银行排查一些在海外大举并购的境内企业的授信和融资风险,所有被查企业都要在最短时间内偿还银行贷款,其中就有你们公司。石耀东本来就缺钱,这么一来等于釜底抽薪。如果我得到的消息没有出错,他现在至少欠了几十亿的债务,他已经将自己所有股权都进行了质押,甚至连自己的住房还有车子都抵押给了担保公司,每天拆东墙补西墙,勉强维持着公司生计。如果短时间内他再找不到新的概念提升你们的股价,很快那些债务便会形成连锁反应,瞬间崩盘,石耀东和石门影业真的快完了。"

"你说的这些我都不知道,我也不想知道,"安然越听心越乱,"我只知道石董对我有知遇之恩,公司现在处于水深火热之中,我们更要精诚团结，共渡难关。"

"石耀东会和你们共渡难关？简直是天大的笑话。"宋歌冷笑着，一字字地说，"你知道吗，他现在到处放风你已经从我手中把王健霖抢了过去，你们公司以10亿的天价和王健霖签了终身合约，这份合约将能带来至少50亿的利润，他现在愿意给大家一起赚钱的机会，哪怕现在只有5万元都能参与，三年回报率高达40%。本来这样的承诺太过荒谬，可他是石耀东，身价上百亿，他说什么荒谬的事都有人信，更何况现在所有人都能看到你为了签下王健霖是如何全力以赴的。你谢安然的能力全行业有口皆碑，你的折腾完美配合了他的言论，面对极其诱人的利润，再谨慎的人都开始动心。就这几个星期，他至少借到了几千万，而这些钱一分都没进你们公司账户，统统到了他私人的口袋。这可不再是什么合法渠道的融资，而是金融诈骗，是经济犯罪，会坐牢的，你知不知道？"

安然头皮发麻，喉咙都干涩了起来，艰难地问："他……为什么要这样做？"

"很简单，因为他现在根本就不相信你能够签下王健霖，他更心知肚明就算你真的做到了，也无法从根本上解决他的危机，他欠的债实在太多了，已经无力回天。人生如棋，这一局他输定了，所以现在他只想着快点儿靠这个谎言骗到足够多的钱，然后跑路！"

"石董要……跑了？"安然倒吸一口凉气，"不可能！"

"没有什么不可能，"宋歌再次冷笑，"估计他机票都早就买好了吧。说到底，你还是太不了解你们老板。江湖险恶，你想一步，他早就想好了十步，早在好几年前他就把老婆孩子全送到了国外，现在正等着他过去团圆呢！"

"他要真走了，那我们怎么办？公司还有那么多人呢，好多人都是专门来投奔他的啊!"

"那就是你的事了,反正他已经将你陷入了不仁不义的境地,到时候不管是警方来查还是债主追债,你都脱不了干系。除非你也跑路,可你做得出来这种事吗?你会像他一样大难临头便无情无义、不管不顾吗?你不会的,你把面子看得比什么都重要,你更不可能撇开你的团队。石耀东早就吃准了你这个特点,知道一定会有人替他背锅。再说了,你又没做错什么,你干吗要跑路?你一跑没事也有事了,所以你不能跑,更不能留,现在就离开石耀东,这是最好的选择,甚至是唯一的选择。"

安然感觉自己浑身冰冷,直觉告诉她,宋歌说的都是真的。关于石耀东还有公司的情况,她不可能完全没有感受,只是她一直都在逃避。她拼尽全力地想签下王健霖,除了因为这是她的任务,更因为她希望能够通过此举拯救公司于水深火热,能够不让那么多的同事失业,让那么多梦想破灭。可现在她却逃无可逃,只能面对。

即便如此,她依然不想放弃抵抗,几乎是用尽最后一丝力气,重重摇了摇头,狠狠地说:"不,我不会相信你,你一定在骗我。"

"你必须相信我。"宋歌的眼睛里似乎要迸射出火花,他情不自禁地抓住安然的肩膀,就像曾经无数次做过的那样将浑身软绵无力的她深深搂进怀中,在她耳边款款深情地说,"因为我还爱着你。"

4

"我爱你!小然然。"
"我也爱你。"
"等我们事业成功了,我们就结婚,好不好?"

"好，我会一直等你！"

"要是我永远都无法成功，是个一无所有的穷光蛋呢？"

"那我也愿意嫁给你。"

"我发誓，我一定会给你一个家，里面的一切都是你喜欢的样子。"

"我不要那么多，我只要家里有你，有我们的孩子，我们一家人幸福地生活在一起，就足够。"

"会的，相信我，这一天很快就会到来。"

"嗯，我相信你。对了，你为什么一定要做电影？"

"因为这是我的梦啊，就像你，也是我的梦。只要你在，电影还在，我的梦就不会醒，我就永远是爱情和电影的歌颂者。所以，小然然，我爱你，请你永远不要离开我，永远不要让我的梦醒来，好吗？"

5

安然忘了那天自己是如何从宋歌怀里挣脱，又是如何从他面前全身而退的，她只知道自己差一点儿就迷失在他的臂弯中。虽然她心中有那么多的恨，也有那么多的痛，可在他的呼吸扑面而来的瞬间，熟悉的温柔还是侵袭了她的全身，让她彻底沉沦。她差点儿就放弃了抵抗，差点儿就忘记了这五年的孤独时光，差点儿就像当年那样用胳膊挽住他的脖颈，然后在他耳边调皮地吹气，她差点儿就做了的事还有很多很多。回忆宛若病毒，从来就没有从她身上抽离，而是默默地蛰伏着，等待时机成熟，卷土重来；斩不断的情思，更是将她那颗伤痕累累的心紧紧包裹，包成木乃伊，千年不腐。

安然离开后飞车前往望京，此刻她只想见一个人，就是她的姐姐安心。她找她不是为了倾诉,而是为了做最后的争取——在此前和王健霖的数次接触中,她发现他对自己开出的条件、许下的承诺、描绘的未来全都无动于衷,唯独在不经意谈及自己大姐时显得饶有兴致,甚至好几回之所以还愿意沟通都因为她是安心的妹妹。安然不知道个中原因究竟是什么,但她敏感地察觉到安心已经是这世上为数极少能够影响到王健霖的人,甚至成了她能否签下王健霖战胜宋歌的胜负手,这一度让她无比兴奋。只是她不会轻易尝试从这个点突破,因为她很清楚自己大姐的个性,她毫无信心,而且一旦弄巧成拙则会影响到安心的工作,进而伤害到她的全家。这是安然无法面对的,如果不是事已至此,如果不是她依然不想就此认输,她绝不会出此下策。可现在,她什么都顾不上了,她只想立即见到安心,然后请她看在亲姐妹的情分上,帮帮自己。

安心正在做家务,苏扬带孩子出去运动了,对于匆匆上门的二妹她感到又惊喜又疑惑。安然的脸色很差,看上去有点失魂落魄,印象中这么多年来就从未见她如此羸弱过,这更让安心担忧不已。安心赶紧上前紧紧握住安然的手,柔声询问到底发生了什么事,有什么都可以告诉她这个姐姐,她一定不会袖手旁观。对于安心的表态,安然欣慰无比,这个开局虽非她有意设计,但也确实形成了优势,她得再接再厉。于是她真的流下了眼泪,哽咽着对安心说:"姐,从小到大,我都没有求过你。"

安心心一沉,点头:"安然,你别哭,有什么话你慢慢说,不管你要什么,我都会答应你。"

"真的?"安然抹干眼泪,凝视着安心的眼睛。

安心其实说完刚才那句话就有点儿后悔了,她突然想到了前些日子宋歌叮嘱自己的事,只不过刚才见安然如此落魄,自己太过关心就忘了其他,现在缓过神来,自然不愿再把话说死,于是不答反问:"到底发生什么事了？你快告诉我。"

安然同样后悔，刚才自己就应该直接把要求提出来，让安心无话可说，现在好了，两个人各自反问一句，话里话外就又留下了余地。不过她没时间再犹豫了，一旦感性退去，理性重新掌控局面，就更难提要求了。于是安然清了清嗓子，认真地回答："姐，你能让王健霖把新作签给我吗？这对我真的特别特别重要，我实在没有别的办法了，求求你了，姐。"许是用情太真，安然的眼泪又流了出来。

果然如此，安心心中的石头落了地，该来的还是来了。她当然不可能答应，可又不能直接拒绝，一方面自己不想伤害到妹妹，二来宋歌也特意吩咐过，于是只能打马虎眼。

"哎呀，我当什么事呢，吓死我了！"安心笑得有点儿尴尬，"安然，你知道我就是一个小编辑，我哪有这么大的本事啊！"

"姐，你刚才说不管我提什么要求，你都会答应我的。"

"那也得是我能做到的，比如生活上你有什么需求，我肯定全力以赴。可是你刚才说的，姐确实无能为力，真的。"安心面露难色，"要不，你去找宋总吧，你们本来就认识，而且都是老板，有什么话也好直说。你要是觉得不方便，我可以替你去找他，说不定真能够合作呢，好不好？"

安然摇头："我找过他了，就刚才。"

"怎么样？"

安然反问："你觉得他有可能答应我吗？"

安心没说话，此时此刻，她确实不知道应该说什么，感觉怎么说都是错。这样的事她从来没遇到过，要是苏扬在就好了，他的职场经历那么丰富，一定知道该如何应付。

"姐夫呢？"安然突然问。

"哦，他和棒棒去公园了。"安心赶紧掏出手机，"我叫他回来。"

"不，我就想和你两个人聊会儿。"安然按住安心的手，"姐，这么多年来，我不愿意让你们过问我的感情，因为我觉得这是我的私事，容不得别人打扰。同样我也从来不干涉你们的私人情感，不管发生什么，我都认为可以理解，只要这份感情是真挚的、纯洁的，都值得被尊重。"

安心心一紧："你说什么呢？我听不懂。"

"王健霖喜欢你。"安然心一横，"所以如果你真的想帮我，你一定可以。"

安心不乐意了，她甩开安然的手，站了起来："你千万别瞎说，没有的事。"

"姐，我不骗你，我和王健霖谈了很多次，我可以很清晰地察觉到他对你的感情，你对他而言绝对不只是编辑或者助理那么简单，他很依赖你，也很信任你，所以你的话他一定会听。"

"好了，别说了，你想多了。"安心的口气越发不悦。

"我说的是不是真的，你心里比谁都有数。"安然也提高了嗓音，针锋相对起来，"姐，你这是在逃避，你要是心里没鬼的话有什么好怕的？"

两姐妹四目相对，好一会儿安心才幽幽叹了口气："就算是真的，你也不能够让我做出这种伤害公司利益的事，这绝对不可能。"

"公司利益？这公司和你有什么关系？你只不过是个打工的。"安然冷笑，"早知道当时我就不费尽心思把你推荐到宋歌的公司了。"

"我的工作……果然是你安排的？"安心无比动容，"安然，你那么讨厌宋歌，为了我，还愿意去求他。"

"我也是没办法,能够用你这样一个没任何经验而且愿意付那么多薪水的人,除了他我实在想不出还有谁。不过你也别想多了,我没有求他也不会求他,我只不过是给他一个机会而已。说起来那天王健霖也在,真没想到后面会发生这么多事。"安然深深感叹着,甚至有些语无伦次起来,"这么多年来我从来就没有求过谁,今天是我第一次求人。你是对我最好的姐姐,我们姐妹感情那么好,为了你我可以去找宋歌,现在你为了我却不愿意伸手帮忙,哪怕只是尝试一下……我真的很难受很失望。"

"我……"安心纠结万分,安然句句都说到了她的心坎上,她突然觉得自己太过薄情,心中的天平开始慢慢向安然倾斜。

安然见状赶紧趁热打铁:"姐,有些事情你可能不知道,对歌颂者影业来说,王健霖的作品只是锦上添花,对我们公司而言却是雪中送炭。宋歌就算少了王健霖也无伤大雅,可如果我们这次得不到王健霖,那就只有破产一条路,我真的不只是为了自己的输赢和面子,我是为了公司那么多的兄弟姐妹。你忍心眼睁睁看着我们公司就此破产吗?你忍心看着那么多人因此失业,就像姐夫当初那样吗?你忍心看到他们的妻儿父母的生活突然发生变故甚至覆水难收吗?姐,这些都是你亲身经历过的,你比谁都清楚这究竟是多么无助多么辛苦,现在他们都需要你的帮助,现在也只有你能帮助到我们,你一定不会见死不救的。求求你了,姐!

安然的话音落定,安心已经暗自决定答应她的请求。是的,安然的理由太过强大,深深说服了她,让她无法再顾忌其他。她头脑眩晕,热血沸腾,感觉自己宛若救世主,可就在她的承诺即将说出口之际,手机不合时宜地响了起来。

如果是其他人,安心很可能选择不接,可来电显示是她妈妈。过去一年内,妈妈从没有主动给她打过一次电话,现在这么晚了突然来电,一定发生了什么大事。

安心立即接听,很快,本因兴奋和紧张而绯红的脸色瞬间变得苍白起来,挂断电话后,泪水更是从眼眶里涌了出来。她紧紧拉住安然的手,语气悲伤无比。

"安然,咱妈得肿瘤了,晚期!"

第十二章　岳母上门

1

在苏扬的印象中,上次去三甲医院还是安心生孩子那会儿。当时他们曾为究竟在哪里做产检犯愁过,最理想的当然是私立妇产医院,条件最好却也最贵,便宜的也要四五万,像和睦家这样的地方还得翻倍。最专业的是专业妇产医院,可全北京就那么两家,人太多了,一般人根本没机会进去。因此选来选去最后还是选择了一家普通的三甲医院,便宜,也不算远,但条件一般,基本上没服务。苏扬清楚地记得检测胎心时,几十个孕妇坐成一圈,彼此之间也没有个隔挡,就每个人挺着个白花花的大肚子,上面连着检测仪器,然后喇叭里传来胎儿的心跳声,轰隆隆,轰隆隆……整个房间里跟打乱鼓似的,根本不知道谁是谁的,那场面又喜庆,又滑稽。

对了,那会儿他们还没买车,每次产检都得清晨就去排队,否则上午十点前根本做不完，耽误苏扬去公司上班。为了不迟到，一开始他们坐夜班车，可时间总是不好掌控，后来苏扬就骑自行车驮着安心，深一脚浅一脚地顶着黑暗沿着四环辅路往前骑。当时安心怀孕已经快30周了，整个人胖到170斤，苏扬得撅着屁股才能骑动，不一会儿便累得大汗淋漓，然后一边发力一边发狠，说白天就去买车，随便什么车都行，又说对不起老婆，让她受苦了，反正骑一路得叨咕一路。可安心一次也没抱怨过，反而搂着苏扬的腰说这样也挺好，又省钱又环保。

是啊，那会儿生活里苦的事儿多了去了，可怎么觉得都挺好的，哪像现在？一有啥变动，全家都得鸡飞狗跳！

站在中日友好医院的挂号大厅内，苏扬被一阵吵架声从走神中带回，然后苦笑了声，赶紧去自助机上取号。三天前，安心哭着对自己说她妈生病了，乳腺癌，得立即来北京做手术，接下去的这几天，全家人都在查资料，找医院，问来比去，最后还是选择了离家不远的中日友好医院，并在网上挂了特需门诊号，同时安心给老人买好火车票，今天一大早苏扬和安心就开车去北京站接老人。路上苏扬脑补了下母女相见悲兮兮的场面，结果真见面时感觉一切都挺正常，岳母乐呵呵地从车站内走了出来，身体也看不出有什么异样，还拎着两个大袋子，里面全是老家的土特产。苏扬赶紧上前接过，安心拉住妈妈的手，话还没说出口，突然觉得很舍不得妈妈，鼻子抽动着似乎有点儿想哭的意思，结果老太太笑容蓦地一收，眼睛一瞪，反问："我又没死，你哭什么哭？"安心吓得立即什么感伤都没有了，赶紧扶着妈妈往停车场走，结果又被甩开了："我又不是没有腿，要你扶什么扶？"

苏扬在一旁看了直感叹，这谢家三姐妹的倔脾气基本上都是遗传自她们的妈，这次老太太是来看病，要真是来一起住的话，还不知道会打成什么样呢!

三个人从火车站直奔中日友好医院。车子到樱花东路就完全开不动了，苏扬让安心陪着岳母先下车走到医院，自己绕了半个多小时好不容易才停好车，然后赶紧取完号，直奔三楼门诊大厅和安心会合。

安然和安逸也先后赶到了。安然只是和妈妈打了声招呼，安逸则直接扑到老太太的怀里，撒娇地说："妈，我想死你了。"

老太太紧拉着安逸的手，问："那你也不回趟家？"

"我这不是忙工作嘛，电话里都跟你说过了。"安逸回头看着安心，"我现在和大姐在一家公司上班，可好了。"

安心有点尴尬地点点头："妈，安逸没问题。"

"就是，我过阵子还要回美国继续上学呢，妈你辛辛苦苦把我送出去，我可不能当白眼儿狼，浪费你的钱，更不能让你失望。"

老太太本来还想数落小女儿几句的，这下倒好，话全被她先说了，只得叹口气："你知道就好。"

"我心里头可明白了，妈你就放心吧，就算有什么事，这不还有我大姐和姐夫吗。"

安然实在看不下去了，退到一边问苏扬："姐夫，你辛苦了，我们几号？"

苏扬又掏出门诊单看了下，说："应该快了。"

正说着，分诊屏幕上出现了老太太的名字，一家人赶紧停止聊天，做好看病准备。等叫到号时，五个人一起往门诊室内挤，立即被门口的护士拦住了，护士一脸嫌弃地说："干吗呢？你们这是看病还是看电影呢？最多只能有一个家属陪病人进去。"

四个人面面相觑，安逸说："我陪。"结果见安心狠狠瞪了自己一眼，又小声嘀咕："算了，我还是等着吧。"然后退到了一边。

安然也自觉地退了回去，安心对苏扬说："我先进去，有什么事等我出来再和大家商量。"说完她就搀着老太太走进了门诊室——说来也怪，刚才老太太还哪哪儿都挺好的，可一进这房间，一见到医生，整个人立即蔫儿了，紧紧拉着大女儿的手，眼神瞬间老了10岁，话都有点儿说不利索了。

门诊专家看了老太太在老家做的相关检测报告，又简单询问了几句后不动声色地说："地方做的检查我们不认，还得在我们医院再做一遍，然后才能确诊病情，制定治疗方案。"

安心赶紧说："行行行，那是不是需要先住院？"

专家不缓不慢地回答："门诊也一样能检查。"

"可是门诊人太多，查起来太慢了。"

"主要是病房现在也没床位了。"专家点点头，"要不你们先回家吧，等床位空出来了就给你们打电话。"

"那估计什么时候能有？"

专家想了想："最快得后天才有人出院。"

"那能不能挂床？这样能快点儿做检查。"安心不停恳求，"您多帮忙，我们真的没办法了。"

专家想了想，拿起手机给住院部护士站打了个电话，反复确认后挂了，然后对安心说："那就先挂床，条件不好，你多照顾点老人家。"接着开了相关单据。

接下去的整整一上午都在办理住院流程，到下午两点终于进了住院部。所谓挂床指的是病人虽然住院了，可以立即接受相关检查和治疗，却没有床位。登记好后安心扶着妈妈坐在走廊的长凳上，苏扬去打包午餐，安然在一边打电话处理公务，安逸插着腰到处找护士吵架："都是住院的，凭什么让我妈坐凳子上？我妈要是有个三长两短，我跟你们没完。"这种不讲理的病患家属护士见多了，自然没空搭理她。安逸见状更来劲了，开始拿这里和国外比，什么国外医院病人特别有尊严，流程特合理，医术特高明，反正哪哪儿都比国内强。一边的病人都听不下去了，纷纷劝说："大妹子你少说两句吧，这里是医院，大家都不容易。"安逸当然不愿善罢甘休，刚准备再度发难，结果安然受不了了，挂断手机，冲过去对她嚷嚷了起来。

"谢安逸，你能不能少说两句？你嫌这嫌那的怎么不把妈带到国外去看病？全医院都听着你一个人在抱怨，真是够了。"

"你够了就别待在这儿，反正我看你也不想给妈看病，从过来到现在一直在打电话，我说你有那么忙吗？"安逸满腔怒火正无处发泄，这下可找到火力点了，反正老妈就在身边，她更加有恃无恐，"公司都要破产了还这么忙？可真能装，我看你是在找工作吧？要不要我给你介绍呀！"

安心赶紧制止："你们都少说两句。"

"是她先惹我的。"安逸不干，"我说错了吗？她哪里有半点关心妈了？他们公司本来就快破产了。"

"谢安逸！"安然怒不可遏。

"怎么，你又想打我啊？你打呀，当着妈的面你尽管打我好了，反正现在在医院，打坏了有的是人给我治，我才不怕你。"

见安逸如此撒泼，四周围观的人纷纷摇头。

"安心，你让她们先走，我头晕，不想听她们吵架。"老太太表情难看极了，冲着空中直挥手。

安心和苏扬一边劝一个，安逸和安然这才一前一后气哼哼地离去。

老太太长叹了口气,说:"安逸这孩子,越来越不像话了。"

安心有点儿意外,连忙安慰:"妈,安逸也是太担心你,平时不这样。"

老太太又问:"安然的公司真要破产了?她不是老总吗,也会有问题吗?"

安心没正面回答:"妈,你就别担心了,安然的能力很强,也有很好的资源,不会有事的。"

"唉,你爸走得太早,我现在又是这个样子。"老太太拉着安心的手说,"不管有没有事,你是大姐,你得拉她们一把。"

安心鼻子一酸,连忙点头:"放心吧,妈,现在最重要的就是给你看病,其他的你什么都不要操心。"

老太太又叹了口气,闭上了眼睛,表情肃穆,不再言语。

安心和苏扬对视了一眼,轻轻退到一旁,小声商量着接下去的事宜。

2

老太太在医院挂了三天床,陆续做完了B超、CT、核磁、彩超、钼靶、MRI等一系列检测,最终结果很快出来了:乳腺癌,但并不是晚期,也没扩散。这算不幸中的大幸,医生也给出了治疗方案:首先是摘除肿瘤腺体,然后化疗,接着放疗,最后靶向,前后得至少一年,等手术做好后可以在家歇着,但放、化疗必须回医院,三周做一次。也就是说,这一年内妈妈只能住在北京了。

手术前一天午夜,安心趁老太太在病房内睡着了,赶紧召集两个妹妹到自己家开会,先将相关情况做了详细通报,对可能存在的问题也做了细致的分析。比如手术还是存在一定的风险，治疗方案也不能确保一定成功，就算一切顺利也不意味着此后就不复发或者癌细胞不转移，以及老太太现在的社保关系在老家，来北京看病只能先垫钱回头再到老家报销，等等，简单来说就是两点：出钱、出力。

大伙首先讨论的是钱的问题，预计总费用二十多万的样子。安逸首先发言表示，按常理当然应该是将总费用三等分，然后三个女儿各承担一份儿，但考虑到她刚工作，现在还在外面租房住，不但没余下钱反而还欠了不少债，所以她那份费用现在肯定是出不上，只能先记在账上等将来有钱了再还。安逸说完很真诚地看着大家："我说的句句属实，我也没逃避责任，我是确实没钱，很合理吧？"

安心点点头，说："你不说我们也知道，你有这份心就好。"

安然不干了："那不行，大家都是女儿，凭什么没钱就不出？我不同意。"

"谁说我不出了？只不过先欠着你们的罢了，大姐替我垫上还不行吗？"安逸厉声反驳，"又没问你借，瞧把你给吓得。"

苏扬听了吸了口冷气："咦……"

安心制止了他发言，咬咬牙："行，安逸那份我先出了。"

"那也不行！"安然还是不干，"大姐，她说没钱就可以不出，难道你现在就有钱了？没钱就想办法呀！"

苏扬悬着的那口气终于出来了："就是……"

"我还能想什么办法？我能借的地方都借过了，难道让我去卖血啊！"安逸委屈了，"谢安然，你怎么那么冷血？我们姐妹仨现在就数你最有钱，这二十来万对你而言根本就是小事一桩，你就不能够大方一点？你看到我和大姐这么为难有那么高兴吗？你是不是心理扭曲呀！"

"我愿意！你还真说对了。"安然冷笑，"反正你不出钱，我也不出。"

"行，那大家就眼睁睁看着妈没救了呗。"安逸又开始耍泼了，"看妈走了以后，别人骂谁见死不救！真没想到你这么绝情这么狠，不就是妈打小不待见你吗？犯得着现在乘人之危报复吗？妈还真没看错人，你谢安然就是一只白眼儿狼。"

安逸越说越激动，眼泪狂飙："行，那我就去卖血，我就是死了也要挣钱给妈看病，我还真不信了我！"

安然始终在一边冷眼看着："演吧，看你到底能演到什么时候。"

安心拍桌子："好了，妈都这样了，明天就做手术了，你们能不能先消停会儿？妈看病的钱不要你俩操心了，全部我来，我卖房子也会给妈看上病的。"

苏扬刚安稳了点的心又悬上来了："咦……"

"咦什么咦，咦你个大头鬼啊！"安心将炮口对准苏扬，"苏扬，你什么意思？是不是不想给妈看病了？你就愿意眼睁睁看妈这么病下去？钱重要还是妈身体重要？我说你怎么也这么不懂事呢？你们一个个还能不能让人省点儿心？"

"我就打了个嗝，我什么都没说，"苏扬满脸尴尬，"早知道晚饭少吃点儿了。"

安逸又叫："姐，你别怪姐夫了，你也别卖房子，还是让我卖血吧，我年轻，血再生得快。"

苏扬赶紧制止："得了，还是让我们卖房子吧，你要是再有个三长两短，你姐能把我活埋了。再说了，就你那点儿血，哪够啊！"

"不，就让我卖，卖多少算多少。"

"我们卖！"

"我卖！"

"你们都别卖了！"安然突然发出狮子吼，无奈地摇着头，"真是服了你们。好了好了，妈的治病钱就都先由我来出，你们两家算欠我的，等有了钱还我就是。"

安心和安逸对视了一眼，赶紧一起点头，异口同声说："好的。"态度特别端正。

安心拉住安然的手："二妹，我知道让你为难了，都怪我这个当姐的没本事。"

安然赶紧安慰安心："姐，我一点都不为难，我刚才只是不想便宜了某人。"

"能力越大，责任越大，我要是像你那么有钱，我一句废话都不带说的。"安逸生怕安然反悔，也不逗她了，讪笑，"我现在不是真没钱吗？！"

苏扬也怕安然反悔，赶紧插嘴："好了，钱的事圆满解决了。下一个话题，谁来照顾妈？"

说完，就发现三姐妹同时瞪着自己。

苏扬被瞪得有点儿怯："你们干吗这样看我？"

安逸第一个声讨："姐夫，你装什么大尾巴狼，这还要问吗？"

安然难得和安逸同一阵线："就是，刚才你不挺明白的吗？又是打嗝又是卖房的。"

安心叹了口气，又拉起了苏扬的手："老公啊，我知道让你为难了，都怪我这个当老婆的没本事。"

话音刚落，三姐妹一起笑了起来。

苏扬故意装作很为难："行行行，我知道了，你们都忙，就我一个人不上班，当然是我来照顾妈了。我刚才就不应该问，直接把任务认领了完事。"

安逸伸出大拇指："姐夫，爽快，为你点赞！"

"我们只要一有时间，都会过来帮忙的。"安然动容地说，"姐夫，谢谢！"

苏扬反而不好意思了："谢啥谢，我们是一家人，这本来也是我的责任。"

"对的，我们是一家人，不管遇到什么困难，我们都要齐心合力去面对。"安心控制着眼角的泪水，看着老公和妹妹们，认真地说，"钱没了可以再挣，房子没了可以再买，时间没了可以再等，可妈妈只有一个，能够多活一天、多叫一声妈妈比什么都强。"

3

老太太的手术很成功，在病床上躺了两天就能下地活动，到第五天就出院了。

关于老太太平时住在哪里，三姐妹也探讨了一番，安然说自己房子大，可以让妈住她那儿，能休息得好一些。安心却认为还是住在自己家更合适，房间虽然少但至少苏扬平时照顾起来更方便。安逸自个儿还没地方住呢，这件事自然和她无关，她就惬意地在一边吃着零食发微信，将这里的情况添油加醋地向宋歌汇报——自打她和宋歌达成"交易"后，这已经成了她的日常工作，安然的一举一动只要是她知道的，都会第一时间转告给宋歌，特别"敬业"。那天后来也没讨论出啥结果，等老太太出院时，安心试探着问："妈，安然说让您过去住，她一个人，房间都空着。"

"我不去，我还要稀罕我外孙呢。"老太太一边抱棒棒一边没好气地回答，"她也知道自己一个人？那她知不知道我看了会生气啊？医生说了，我这病就是气出来的，可不能再生气了。"

"对对对，咱不生气。"安心赶紧顺着话安慰，"我看安然也挺急的，私下里和我说过好几次了。"

"真的？"老太太脸上露出了点笑容，"安然真愿意找对象了？"

"当然了，这是她的事，她比谁都急呢，其实她……"安心刚准备告诉妈妈安然和宋歌的事，话到嘴边又生生咽了下去，"反正您就放心安然吧，她没问题的。倒是安逸这孩子，您说她突然就自说自话休学了，和谁也不言语一声，真是的。"

"安逸不是说还要回去读书的吗？"老太太果然把注意力放到了安逸身上，"她现在和你在一家公司？是你介绍进去的吗？"

"我都不知道她怎么进公司的，安逸从小就有主见，现在更是什么都不愿意和我说。"安心边说边摇摇头，"她现在住在哪儿我都不知道，真是的。"

老太太这时突然想起了另一件事，赶紧问："对了，安心，你怎么突然又上班了呢？苏扬不是工作得好好的吗？怎么突然在家了？你俩这是干啥呢？"

安心一听，暗自叫苦：坏了，习惯成自然，怎么把这档子事给忘了，这可怎么和老太太解释呢？

安心正琢磨之际，门开了，苏扬提着菜进来了："老婆，妈，我回来啦，猜我买到什么了？正宗野生小鲫鱼，最后几条全被我抢下了，真是好运呢，等会儿我给妈煲汤，特别有营养。"

苏扬说完，兴高采烈地进厨房了。

安心和妈妈面面相觑，安心吐了吐舌头，老太太看了一眼厨房然后故意摇了摇头，意思是你看你老公现在都成啥样了，买了几条小鱼仔就高兴成这样，还真好运呢，唉，真愁人差不多！

4

就这样，老太太在安心家住了下来。大家的生活似乎又恢复了正常节奏，苏扬精心照顾着儿子和岳母的日常生活，安心正常上班，督促王健霖早日完成作品的最后部分。安逸在公司的手伸得越来越长，恨不得头发丝大小的事也管管，所有人都怨声载道，可是又忌惮她和老板的关系，敢怒不敢言。安逸当然知道别人对她意见很大，但她压根不在乎，反正她也不管别人高不高兴，她得先把自己伺候开心了。

相比而言，日子过得最压抑的人就是安然了。那天她大打苦情牌本来眼瞅着就能够获得安心的支持，结果突然出了妈妈生病这档事儿，开始几天她也不好追问安心，等现在一切稳定了下来再问，已经没戏了。冷静下来的安心毫不犹豫拒绝了她，并且让她自己当心点，千万不要被老板给耽误了——也不知道她和宋歌是不是已经通过气，反正两个人说得十分相似。

安然特别不愿意接受失败，可眼下的情况让她不得不去考虑后路。要知道，石耀东已经好几天没来公司了，据说是去国外出差了，也有人说他已经携款跑路，还有人说是被抓进去了，反正说什么的都有。安然试着给他发信息，可一直都没收到回音，安然心中忐忑不安，还不能让同事看出来，只能强打着精神主持公司的日常运营。现在她同时推进着好几个项目，每个环节都需要钱，可公司账上已经没有现金了，甚至连下个月的工资能否正常发出来都成了问题，至于一些合作方的应付款，半年来更是没付过一笔。之前大家一直觉得石门影业这么大的公司不可能出问题，拖几天付款也正常，现在关于公司要破产的风声一传十、十传百，每天都有人上门要账，找不到石耀东就都往安然办公室里钻。安然拼命解释，使劲承诺，说得口干舌燥也没用，反正来的人见不到钱就不走人，更有冲动的要拿公司的电脑抵债，最后她只得报警。警察一天上三回门，搞得人心惶惶，很快连员工都开始无法安心工作，树倒猢狲散，个个都在盘算着自己的工资能不能拿到，然后趁着还没断电断网抓紧时间找工作。

说起来，石门影业从一家小作坊发展成国内影视行业的头部公司，用了20多年的时光，可从全盛到如今的衰败，只用了半年时间还不到，而且照此情景，很可能过不了两个月就得破产。现在老板已经消失，所有人目光都放在了执行副总裁谢安然的身上，可是并没有几个人真的相信她能够带领公司渡过此劫，更多的人都在等着看她的笑话罢了。

生活往往就是这样，眼见你起高楼，那我也祝贺祝贺；眼见你宴宾客，那我得去吃两口；眼见你楼塌了，嘿嘿，那我赶紧踩两脚，让你丫嘚瑟，活该！

5

安然这边煎心焦首，苏扬那边也不太平。

都说丈母娘看女婿，越看越喜欢，这话肯定是有前提的。本质上丈母娘与女婿的关系与婆媳关系并无本质不同，相爱相杀是彼此难逃的宿命。

本来老太太对苏扬挺满意的，自从十年前大女儿嫁给他后就一直不用上班，两个人日子过得有滋有味，很快又生了个大胖小子，还在北京买房买车。老家的人提起来个个都对她竖大拇指，夸安心好福气，老太太很是欣慰。说起来安心是她三个女儿中苦吃得最多的一个，现在却过得最幸福，相比不听话的安然，不懂事的安逸，让她少操了很多心。这次她过来，第一为了治病，第二也想好好陪陪大女儿，照顾照顾小外孙，发挥发挥余热。却怎么也没想到女儿竟然又上班了，而事业蒸蒸日上的女婿却失业了，整天待在家带娃做家务，干得还挺起劲，瞅这样子是来真的。这就让老太太想不通了，好几次老太太看着苏扬撅着屁股趴在地上擦地板，心想，一个大男人有手有脚的天天窝家里干这些女人的活计不窝囊吗？我看着都难受，你让自己老婆在外面打拼赚钱养家又是咋想的？老太太打小性子就又直又倔，当了几十年的家，从来眼里都容不下半粒沙子，可现在身患重疾寄人篱下，想不通又不好多问，关键还得天天看着，这个不舒服啊，简直了。

相由心生，老太太心中堵得慌，脸色自然也好不到哪儿去，对此苏扬开始没有在意，以为岳母总黑着脸是生病的原因，于是不停嘘寒问暖，生怕哪里怠慢了。可慢慢就觉着有些不对劲儿，这老太太怎么总问安心的工作情况呀？什么苦不苦、累不累的，同样的问题回答了好几遍结果还问，一边问还一边长吁短叹。起先苏扬觉得老太太这样就是太舍不得自个儿闺女了，后来突然反应过来，敢情这是在含沙射影埋怨自己不上班呢，等于本该他吃的苦都让她闺女受了，她当然不乐意了。

要不说苏扬确实也挺不容易，这全职主夫的身份本来也非他所愿，从一开始的被动接受到心安理得地持家带娃，也经历了一个特纠结的过程。现在好不容易心理上没障碍了，结果被老太太来来回回地这么一点，心中又开始不舒服了，觉得憋屈不说，还特冤枉，可是又没法和岳母去掰扯。这也根本就不是能说理的事儿，只能自己担着，可要命的是烦人的事儿还不止这一件，他和岳母之间更多的冲突很快接踵而至，让他手忙脚乱，无从招架。

总体而言，俩人之间的矛盾都是因为生活习惯不同引发的，这其实挺麻烦的，而且基本上无解。比如老太太闲不住吧，还爱做主，干了几十年的活儿，让她总躺着休息比干什么都难受。开始她还挺听医生话，按时吃药，到点儿睡觉，每顿一根海参补充营养，甭管发生什么事儿都不操心。可没过几天便本性难移，首先就是抢着干活，苏扬擦地板她要插手，苏扬洗碗她也要插手，苏扬买菜接送儿子她全都要插手，苏扬怕累着岳母当然不能答应，一边抢着干活一边好意推却："妈，您现在养病呢，您先歇会儿。"这话当然没毛病，可老太太听了觉得特别硌硬，她越是生病就越想证明自己没问题，能干活反而成了一种心理安慰，苏扬这么一说等于扼杀了她的人权，她觉得受到了伤害当然不乐意。老太太从来都不是省油的灯，所以不但不后退，反而上前抢着干活，边抢还边反驳："我没事，你一个大男人做什么家务，也做不好，有工夫找找工作比什么都强。"

这话一说，苏扬也就没什么退路了，要么直接干仗，要么憋成内伤。苏扬当然不可能因此顶撞丈母娘，所以只能一口老血往肚里吞，然后没事人一样继续埋头干活。

再比如，老太太爱节省，铺张浪费在她眼里视同杀人犯罪，所以白天光线再暗家里也是不能开灯的，晚上能开一盏灯绝对不开两盏，而且人在灯才亮，人走灯必灭，绝对不可以浪费半度电。用水同样如此，洗碗最多一盆水，洗洁精绝不超过三滴，看得苏扬心惊肉跳——我的妈呀，这能洗干净吗？要知道他原来洗碗时水龙头一直开着，得用流水冲刷才能确保洗干净——这也就算了，可老太太还不爱冲马桶，特别觉得小便一次就冲一次水简直天理不容，"这祖国大江大河的好水都给你们家冲马桶了，这能行吗？"老太太自己不冲还不让别人冲，好几次苏扬刚如厕完毕，手还没放在马桶的按钮上，就听到老太太在外面可劲儿咳嗽，敢情她一直在外面守着呢。苏扬吓得立即把手缩回，然后提着裤子赶紧走，否则这一按钮按下去，指不定把老太太气成啥样呢，这费不费水不好说，费"妈"是肯定的了。得，和她较这劲没必要，惹不起，躲得起，又是一口老血咽肚子里。

老太太在家里节俭，在外面还爱搞创收，没事老去翻垃圾桶。什么空瓶子、废罐子都爱往回捡，要是见到纸壳箱子更是如获至宝，归拢得板板正正的一起卖钱。老太太来了还没一个月，小区附近的几个废品收购点她全都倍儿熟，哪家实在哪家鸡贼一清二楚。最近废品老涨价，老太太干得更起劲了，经常别人家刚把垃圾扔进垃圾桶她就过去分解了。为此没少遭人白眼，可老太太不在乎，和钱相比这算不得什么，能够发挥余热为女儿们做贡献比啥都重要。只是苏扬思想境界还没这么高，平时白天家里就他和岳母两个人。这岳母老往家拉废品也不是个事儿啊，本来家里马桶老不冲就有味儿，现在双管齐下，那臭味儿醇厚无比，熏得人直栽跟头。苏扬和岳母说了好几次，让她别捡垃圾了，结果根本没用。老太太干得正起劲呢，这城里的人太浪费，什么好东西都爱扔，老太太见啥都爱不释手，心情更是无比愉悦，身体越发硬朗，简直比什么化疗都有效果，你现在要让她收手，你都开不了这个口。

如果说以上这些糟心事儿苏扬都还能够忍受，那是在教育棒棒上的分歧就挑战到苏扬的底线了。怎么说呢？老太太现在就这一个外孙，自然特别溺爱，而且她对自己带娃的心得迷之自信，毕竟三个女儿都是她一手拉扯大的，而且有出国的、有当总裁的，目测都挺优秀，所以老太太来了后照顾棒棒，基本上就没苏扬什么事了。

之前棒棒在小区里是个超级熊孩子,属于人见人烦的那种,苏扬接手后开始了"危机公关",并且通过"狗咬事件"成功扭转了大家的印象,经过好一段时间的努力,喜欢棒棒的人也多了起来。一些个熟悉的大人见棒棒出来后总爱对他捏捏脸蛋摸摸头,再逗上两句,诸如:"你爸爸怎么不上班啊?怎么是你妈妈赚钱养家呀?你喜欢你妈妈还是爸爸呢?"对此苏扬心中虽然不得劲儿,但脸上始终乐呵呵的。他知道邻居们没坏心,就是调侃而已,可是老太太接受不了,看到别人摸自己外孙的脑袋,老太太立马干涉说:"快别摸了,摸了不长个,要摸摸你自个家的。"听别人调侃自己的女儿女婿,老太太的脸色也保准特别难看,当着大家的面指桑骂槐地数落棒棒:"让你不好好学习,以后也找不到工作待在家里让外人取笑。"经过老太太这么一顿操作,很快就没人再愿意主动上前搭讪了,经常是大家本来聚在一起聊得好好的,老太太带着棒棒一来,众人立即作鸟兽散,还有人会对苏扬撇撇嘴,意思是你也不容易。对此老太太根本不在乎,她眼中只有外孙,对于棒棒的要求那是有求必应,想吃冷饮了立即买,想吃多少就买多少,想要玩别人的玩具她直接去拿,别人有意见了老太太还不乐意说:"就玩一会儿,又不是不还你了,怎么这么小气?"还有几次棒棒和其他小孩发生冲突了,别人家长都忙着拉架,老太太却鼓励棒棒打回去,反正绝对不能吃亏了。棒棒本身就很调皮,这段时间一直被爸爸管着,算是收敛了天性,现在有外婆给自己撑腰,立即又变得顽劣起来,而且比过去更加肆无忌惮。

苏扬自己可以受气,但不愿看到自己辛辛苦苦耗费了几个月取得的成果才几天就付诸东流,更不想看到儿子变得跋扈刁蛮,人人厌烦,他必须要做点儿什么了。一天,岳母拉着棒棒开开心心地准备出门玩耍时,苏扬对老太太郑重其事地说:"妈,孩子还小,不懂事,我们可不能由着他的性子来,真的不合适。"

老太太一听立即怼了回去:"是啊,孩子小不懂事,你这么大的人了也不懂事吗?别人成天欺负你儿子哪,你看不见啊?我可不能让我外孙一天到晚窝窝囊囊的,长大了像你一样没出息。"一句话说得苏扬彻底没脾气了。

苏扬向安心诉苦,安心听了头大不已,其实这些问题她自己也都心知肚明,只是她根本不知该怎么处理,所以一直在回避。现在眼瞅着自己亲妈和老公的矛盾日益加剧,再不出面调和显然不行,可究竟怎么协调呢?之前安逸在家里不讲究就让苏扬特别不舒服,她犹豫了好些天才同意将安逸送去安然那里,结果还没成功,现在总不能再想办法将妈送走吧?肯定不行!还是干脆帮着老公指责妈一顿,说她得入乡随俗,不能把老家那一套拿到这里?好像也不合适,老太太的个性安心最清楚不过,她能改变这个世界,也绝对不会被这个世界改变,说了只会更糟心。又或者劝老公再忍忍,大局为重,不要和一个病人计较,何况她还是咱妈!依然不行,感觉苏扬已经到了极限。安心思来想去,毫无办法,只能继续扮鸵鸟。现在唯一的期望就是妈妈这一年的治病时间快点儿过去,等整个疗程结束了赶紧把老太太送回老家,以后也别再提什么一起过日子了,大家都太太平平各过各的。

安心怎么也没想到,她的"息事宁人"很快引发了更剧烈的家庭冲突,这一次崩溃的不再是苏扬,而是她妈。

6

这次冲突的导火索是一碗剩菜。

老太太认为白天就她和苏扬两个人在家,所以没有必要专门做什么菜,随便对付一口就行,等晚上棒棒和女儿回来后才吃点儿好的,对此苏扬一直怨声载道却又敢怒不敢言。那天中午苏扬焖了米饭,准备就炒个番茄鸡蛋作为下饭菜,结果刚把鸡蛋拿出来,自己上了个洗手间,出来时鸡蛋就不见了。苏扬也没多想,就冲着老太太的房间喊:"妈,您看到我的蛋了吗?"说完后自己也乐了,又问,"是鸡蛋,咱中午炒鸡蛋,好不好?"

"不好!"老太太一边回绝一边从里屋出来,"鸡蛋留着给棒棒蒸着吃。"

"没必要吧,鸡蛋又不值钱的。"对于岳母的回答,苏扬觉得非常讶异。

岳母的口气一下子变冷了:"再不值钱也得花钱才能买到,人家会白送给你吗?"

这话让苏扬很不开心,不过他也懒得去反驳什么,他又问:"行,鸡蛋就留着,那我们中午吃什么?"

"前天在外面吃饭打包回来的菜还有,热一下就行。"老太太边说边从冰箱里把剩菜拿了出来,反问,"你都忘了?"

苏扬确实忘了,那天安心为了调节家庭气氛,不管老太太怎么反对都坚持说要出去吃饭,点菜的时候老太太这个也不让那个也不许,最后四个人就要了三样菜,苏扬都没怎么敢吃。最后老太太还坚持要打包,服务员为难地问老太太:"阿姨,这都没有了,怎么打包呀?"老太太白了服务员一眼:"让你干啥你就干啥,怎么这么啰唆?"服务员没办法,只能把残羹冷炙以及盘底的油一股脑儿倒进餐盒,苏扬和安心面面相觑,谁也不敢出面阻拦。就这样,昨天中午老太太吃掉了其中一盒,然后还剩下一盒今天中午继续吃。

"妈,这都两天了,肯定馊了。"苏扬撇嘴,拿起那剩菜就要扔,"还是别吃了,对身体不好,倒了吧。"

"你不吃,我吃。我有癌症我都不嫌弃,你还挑肥拣瘦?"老太太立即不乐意了,脸色铁青地上前一把将菜又抢了过来,没好气地说,"都是没用的人,还那么讲究干吗?吃不死!"

"我这不也是为了大家的身体健康着想吗?怎么就挑肥拣瘦了?"

"你现在又不挣钱,就得省着点花钱。"老太太感觉自己受到了冒犯,当然不会善罢甘休,于是也抬高了音调,"不管什么时候,勤俭持家都是对的,有你这种态度的吗?"

"不是,我态度怎么了?"苏扬感到自己气血上涌,大脑一阵眩晕,终于反驳起来,"这个家都是我挣钱买来的,我怎么就没用了?我现在不挣钱我愿意,您把自己身体管好就行,其他事儿少插手。"

"你说什么?"老太太愣住了。

"我说,您就在这里安心养病,我们家的生活我们自己知道怎么过,您就别操心了。"苏扬的口气立即软了下来。

"行了,别说了,我知道你早就看我不顺眼,你当我生病是我想啊?我在你家待着,我愿意啊?我吃饱了撑着在老家生活得好好的到你这里来受你的气?你就这样对待老人的?还大学生呢,还文化人呢!"老太太怒不可遏,越说越气,浑身急剧颤抖,"这病我不看了,我活着也没啥意思了,死了算了,我早就看透你们真面目了,一个个都假惺惺。"

苏扬完全傻了,愣在原地,他真怕岳母会突然晕过去,那就太可怕了,现在他的心情又后悔又紧张。可是时光不能倒流,他再后悔也无济于事,只能看着岳母抓狂。老太太话说得越来越难听,最后更是号啕大哭,回到房间收拾好行李,不顾一切地离家出走了。

看着岳母离去的背影,苏扬没有追上去,对着空无一人的房间大声地、无辜地抱怨:"我到底怎么了我?这都什么破事啊!"

7

老太太走出家门后立即给三个女儿打电话,让她们赶紧过来,语气无比严厉且迫切,就差高喊"太上老君急急如律令"了。见老妈有难,安心只得抛开又卡文的王健霖不顾,安然也从一群要账的供货商中间杀开条血路,安逸更是放弃了和财务大姐聊八卦的美好感受,三姐妹均在一小时内赶到了老太太指定的目的地——安心家小区附近的公交车站。只见老太太孑然一身,似乎就要登上和众人作别的公交车,挥一挥衣袖,留下两行老泪,不带走半片云彩。

老太太本来只是默默流泪,见女儿们都到了,顿时发出悲恸的哀号,过往行人无不侧目,三姐妹更是大惊失色,赶紧一起上前安慰关心。好说歹说才将老太太的情绪安抚稳定,可老太太说什么都不愿意再回安心家了。此时安心差不多已经明白发生了什么事,她强行镇定,和安然商量着要不将妈先带到她那儿,然后又给苏扬打了个电话,让他也立即过去。安心想不管老妈和老公发生了怎样的冲突,此时此刻她都不能再逃避,既然该来的总归躲不了,那就面对吧,她倒是要看看结果最终能坏成什么样。

又过了一个小时,在安然家一楼的客厅内,谢家临时家庭大会正式召开,会议主题:批判苏扬;与会人员:谢家三姐妹,以及本次事件受害者——她们的妈,本次事件施害者——苏扬。

"姐夫,你说我妈对你多好啊!什么活儿都抢着替你做,好吃的菜一口都舍不得吃全给你们留着,你怎么忍心对我妈这样凶?"安逸第一个冲苏扬发难,"你说我住你家,你容不下就算了,我妈你也容不下,我觉得特别不合适。我告诉你,要是我妈真被你气坏了,我可不管你是谁,我绝对和你没完。"

安心听着特别不舒服,又不能直接袒护老公,就咳嗽了两声,示意安逸别说了,结果安逸根本不领会,脖子一伸,"我说错了吗?他这样对咱妈是不是不对?"说完抱着身边的老太太,"妈,别生气了,气坏身体不值当,有我替你做主,谁也不敢欺负你。"

老太太就一个劲儿抹眼泪:"我真是太难受了,你们都没这样对我大喊大叫过。"

"妈,对不起!"苏扬一直低着头接受批评呢,见状赶紧再次真诚道歉,"我不是故意的。"

"对,你不是故意的,你是存心的。"安逸不依不饶。

安然实在听不下去了,打圆场:"好了,姐夫是什么样的人我们都很清楚,也让姐夫说两句,中间肯定有误会。"

"这还能有什么误会?"安逸瞪安然,"行啊,大家都在这里,既然你愿意袒护他,你倒是让他说啊。"

苏扬还是不停道歉:"都是我不对,不该惹妈伤心。"

"听到没?他自己都承认了,谢安然你就别当和事佬了。"安逸对安然翻了个白眼,然后又看向苏扬,"光道歉有什么用?道歉了我妈就不受伤啦?说吧,现在怎么办?"

"妈,不能只怪苏扬,我也有责任的。"安心终于说话了,"这段时间我工作太忙,疏忽了对您的照顾,咱先回家吧,今后我会多抽出时间陪您的。"

"我说了，我不想去你那里了。"老太太直摇头，"我没事，就是太伤心，我就怎么也没想到他会对我大吼大叫……"老太太嘴里说着没事，眼泪又涌了出来。

安然看了直叹气，心想妈以前没这么不扛事的啊，这到底是在演戏呢，还是生病后人就变脆弱了？安然觉得很荒谬，这段时间她遭遇的人和事，全都很荒谬。或许荒谬才是生活的真相，是她自己活得太认真太较劲儿了。就那一瞬间，安然突然对自己产生了前所未有的怀疑。

"对，不去了，"安逸生怕老太太要住自己那儿，赶紧说，"妈，我现在跟人合租呢，条件好差的，否则你住我那里最好了。"

"那我住哪里？"老太太也愣住了，"我还要看病呢！"

"住这儿啊！"安逸用力地拍拍身下的沙发，然后转着脑袋打量着这套复式公寓，"今儿我也是头一次来。妈，你就住二姐家吧，这里又大又好，修身养性什么的最合适了，关键啊，还没有人容不下你，惹你生气。"

"那我看病怎么办？"老太太面露愠色，举着胳膊让大家看上面的滞留管，"我这才刚化疗两次，还有十来回呢，每个星期都要去医院维护滞留管，好多事。"

"不怕，你去一趟医院也就小半天，大不了我陪你就是了。"安逸摆摆手，一脸无所谓的样子，"大姐刚才也说要多陪你的，妈，你有三个女儿呢，有什么好担心的！"

"妈，就住我这里吧。"安然也赶紧表态，"白天我上班，你就好好休息，我可以请个保姆照顾你，也能陪你去医院。"

"花钱请别人服侍我？我又不是老得不能动了，不行，绝对不行。"老太太立即摇头，口气又激昂了起来，"你就算再有钱也不能浪费，以后要用钱的地方多着呢,一天到晚讲高调,我可看不惯。"

安然和苏扬对视了一眼,一副"我懂你"的表情,然后不说话了。

老太太看着安然,突然话锋一转:"看来我还真得在这里住几天,好好管管你的浮夸之风。"

"妈,你答应啦,太好了!"安逸眼珠一转,"要不我也搬来陪你吧,反正这里住得下。二姐现在可是公司老总,很忙的,你一个人得多无聊啊,我过来你心情肯定能好很多,还能省下保姆钱,是不是啊大姐二姐?"

安然没好脸色地说:"我无所谓。"

安心点点头:"妈住安然家我也放心,就是要辛苦你俩以后多费心照顾妈了。"

安然赶紧打断她:"大姐你千万别这么说,这都是我应该做的。"

"就是啊,女儿孝敬妈妈,天经地义!"安逸开心地鼓掌,"好了,问题圆满解决,我们明天就搬过来,现在先看看住哪个房间。"说完,自己一溜烟儿地跑上楼,到处转了起来。

安心适时地拉住老太太的手:"妈,您别难受了,我回去一定会好好说说苏扬,以后我们再不惹您生气了。"

有了新的落脚地,老太太心情平复了不少。她站了起来:"我真没事了,你们快回吧,别让棒棒一个人在家时间太长了,他该饿了。"

安然也起身:"妈,我这就给你去收拾房间。"

安然离开后,老太太小声对安心说:"我住安然家,其实是想督促她早点儿找个对象。"

安心点头:"妈,我懂。"

"唉,我真怕活不到安然结婚的那一天。"老太太长吁一口气,"有时候我总想啊,要是能够早点儿去找你爸也挺好的,可我放不下你们,特别是安然和安逸。等安然找到了合适的婆家,安逸毕业找到了安稳的工作,我就算死,也能死得瞑目了。"

8

苏扬和安心回到家后赶紧给儿子做晚饭,然后洗漱上床休息。从头到尾安心也没数落苏扬一句。

苏扬一直翻来覆去睡不着,又怕打扰到安心,毕竟她明天还要起早上班,只得拎起枕头去客厅。刚下床就听到身后传来安心的声音:"老公,别多想了,没事的。"

原来安心也一直失眠。

苏扬重新躺下,幽幽地说:"我算知道为什么你妈那么喜欢安逸了,她俩的性格啊,实在太像了。"

"嗯!"安心应了声,"安逸最像妈,安然最像爸,大家都这么说,爸妈吵了半辈子,安然和安逸估计也得一直这样吵到老。"

"基因决定命运,那看来真是没法调和了。"苏扬突然想起了什么,"你妈真的是为了监督安然找对象才住她那儿的?"

"她亲口说的,"安心点头,"反正不全是因为生你的气,你就别多想了。"

"你妈不在咱这儿,我当然太平了,可如果她真是这样想的,岂非又要和安然起冲突了?"苏扬提高了音调,"一个死活不想找,一个不找就死也不瞑目,真愁人。"

"我也想过,可是现在只能如此,家家都有本难念的经,走一步算一步吧。"安心自怨自艾起来,"说到底,还是我无能,工作和生活全都处理不好!"

"对了,安然像你爸,安逸像你妈,那你像谁呀?"苏扬见状赶紧打岔,"老婆你该不会是充话费送的吧,哈哈!"

"不会,那时候还没手机呢,充不了话费。"安然特别正经地回答。

苏扬扑哧笑出了声。在他的印象中,安心已经好些年没有这样说过话了,轻松、幽默且可爱。他不禁多看了她两眼,这一看就看出感觉了,于是把手伸进安心的睡衣里,在她耳边轻轻吹气说:"老婆,我想你啦,都好久了。"

"你怎么还有这心情呢,下午刚吵得鸡飞狗跳,真是服了你了。"

"谁让我有这么一个温柔漂亮体贴大方善解人意的好老婆呢,来吧,老规矩……"

第十三章　母女释嫌

1

自从妈妈搬到自己家后,安然回家的时间越来越晚,次数也越来越少了,经常是在公司通宵加班,或者就到附近的酒店对付一宿。

倒不是她故意在逃避什么,实在是因为手头上的工作越发严峻,可以说已远远超出了她的能力。终于传来了消失多日的老板石耀东的最新消息,原来半个月前他携巨款出境时就被经侦人员控制了,对他的审讯正紧锣密鼓地进行中,据悉其涉及严重的经济犯罪,包括非法集资、操纵资本市场、巨额贿赂、挪用公司资金涉赌等。这些信息被媒体释放后,立即在行业内引起了不小震动,几乎所有的合作方都发来了律师函,要求立即和石门影业解除已签订的合作协议;至于债主更是倾巢出动,集体上门讨债。所有这些都需要耗费巨大的人力物力去面对和处理,就在事发后一周多的时间内,可谓树倒猢狲散,公司员工便已走得差不多,高管里更是仅剩安然一个人仍苦苦坚守，凭着信念和毅力支撑着摇摇欲坠的公司，几乎每一天都累到怀疑人生。

当然，你要说老太太和安逸搬过来后对她没影响也不客观。这些年安然一个人生活，习惯了那种清冷的寂寞，现在家里一下子多出了两个人，让她很不适应。安逸还特别能折腾，白天上班还好，晚上一回来就搞直播，又唱又跳动静特别大，不到半夜不结束。安逸的行为严重打扰了老太太和安然的休息，特别是安然，她白天刚和一帮穷凶极恶的债主吵得七窍生烟，就想回家补充补充精力，结果总不能如愿，心情之糟糕可想而知。更气人的是，老太太对此似乎毫不在意，不但不考虑自己的身体，反而惦记着安逸千万别累坏了，还总是熬夜等安逸下直播，然后给她做夜宵。安然觉得这样特别不合适，当面对安逸提了几次意见，可安逸完全不以为然，老太太还向着安逸说话，依旧是小时候总说的那一套："你是姐姐，多让着点儿妹妹，她还小。"安然气得也就懒得再管，反正能不回家就不回家，慢慢地，自己倒反而成了客人，一进家门，哪哪儿都特别扭。

2

就算全世界都在与安然为敌，至少有一个人真心关爱着她，这个人就是宋歌。

对于石门影业走上今天这条不归路，宋歌早有心理准备，可他怎么也没想到安然竟会对公司如此忠贞，更想不到她会不顾个人安危将所有压力都扛到肩上，宛若堂吉诃德挑战风车那样面对根本没有胜算的局面也毫不退缩。这份孤勇和悲情让宋歌无比心疼，也让他越发想着要为安然做点儿什么。

此刻他当然不能够直接出面，一来石门影业现在的水太深，他必须得避嫌；二来安然的个性他再清楚不过，此前他那么努力争取，安然都毫不动摇，现在她就更加不可能舍公司而去。因此他只能耐心等待机会，用最妥当的方式走进她的生命中，重新获得她的信任。至于这个机会究竟是什么，他不知道，什么时候会出现，他也不知道。他只知道自己必须耐着性子等，同时在暗中密切关注着安然，守望她、保护她。

因此，那段时间几乎每天晚上他都会守候在安然的公司楼下，心情复杂地看着安然的办公室，直到里面的灯光熄灭，再等安然的车驶出地库后一直悄悄尾随她到家，这才意犹未尽地离开。

3

这段时间，安然过得苦不堪言，安心的生活则波澜不惊，至于苏扬，他偷偷写着的小说则已渐入佳境——小说的体量远远超出了他的预计，越写越多，也越写越顺。正所谓：我手写我心。苏扬为之投入了太多的感情，好几次写着写着竟悄悄落下泪来，他由衷地感慨这些年来他们一家人走到现在真的太不容易，也越发珍惜当下的一切。

相比之下，此时的安逸活得要比自己的两个姐姐都更为得意，无论事业还是爱好，全都顺风顺水，感觉自己的人生已经到了最高潮。首先说工作，她原本只是想玩玩票的，却没想到自己竟玩得风生水起，不但老板对自己各种信任和包容，同事对自己更是无比忌惮，自己在公司虽然没有明确的职位，但权力之大，似乎不在任何员工之下，这让她很有成就感，虚荣心更是得到了无比的满足。她每天穿着精致的职业装出入高档写字楼，听着自己的鞋跟有节奏地敲打地面的声音，颇能产生自己已是职场精英的自豪感。在她心中，用不了多久，自己就能全面超越安然，甚至有一天她会代表公司去和安然竞争价值数亿的商业标的，在谈判桌上和她据理力争，在台下更是用尽各种手段——就像小时候一样，将本属于安然的东西，生生抢过来，那一定特别刺激。想到这里，安逸就会不由自主地笑出来。

然而，对她而言，真正让她觉得兴奋的还不是工作，而是她最为钟爱的直播。经过这段时间的各种折腾，安逸在网红女主播这条路上也渐入佳境，尤其是当她选择了在一个新兴的平台"孔雀直播"上当主播后，更是如鱼得水，粉丝和话题数量很快双双冲到全站前十强，并且是前十强里唯一还没和平台签约的当红主播——不是她不愿意，而是她觉得还没到时候。物以稀为贵，安逸很清楚只要保持自己的头部地位，自己的签约价就会更高，现在匆忙签约只会把自己给贱卖了，真不知道其他那些看上去又漂亮又聪明的妹子一个个着急忙慌和平台签约是怎么想的，又不是嫁人，有那么迫切吗？就算是嫁人，也要伺机而动、待价而沽，否则越是闪婚，婚后越不幸福，离婚也越快，到时候就更不值钱了——因此尽管平台现在对她各种威逼利诱，甚至提出再不签约就封杀，安逸也不为所动。反正她还有一份光鲜亮丽的工作保底，她就确保每天都把最好的状态留给粉丝，其他的，她压根不考虑。安逸特别明白，流量是王道，得粉丝者得天下，只要有粉丝的支持，她就有话语权，就有谈判的筹码。因此什么时候报价，以及报价多少，都得她谢安逸说了算。

就这样，住在不花钱的豪宅内，妈妈疼爱、老板喜欢，事业、爱好双丰收，当下、未来全都有，安逸简直觉得自己无所不能！

4

安逸的确有超越同龄人的早熟,把很多事情都想得忒明白。只是她忘了物极必反以及德不配位这些个朴素的道理,而上天如若真要成全一个人,也绝非只会给其坦途,坎坷和磨难一定是成长和成功的标配。

因此,安逸很快便迎来了其人生中严格意义上的第一个沉重打击,而且充满了荒谬——她因引发众怒,竟被全体员工联手扫地出门。

公司里和安逸关系最好,也最支持安逸工作的自然非财务大姐莫属,在财务大姐身上,安逸也最能够找到存在感。半个多月前,经财务大姐的热烈邀请,安逸开始和其他同事一起到楼下的湘菜馆拼桌吃饭,也就是大家一起点菜一起吃,最后AA。结果安逸参加后,总是有人主动做东,还打趣说要对安逸好点儿,这样万一犯错误了安逸能够睁一只眼闭一只眼,现在老板全听安逸的,安逸一句好话抵得上自己努力工作一整年。对这些恭维,安逸一方面并不拒绝,但每次还都义正词严地表示自己绝不可能吃人嘴软、公私不分,辜负老板对自己的信任,大家也不在意,说说笑笑就过去了。就这样每天都有人请,换成别人早不好意思了,安逸却吃得心安理得,她觉着又不自己求来的,干吗不吃?再说了,确实也能省下不少钱呢。

一天吃饭前,财务大姐突然起哄说安逸你啥时候也请我们吃一顿呗,众人立即附和。安逸刚想拒绝,心想要不大家还是AA制好了,搞得好像我总占你们便宜似的,突然发现财务大姐对自己正使命挤眼睛呢。于是迟疑间她就应了下来,后来那顿饭花了她四百多元。安逸肉疼得不行,一下午没上好班,临下班前财务大姐突然悄悄把她叫了过去,小声说:"能报!"

安逸没反应过来:"什么?"

"嘘!"财务大姐做了个噤声的手势,"中午你请客的吃饭钱,可以报销的。"

"那怎么行?"安逸一脸疑惑,"公司没这项规定的。"

大姐还是满脸笃定:"可以的。"

"那她们平时中午请客的钱也都报了?"安逸突然来了精神,"这属于严重违规,可不行啊,我得告诉老板。"

大姐赶紧拉住安逸:"她们不行,你可以的。"

"为什么?"

"她们请你吃是想巴结你,私事儿,你请客是为了体恤员工、团结大家,公事!"

安逸点点头:"这倒是,我确实不需要巴结任何人,包括宋总。"

大姐也点点头:"你一身正气,所以宋总才这么信任你!"

安逸又点点头:"那我听明白了。"

"我也讲明白了。"大姐不再点头,深情地拉起安逸的手,"老妹儿,知道公司谁真正对你好就行。"

安逸突然想起了什么,轻轻甩开大姐的手:"可是我没开票,我这就去补开。"

大姐再次拉起安逸的手:"放心吧,我已经给你开好了,吃完饭后我说上洗手间,其实就是去开票,就是不想让其他人知道。虽然也没什么事,但总归不太好,你懂的。"

安逸没再把手缩回来,脸上露出由衷的敬佩:"不愧是老财务。"

大姐特别感动:"干了30来年了,来这里之前一直在国企,都是应该的。"又说,"老妹儿,我大你20多岁,瞅你一直像瞅闺女,亲切。"

安逸冷笑："我妈特别能折腾，可比你厉害多了。"

5

俩人的私密谈话到这里就结束了，但事儿才刚刚开始。

每个月底是公司报销的日子，所有票据会由财务统一归纳后提交给老板签字。当然了，宋歌看都不会细看，更别说确认每张票据是否达到报销的标准，这些都是由行政部统一核查——原来的流程是先核查再签字，后来宋歌觉得这样显得很不信任员工，就主动要求改成自己先签字，行政部再抽查，而说是抽查，其实就很少再查，基本上只要员工提供票据说清楚事由都能报，可以说是特别宽松。

宽松的另一面就是极度严厉，一旦行政部抽查出员工假公济私，通过报销中饱私囊的行径，那惩罚就会相当严重，哪怕只是虚报了一块钱，也要无条件地开除。因为员工辜负了公司的信任，而信任就是职场流通的货币，是一个人行走职场最大的成本——这些个奇葩的规定和要求或许很难出现在其他公司，但在歌颂者影业就很正常，谁让他们有一个不走寻常路的老板呢？总之，宋歌通过自己独特的管理方式，一直将公司治理得还算太平，表面上他特别随意，什么都无所谓，连来公司都不乐意，但实际上公司的一举一动都在他的掌控中，而且每个人都会感受到来自他的强大压力，不得不说这些都是宋歌的过人之处。

说回发票的事。之前的几个月行政部一次都没抽查过员工的报销，可这回不但抽查了，而且查得特别认真，最关键的是一下子就查出了安逸那张发票的问题。话说行政部已经好久没发现有员工在报销上有猫腻了，这下兴奋得又是贴公告又是群发邮件。没两个小时，恨不得整栋写字楼都知道歌颂者影业有一个叫谢安逸的新员工竟然把自己私人请吃饭说成公办宴客，还开了发票要报销，性质特别恶劣，严重挑战了公司的价值观，按照公司相关规定以及双方劳动合同里的对应条例，公司将立即对其实行除名。

如果是其他员工，故事到这里也就差不多了，可是谢安逸不愿接受也不会接受，她还特别不怕折腾，能战斗。行政部群发邮件她就群回，据理力争说自己就是因公请同事吃的饭，那天一起吃饭的同事都可以作证，自己从头到尾没聊私事，说的全是工作。行政部就怕她不解释呢，赶紧召开全员大会，让她当面辩解，于是谢安逸又把邮件上的话说了一遍，结果话音刚落，所有那天吃饭的人集体摇头，说上班那么累，吃饭的时候还聊工作，不是有病吗？再说了，每天中午聚餐，要么AA制，要么轮流请，谁会丧心病狂到去报销，脑子绝对是进水了。安逸一听傻掉了，赶紧看向财务大姐，财务大姐还是笑呵呵地说："我更年期了，记忆力下降得厉害，那天中午聊啥了，都忘了。"得了，虽然她没有像别人那样踩安逸一脚，但也啥忙没帮上。

人事部继续补刀："谢安逸你现在每天上班都迟到，从来不遵守考勤纪律。"

编辑部补刀+1："你压根就不懂什么内容，还总是否定我们的努力，乱打小报告，太可恶了。"

制片部补刀+2："我们辛辛苦苦做出来的片子，你看都没看完就说完成度不高，你懂吗你？请问你哪来的自信？"

销售部补刀+3："现在卖片多难啊，兄弟们都削尖了脑袋，一分钱的机会都不放过，你还老说我们回款慢，你有本事你去和电视台谈谈？谈死你，小崽子。"

最后连保洁阿姨都用颤抖的手指着安逸控诉:"我做了二十几年的保洁,就没见过你那么脏乱差的工位,你来了后我的工作量大了好几倍。你说你一个小姑娘长得也挺俏的,可怎么就那么不讲卫生呢?"

就这样,行政会议很快转变为对谢安逸的控诉大会,众人你一句我一句,唾沫星子差点没把安逸给淹死。还是那句话,要换作别人,早投降一百回了,可是安逸不会。安逸昂着头,迎着众人的口水,继续厉声反驳:"说了这么多废话一点用没有,既然今天你们证明不了我那张发票有问题,就没有依据开除我,我已经禀报宋总了,请他来主持公道。还有,你们谁要是敢碰我一根手指头,我立即报警,警察可不管你们是谁。哼,我会怕你们?做梦吧!"

众人面面相觑,纷纷心想这小妮子,确实厉害!

行政同事也无语了,是啊,谢安逸没法证明自己一定是为公请客,可别人同样无法证明她一定就是徇私报销,这个动机确实很主观,怎么解释都成立。

一直笑呵呵的财务大姐突然发言了:"我觉得你们呀,都太冲动了,争论的事意义不大。我看啊,还是得数据说话,这个最客观,真的假不了,假的真不了。"

会议室瞬间鸦雀无声,所有人的眼睛都看向财务大姐,安逸更是心头一紧,此时她莫名觉得大姐那满面的笑容特别可怕。

"那天中午我们六个人,一共吃了四百多块钱,人均七八十,不管因公还是因私,都很合理。"大姐说着说着突然脸色一变,笑容荡然无存,身音提高了八度,"但是,谢安逸报销的票据面额却有九百多,就算她真是因公请客,开假发票,多出来的钱装进自己口袋,也说不过去。这不光严重违反了公司制度,甚至可以说是经济犯罪了。"

行政一听松了口气："太过分了,谢安逸,你刚才不是要报警吗?赶紧的,警察来了,我们还省事了。"

安逸看着财务大姐,面如死灰,却依然没有放弃抵抗:"你胡说八道,你有什么证据证明那天就吃了四百多?"

财务大姐慢悠悠掏出一张餐饮流水单:"这是我们那天的菜品明细,大家都可以看看,我上洗手间的时候顺便问饭店要的,我做了三十多年的财务,习惯了。"

安逸快崩溃了:"你冤枉我,那天的发票明明是你开的,我从头到尾都不知道。"

财务大姐突然像换了个人,穷凶极恶地大骂起来:"谢安逸,这个你可不能瞎说,是你请客吃饭,我给你开什么发票?你别有病乱咬人,我们财务部可没得罪你。再胡说八道,我把你的嘴撕烂,我都更年期了,我怕什么?"

要说这中年女人轻易不发飙,发飙起来那就谁也挡不住,安逸只剩下最后一丝力气在负隅顽抗:"我只吃了四百多,怎么能开九百多的票?就算我想,饭店也不干啊,我……"

"你什么你?"财务大姐上前一步,继续厉声指责,"你用了什么手段你自己知道,你说你什么事做不出来?啊,你徇私枉法还有理了?还在这里嘚啵嘚浪费大家的时间,你不知道我们有多烦你吗?一天天耀武扬威的,拿着鸡毛当令箭,干吗呢?哦,跟老板沾亲带故就可以为所欲为?你当现在还是封建社会哪?我跟你说,我在国企干了三十多年都没见过你这样的,跟我这儿装大尾巴狼,你还嫩了点,赶紧回家吃奶去,快别在这儿丢人现眼了。"

财务大姐这一席话要力度有力度,要精度有精度,要逻辑有逻辑,要个性有个性，既做到了合情合理，又滴水不漏，将安逸最后一丝反抗的气焰彻底扑灭了。安逸这才知道什么叫天外有天，别人做了个局，自己立即往里钻，还当遇见好人了。唉，江湖险恶，自己终究是太年轻。

她其实没那么介意失败，也没那么在乎这份工作，这段时间她熬夜做直播，粉丝上涨得越来越快，名气也越来越大，现在就算光靠直播她也能生活得很好。她只是想不通为什么大家要联手将她赶走，特别是那个财务大姐，一直以来她几乎是自己在公司里唯一的朋友，始终在支持她、拥护她，为什么她会成为反对自己的最强音？安逸真的很好奇。

走出会议室后，安逸没等公司发出开除通知，自己主动写了辞职邮件，然后收拾东西，立即走人。

走之前，她想来想去，还是勇敢敲开了财务大姐办公室的门，说要和她再聊聊。

大姐正戴着老花眼镜云淡风轻地看着财务报表呢，见到安逸后，立即满脸堆笑，一如平常那样热情地说："来啦，老妹儿，有事吗？"

"你为什么要这样对我？"安逸关上门，直奔主题，"我在这里对你没什么不好。"

大姐一脸真诚："你不在这里对我更好。"

安逸又说："你们上班都在混日子，我指出来我错了吗？"

大姐依然真诚："你太着急了，破坏了公司的平衡，确实做得不太对。"

"好，我算知道为什么你们突然敢对我这样了，我也知道为什么宋总一直不出现了。"安逸缓缓点头，"我都懂了，再见！"

"理解万岁，"大姐站起来，弯腰，伸手，"慢走，不送！"

"还有一件事我也错了。"安逸走了两步后又转身，摇着头冷笑着说,"你可比我妈厉害多了,我妈刚得了病,你最好也赶紧去查查,千万别等晚期没治了。"

6

回家后,安逸把自己关在房间内放声大哭了一场。在她的记忆里,至少已经十年没有如此恸哭过了,她没有很伤心,只是觉得无比挫败,周身笼罩着乏力感,仿佛睡了很长的一觉,正做着美梦呢,突然被人粗鲁地摇醒。她需要一点时间来适应,她相信自己很快就能回过神来,而现在,她只想好好体味这份悲伤,尽情哭个够。可就是这么一个近乎卑微的愿望,也有人不让她称心。

这个人当然就是她妈了——平日里安逸没事,老太太还对她各种嘘寒问暖,更别说现在了,看见自己的宝贝女儿如此伤心,老太太首先想到的便是她受了欺负,其次则是要为她出头,于是一直拼命敲门,让她出来说清楚。可老太太这边越用力,安逸那边就越来劲,始终不理不睬,哭个不停,声音还越来越大,老太太急坏了,就差拿椅子砸门了。安逸哭了好久,终于哭不动了,闭着眼睛昏昏欲睡,门外的老太太见里面突然没了动静,更是吓得魂飞魄散,那一瞬间她突然笃定地认为安逸肯定是想不开做了什么极端的事,甚至产生了幻觉,看到她倒在了血泊里的恐怖场景。老太太想叫安心和安然,可是已经来不及了,就算来得及也无济于事,此情此景下只剩一个办法,那就是——报警!

对,报警!老太太犹如溺水的人抓到了一根救命稻草,哆嗦着跑到座机前拿起话筒就拨打110,电话很快接通了,老太太对着话筒嘶喊了起来:"警察同志,快,救命啊!"

老太太话音刚落，安逸就疯了一样从房内冲了出来，一把抢过话筒，然后狠狠摔在地上，接着对她怒吼："妈，你疯了吗？你这是要干吗呀！"

老太太顾不上多想，赶紧上前紧紧抱住安逸，颤抖着问："安逸，你没事吧？你吓死妈了！"

安逸依然很生气，厉声反问："谁有事啦！大惊小怪的！"

"没事就好，没事就好。"老太太这才松了口气，"那你哭什么？"

"我想哭就哭，你管我那么多干吗？"安逸说着，眼泪又涌了出来。

老太太也不开心了："我是你妈，我不管你谁管你？"

"有用吗？你除了报警瞎添乱，还能做什么？"安逸别过脸，抹了抹眼泪，"你们谁也帮不了我。"

"好了，不哭了，啊！"老太太叹了口气，强打起精神，"都这个点了，你肯定饿坏了，我去给你做吃的。"说完就要去厨房。

"不想吃！"安逸开始摆弄自己的直播工具，"没胃口。"

"那你喝点水。"老太太赶紧上前帮着捯饬，边弄边说，"要不今天就别整这些玩意儿了，身体累坏了真不值当。"

"别碰我的东西！"安逸触电般尖叫了起来，"都说了不让你管我，你怎么好赖话都听不出呢？烦死了！"

"我……"老太太不知所措地愣在原地，搓着手，脸上写满了委屈。

看着妈妈这样，安逸也于心不忍，可就是控制不住自己的嘴，宣泄似的抱怨起来："你想管我你管得了吗？你知道我现在压力有多大吗？你一个病人自己还要我们照顾呢，怎么就那么爱折腾？我现在特别烦，你要是真对我好，就消停会儿，老老实实地待着，别成事不足败事有余，哪壶不开提哪壶！"

老太太不说话了，抹着老泪，黯然退到了一边去。如果说上次苏扬多少冒犯了她，可伤害程度压根就没法和安逸刚才这番话对她的打击相提并论。而且一个是外姓女婿，一个是亲生女儿，一个可以不用忍，一个只能忍气吞声——却更憋屈也更难受。

安然突然面色严峻地快步走了进来，安逸和老太太的对话都被楼下刚进门的她听得真真切切。最初安然是有一种隐蔽的快意的，她甚至想过不动声色地离开，就当什么都不知道，可听到最后实在忍不住了，她必须要好好管教一下这个不近人情、蛮横无理的妹妹。

"谢安逸，你赶紧道歉！"安然横眉竖眼地瞪着安逸，用手指着身后的老太太，"快点儿！"

"我又没做错什么，为什么要道歉？"安逸见安然如此愤怒，确实有点儿怕了，可嘴上还挺硬，"平时也没见你怎么对妈好过，现在倒要装好人。"

安然在公司被各种破事烂事烦事折磨了整整一天，忍耐程度大为降低，随时都处于爆发的边缘，现在自然也懒得再和安逸掰扯，麻溜地将手中的包一扔，冲上前就去薅安逸的头发。安逸吓得头一甩，却还是被安然抓住了头发，头皮立即传来剧痛，她想也没想就尖叫着也去挠安然的脸——说起来，安逸和安然虽然总吵嘴，但已经好多年没真刀真枪地干仗了。小时候她俩倒经常打架，安然虽然力气大，但安逸性子野，下手狠，因此俩人难分胜负，时隔多年姐妹俩再动手，那感觉又陌生又熟悉，更是别有一番滋味在心头。

"你们都给我住手！"老太太不要命地扑到了姐妹俩中间，"是不是要看我死在你们面前才高兴？好，那我就死给你们看。"

老太太说到做到，埋头就往墙上撞。

安然和安逸吓得一个人拉着老太太一只胳膊往回拽,可愣是没拽住,老太太是真急眼了,拖着两个女儿脑袋还是撞到了墙,虽然不严重,但那样子也太吓人了。

安逸又哭了:"妈,你别寻死了,我错了还不行吗?!"

安然没工夫哭,就死死抱着老太太,一直将她拖到沙发上坐下,还不敢松手。

老太太痛哭了起来,用手拍打自己的大腿,边拍边喊:"我这是作了什么孽啊!生出了这样的闺女,你们这是要活活气死我……"

安然不停给老太太擦眼泪:"妈,你快别哭了,谢安逸不懂事,不值得你对她这样。"

安逸一听又火了,作势又要挠人:"够啦!谢安然,你别落井下石,今天这一切都是因你而起,你就是看不得我好,别以为我不知道。"

安然回吼:"有病吧,我怎么你了我?"

"你做了什么自己心知肚明。"安逸冷笑,"我说我工作得好好的为什么那些白痴一个个吃了熊心豹子胆突然联手赶我走,因为就是宋歌授意的!宋歌为什么会这样做,就是你在背后捣鬼,你不想让我继续在公司上班,所以故意陷害我,你可真够缺德的。"

"你……"安然语塞了,缓了好一会儿才冷冷说,"没错,就是我做的,我就是想看你现在这副狼狈样,你能拿我怎么办?"

"妈,你听到没,果然是谢安然在背后捅刀子。"安逸对老太太叫,"人家的姐姐都希望妹妹幸福,她却要把我赶尽杀绝,我好不容易找到份称心如意的工作,现在全被她搅黄了。妈,你不是关心我吗?你为我主持公道,你倒是说话呀,妈。"

老太太还是闭着眼睛流泪,不停摇头,嘴中依然重复着那句话:"我到底作了什么孽……"

安逸见指望不上老太太,干脆撇了撇嘴,对着安然很桀骜地说:"你以为这样就能伤害到我?做梦!实话告诉你吧,我压根就不在乎,我现在做主播做得很成功,已经有平台要花重金和我签约了。我早晚都会离开宋歌的公司,我过去本来就是玩玩的,今天你们干的这一出恶心事正好遂了我的心意,而且还让我看清楚了你们的真面目。放心吧,你们从我手中抢走的迟早有一天我会加倍拿回来。"

安逸说完,冲进房间将自己的行李收拾好,又将屋内其他陈设破坏得乱七八糟,然后拉着行李箱下楼。

"你要去哪里?"安然怕妈妈担心,对着安逸的背影喊。

"我想去哪儿就去哪儿,管得着吗你?"安逸一边走一边用脚到处踢,"这破地方,我一点儿都不稀罕。"

安然还想说什么,老太太突然发声制止:"算了,别拦了。"

"现在太晚了,"安然迟疑,"要不我还是叫大姐过来吧。"

老太太有气无力地摆摆手:"她是不会亏待自己的,让她走吧。"

见老太太都这么讲了,安然自然也懒得再说什么,刚准备去搀扶妈妈进房休息,突然楼下传来急促的敲门声,安然第一反应就是安逸回来了,赶紧下楼开门,结果看到了两名警察,其中年长一点的警察出示了证件后问:"是你们家报的警吧?"

安然下意识地摇头,说:"没有。"

年长警察解释:"刚才所里接到报警电话,有人喊救命,然后就没了消息,我们根据号码查到这里的。"

另一名年轻警察趁安然说话的空当侧身挤进了门,看着一地的狼藉,皱了皱眉,警惕地说:"这里刚才肯定发生打斗了,人都没事吧?"

"没事,没事。"老太太冲了下来,不停致歉,"电话是我打的,我和我女儿发生了点冲突,现在都解决了。"

两位警察眼神复杂地看向安然,老太太赶紧又说:"不是她,是小女儿。她是我二女儿,本来我是住大女儿家的,后来和小女儿一起搬到二女儿家,结果今天我和小女儿闹别扭,后来我二女儿又和我小女儿产生了矛盾。现在我小女儿走了,家里只有我和二女儿,我们真的没事了。"

"好了,好了,阿姨你别急,我听明白了。"两位警察面面相觑,年长的警察又仔细打量了下房间,然后对老太太说,"没事就好,这儿女多了确实不省心,不过家和万事兴,大家多担待点儿。"又对安然谆谆教诲,"你们做子女的要多关心老人,别总说自己忙,更不要和老人斤斤计较,再大的理儿也大不过爹妈。按理说这家务事不归咱管,但要是老人受到了不公正的对待,我们还真不会袖手旁观,是吧?"

旁边的年轻警察赶紧点头:"必须是,为人民服务嘛!"

就这样,两位警察同志在对安然和老太太进行了长达半小时的认真劝导,并且反复确认了真的没其他潜在危险后离开了。老太太本来还有挺多激烈的情绪要表达,这么一折腾顿时消停了不少,安然也觉得筋疲力尽,让老太太赶紧去休息,老太太却说自己不想睡觉,有一些话想和安然聊聊。

7

安然实在记不清自己上一次和妈妈促膝长谈是哪一年的事儿了,或许压根就没有过。

她脑海中有关妈妈的回忆,大多是灰色的、阴郁的,充满了冷言冷语和冷笑,是的,她原生家庭的记忆一点儿都不美好。

她甚至怀疑过自己根本就不是妈妈亲生的,否则何以她对自己会如此偏待?

所以她也从来没想过有朝一日妈妈会突然主动对自己袒露心扉。

而当这一天来临之际,她首先感到的是局促,是不安,甚至,惶恐。

老太太显然也觉得别扭,如果不是自己身上发生了这么多事,她或许永远不会主动要求去和安然对话,她对这个二女儿的情感,的确有些复杂。

就这样,已近午夜,月朗星稀,母女俩相处一室,彼此心中都有千言万语,嘴上却始终一句不说。本是世上最亲近的人,但好像兜兜转转,走过了千山万水,才终于来到了彼此面前,是惊喜,是满足,却更是遗憾。

沉默,尴尬的沉默;沉默,委屈的沉默。

"你……饿吗?要不我去给你做点儿吃的!"最终还是老太太先开的口,"我白天买了你最爱吃的茭白。"

"我吃过晚饭了。"安然端起茶杯,掩饰自己慌乱的心,"谢谢……"

"你看你,和妈还总是这么客气。"老太太目光柔和地凝视着安然,"我知道,你一直在生妈的气。"

安然特别不愿意谈及这样的话题,赶紧说:"妈,快别说了。"

"不,我想说,我怕再不说,有些话就没机会了。"老太太开始呜咽,"就像你爸,突然就没了,好多事都没做,好多话都没说,多可惜!"

提到父亲,安然就更受不了,也开始抹眼泪。

"安然,你知道吗,妈妈住到你家,看到你把你爸的照片放那么大,挂在自己床前,就知道你有多想你爸。我何尝不是呢?"在眼泪的安抚下,母女俩渐渐敞开了心扉,老太太轻轻握住安然的手,"你们三姊妹,你最像你爸,你爸也最宠你。我脾气不好,对你们要求也严格,可只要我对你狠一点,你爸肯定不乐意,为了你呀,我和你爸真没少吵嘴。你爸这个人心很好,手也很巧,但嘴老笨了,一着急呀还总结巴,所以每次我们吵架都好像我在欺负他。有时候吵得厉害了,安心在外面上学不大知道,安逸还太小,每次都吓得哇哇哭,只有你伶牙俐齿的,总是上前帮着你爸和我吵,也不分青红皂白谁对谁错,真的气死我了。"老太太说着说着竟然乐了起来,那笑容混着眼泪,在灯光的映射下竟然显得无比温馨。

对于老太太说的这些,安然自然是有印象的,她的确从小就向着她爸,可并不是因为自己像他,更不是因为自己更爱他,而是因为觉得他太弱势,需要被保护,而她的妈妈很强势,需要有人遏制。安然很小的时候就有一种"侠义心肠",所以她总愿意为爸爸出头,因此没少挨妈妈揍,她们母女的关系似乎也因这一次次的冲突定了调,从此积重难返。

"其实对我们做父母的来说,每个孩子都是心头的肉,都是一样地爱,不存在偏心谁。只不过你们有大有小,大一点的我们相对省心点儿,就管得少些,小的我们就肯定要多操点儿心。像安心,她比你大8岁,比安逸大13岁,基本上我和你爸就没怎么用心带过,那时候我们自己都还小,就扔给老人照看,感觉她稀里糊涂就长大了。可到了安逸,我们年龄也大了,家里条件也好了,就想着要多陪陪孩子,凡事都亲力亲为,可能在外人眼中,我们就更偏心小的。

"当然了,妈现在对你说这些可不是在解释什么,我们做父母的肯定是恨不得把所有都给孩子，可孩子能不能理解就说不好了。就像安逸今天对我这样，你说多气人，这小崽子和白眼儿狼又有什么区别？"提及安逸，老太太的情绪又上来了，"所以老话说得好，子女都是爹妈的冤家，一点儿都没错，我对你们再好也没用，该造反的时候还是六亲不认。"

安然算听懂了，老太太这是恩威并施呢，一方面向自己澄清她并没有偏心，另一方面又连带着自己一起批评。这很符合她的个性，所以安然自然也不能顺着她的话回应。

"谢安逸确实很过分，不过今天她这样应该是因为工作的事对她打击太大了，妈，你也别想多了。"

"拉倒吧，你还帮着她说话，她几斤几两，心里想的什么，我最清楚不过了。"老太太终于感觉自己又找到了说话的节奏，将话题引向正题，"倒是你，妈住在这里的这些日子，天天看着你加班，为工作操碎了心，才知道你原来这么累，妈以前对你的关心还是太少了。"

"这段时间公司有点儿事，等过去了就好了。"安然宽慰老太太，"放心吧，妈，我没事。"

"你让我放心，我怎么放心得下？"老太太的眼泪突然又来了，"你说你大姐，在家待得好好的，现在突然要出去上班赚钱养家，她都离开社会那么久了，她能行吗？我不放心。你再看你小妹，放着好好的学不上，偷偷溜回来，工作也做不好，一天到晚对着手机又唱又跳还说以后就靠这个养活自己了，我能放心吗？"

"可是，我最不放心的还是你啊！"老太太边哭边说，突然话锋一转，"安心再不容易，她起码还有个家，她有丈夫有孩子就永远有希望；安逸再不懂事，她毕竟还年轻，她现在再不懂事也有机会去成长。可是你现在已经老大不小了，你说你现在忙成这样，万一哪天身体垮掉了怎么办?谁来照顾你?你爸走得早,你妈我现在又病得不轻,能活几天也不知道,你说你到时候一个人孤零零的多可怜?你说你要是能成了家,我就算死了也没什么遗憾,否则我肯定死不瞑目,你知不知道?"

好了,安然终于知道老太太兜了这么大一个圈子,又是解释又是回忆的,说来说去还是她最不愿意面对的话题,于是赶紧回应:"妈,你就别说了,这都哪儿跟哪儿啊!"

"不行,我一定要说,我想说好久了。"老太太已经完全恢复了元气,气势逼人,"你总埋怨我对你不关心,可我说的话你听吗?你这么大了还不找个人,你知道亲戚邻居都怎么想的吗?那些风言风语我可以不在乎,可是你自己还要过日子呢,好好的一个人干吗总让别人嚼舌头,你说是不是?咱们家什么时候受过这个气?"

安然听得头大,此前安心也当面说过她,但完全没法和老太太相比,她知道这个问题没法说理,只能逃避:"知道了,知道了,求求你别说了,我一定会找的。"

"什么时候?你想怎么找?需要妈做点什么?"老太太激动得红光满面,哪还有半分颓势悲伤。

"妈,这个事又不是去菜场买菜,哪能说找就找?"安然感觉自己快疯了,"我都答应你了,你再给我点时间不行吗?"

"不行,信不着你。"老太太一个劲儿摇头,"你等得起,我没几天好活了可等不起,不对,你也等不起,再过几个月你就三十了,到时候就更难找了。"

安然懒得再说,干脆闭眼往沙发里一躺:"你要这么说,那我也没办法了。"

"你把眼睛睁开,看着我,"老太太一把将安然拉了起来,认真地说,"谁说没办法的?你去相亲吧!"

安然吓得毛骨悚然:"相亲?"

"对,相亲!"老太太认真地点头,"现在不是有很多相亲网站吗?你赶紧去报名,钱我给你出,我这些年攒了点钱,反正最后都要给你们。还有一些公园也有相亲角,你不好意思去,我替你去,我不嫌丢人。"

安然感觉自己快哭了:"妈啊,真要这样吗?"

"你不老说我不关心你吗?这次我就要关心到底。"老太太笑了,然后自言自语地发着狠,"我还就不信我二姑娘找不到对象了,让你们再嚼舌头,哼!"

第十四章 再生事端

1

一个平淡无奇的上午,安心像往常一样走进王健霖的书房,发现他正神情沮丧地端坐在书桌前,怔怔地看着电脑,屏幕发出的光映在他脸上,眼睛里竟有种说不出的寂寥和落寞。他似乎正沉浸在某件悲伤的事中无法自拔,以致安心已经走到他的身前,他却依旧一动不动。

安心以为他又卡文了。王健霖的新作已经到了最后冲刺阶段,难度自然也是最大的,对他的心力和体力都提出了极大的挑战,因此最近总是卡文,有时候连续好几天都写不出一个让自己满意的章节桥段。对任何一个作者而言,卡文都是无比痛苦的,而对他这样背负着无数读者殷切的期望,以及整条产业链巨大商业诉求的顶级流量作家来说,更是无法承受之重。盛名之下,利益追逐,他已不再纯粹,这是他的无奈,也是他的悲哀。

每个人在遭遇困境时的反应都不同，以往卡文时王健霖都会表现出明显的焦躁，会不停吃东西，满屋子游走，或者整宿整宿地不睡觉，甚至会产生一定程度的攻击性，比如摔东西、撕书，当然也会不分青红皂白地骂人——否则他之前那些个助理都是怎么被气走的呢？相对而言，王健霖因为卡文而引发的情绪低迷并不多，而像这样一言不发，甚至委屈难过的样子更是少之又少，对此安心自然是知道的，所以她很担心王健霖这次遇到的麻烦是前所未有的。于是她立即调整好状态上前试图安慰——这就是她的本职工作，以往她都做得很不错，然而这一次，她将注定无能为力。

事实上，王健霖根本就没有卡文，而是经过一个通宵的奋笔疾书，终于圆满地完成了整部作品。从两年前动笔写下第一个字到现在，七百多个日夜，接近百万字的体量，王健霖殚精竭虑，投入了自己全部的心血和才华。而且这次的作品是他迄今为止最为满意，也最为自信的一部。作品中不但有热血的世界、烧脑的情节，更有浪漫和柔软；不但有刀光剑影的江湖世界，更有充满温度的人间烟火；不但有遗憾，也有希望；不但有远方，也有故乡……这些都是突破和成长，是让他的作品变得更加完美的重要因素。

之前王健霖曾无数次憧憬过完稿时的情景，他或许会兴奋地大笑，激动地咆哮，甚至喜极而泣，这些都很正常，因为这部作品的创作太难了，难到让经验无比丰富的他都若干次想过放弃。如果没有安心的到来，如果不是安心在他身边百般鼓励和呵护，他很可能等不到这一刻，更不可能写出令自己如此满意的作品。这一天他真的等太久了，可这一天他又希望永远不会到来，因为他很清楚这一天到来时意味着什么，所以他一点都高兴不起来。而当安心走到自己面前，温柔关心时，他的眼眶竟然湿润了起来，仿佛离别就在眼前。

"健霖老师，您要是实在写不出来，就先放一放吧。"安心将倒好的水递到王健霖面前，"要不，我陪您出去走走？今天天气挺好的，刚才我看了一眼，院子里的蔷薇都开了。"

王健霖轻轻摇头，淡淡地回应："我写好了。"

安心没听清楚，或者是压根不敢相信，追问："什么？"

王健霖闭上眼睛，幽幽地说："我终于写好了，可以好好休息一阵子了。"

这回安心听真切了，顿时开心地叫了起来："真的啊！太好了，健霖老师，祝贺你，我这就告诉宋总。对了，你是不是已经跟他说过了？"

"我谁也没说。"王健霖摇摇头，"我只想先告诉你一个人。"

"为什么啊？哦，你是还想再修改修改，对吧？"

"我觉得一个字都不需要修改，它很完美。"王健霖又摇头，"我也没有力气去修改，就这样吧。"

"嗯嗯！"安心真的很开心，不仅是因为自己的工作终于取得了实质性的成果，这段时间她亲眼见证了一个作家为了写出足够好的故事究竟要付出多少的心血，又要承受多大的煎熬，这个难度远远超出了她的想象，让她愕然，更让她心疼。最初她只是将照看王健霖视为工作，可经过朝夕相伴，现在在她心中他已经成了自己很好的朋友，甚至像家人一样亲切，所以此时此刻她是真心为他感到高兴，而且还有种强烈的自豪感。

可是，他为什么会如此颓废呢？安心犹豫了会儿，还是小声问出了口，尽管她已经想到了答案。

王健霖睁开眼，深情凝望着安心："你真的不知道？"

"要不，我们中午一起出去吃饭？"安心避开他的目光，"庆祝一下，我请客。"

王健霖答非所问:"你刚才说，蔷薇开了?"

安心点头:"特别漂亮。"

"我已经好几天没出去了，"王健霖缓缓站了起来，"走吧，我们去看看蔷薇。"

2

安心陪着王健霖缓缓走到后院，空气中的花香越来越浓郁，自从她来这里上班后，闲暇时便积极养花种草，经过几个月的精心打理，原本略显荒芜的后院已经变得花团锦簇，姹紫嫣红，又美丽又温馨。安心经常坐在花架下的躺椅上，摇摇晃晃地看着眼前争奇斗艳的花儿，心思也慢慢飘摇起来。她会想到自己的略显平淡的童年，想到自己刚来这座城市时的惶恐心情，想到和苏扬相爱的点点滴滴，想到有了家和孩子后辛苦忙碌却无比满足的日子。有时候想着想着就笑了，有时候想着想着眼泪就掉下来了，偷得浮生半日闲，在这座不属于自己的花园里，安心可以暂时逃离坚硬的现实，放下沉重的包袱，更是可以对生活和未来尽情憧憬，小心翼翼地释放自己的少女心。

一想到自己将很快和这一切告别，安心不禁感伤起来。

"你看，这些蔷薇多美啊!"王健霖指着眼前层层叠叠、随风摇曳的淡粉色、乳白色、嫩黄色蔷薇花，"好像……诗一样!"

这个比喻让安心觉得新鲜，不过她并不能立即体验这两者的相似或关联。在她眼中，这些蔷薇更像点点繁星，将院落映衬得美丽又空灵。

"两年前买下这房子时，我随手从邻居那里要了几棵蔷薇的枝苗插在这里，然后就没再管，没想到它们竟然长得这么好。"王健霖用手温柔地抚着蔷薇，小声感慨着，"可是很多事、很多人，我们那么用心地在付出，最后却什么也得不到。"

安心点点头："生活就是这样，所以我们也不要去强求什么，一切随缘就是。"

"你真的是这么想的？"王健霖将目光从蔷薇移到安心身上，眼神有点儿受伤，又有点儿戏谑。

"其实我也不知道！"安心被他看得一凛，言语也变得略微慌乱起来，"我只知道，我们要得再多，能够得到的却真的很少。"

"嗯，不过就算得不到，也不妨碍我们对美好和希望的追逐吧？"王健霖略有所思地点点头，"很多事情结果是什么，并不重要，为什么去追逐，才重要。"

安心反问："没有结果，为什么还要去追逐？"

"追逐是追逐，结果是结果。追逐决定不了结果，结果也否定不了追逐。"

"不对，不可以这样的。"安心摇头，"或许这就是你们男人的思维吧。"

"那你们女人的思维是……？"

"如果没有结果，就不要开始，这本来就是一件事，怎么可以分开去对待呢？"安心的语气里夹杂着一丝感伤，"不是每个人都有资格去任性的，我们一生中自由的时光真的很少。"

"嗯，所以说，你现在还有爱的能力，却没有了爱的权利？"王健霖目光灼灼地看着安心，"我的解读对吗？"

"不想聊这些了。"安心别过脸去，"同样没有意义。"

"好,那我们聊点儿有意义的。"王健霖边往前走,边指着自己的别墅说,"知道吗?你来之前,我这里了无生趣,你来了后,一切都变得活色生香。所以说,对一栋房子而言,最重要的根本不是什么地段、价位、装修、陈设,而是……女主人。只要有了女主人,房子就有了灵魂。"

安心无奈地轻轻叹了口气,然后提高了音调,正面回应:"那健霖老师打算什么时候给这里找个真正的女主人呢?"

"可以!"王健霖沉吟,"不过只能等我回来再说了。"

"回来?"安心迟疑,"你……要去哪儿?"

王健霖温柔且坚定地回应:"去西藏!"

"去那儿寻找灵感吗?"

"其实相比起寻找什么,用逃避来描述更准确。"王健霖轻轻摇头,"北京太热闹了,我的心也越来越乱,这很不好。我需要找个清净点儿的地方,好好休息一段时间,就当作疗伤吧。"

"可是西藏的条件实在太苦了,"安心是真的关心,"你可以去云南啊,海拔低,风景也很漂亮,大理,或者丽江。"

王健霖看着远方,眼神渐渐飘忽,开始娓娓道来心中的话。

"苦我不怕。其实过去我一直居无定所,四处漂泊,你说的这些地方我也都去过。后来我就是在大理的洱海边过着避世的生活,每天就是写写写,写累了就睡,睡醒了再写,全神贯注,心无旁骛。虽然一个人偶尔也会觉得孤独,但因为我从来都不知道两个人在一起会是怎样的幸福,所以并不觉得那样的生活有什么过错,即使现在想起,也觉得特别纯粹特别难得。

"再后来我出了名,也有了钱,却没了内心的宁静。为了写这部小说,我来到北京,心想可以离宋歌近一点,还花了好多钱买下了这栋别墅。现在想想真是多余，本来孑然一身，自在逍遥，生生给自己套上了枷锁，简直愚蠢至极。如果不是认识了你，留下了很多美好的回忆，这里对我来说将一无是处。

"西藏是我非常喜欢的地方，现在小说写好了，你也没有理由再留在我身边。我厌烦大城市的喧嚣，还有那些商业上虚情假意的迎来送往，这些都在严重伤害着我的创作状态。所以我需要回归山野，好好补充能量，平心静气，争取能够找回最初的那份纯粹和执着。

"我已经请宋歌在日喀则的江孜县替我兑了一家农庄，那里人烟稀少，保持着原始的自然风景，我这次过去打算先住上一两年，如果喜欢，或许更长时间也说不定。"

"嗯，既然你都已经想清楚了，那就去吧。不管怎样，还有勇气和能力去追寻自己的内心，都是一件美好的事。"安心看着王健霖，真诚地说，"我祝福你！"

"谢谢……要不……你也一起过去？"王健霖似乎鼓足了勇气，才将心中反复思量的话说了出口，"江孜真的很美，我们可以一起去看卡若拉冰川，一起去斯米拉神山朝拜，一起领略千年江孜古城的风采。如果你觉得这样太累也没关系，我的庄园也有一个花园，比这里的更大更美丽，你可以在那里栽种上你最喜欢的花儿，将一切布置成你最喜欢的模样，每天日出而作，日落而息，生活平淡且恬静。总之，那里的一切我都安排好了，就差一个女主人了。你真的可以好好考虑考虑。"

"不，我不会考虑的，这些都离我太远了，不现实，也不合适。"安心立即摇头拒绝，"不过将来有机会，我会和我的家人一起去西藏旅游，到时候如果你还在那里的话，我们一定过去看你。"

"好！"尽管王健霖知道自己一定会被拒绝，却依然流露出明显的失望,"就算我不在西藏了,你也可以到我的庄园去看看。庄园的名字很好听也很好记,和你一样,叫'安心'。"

"我……健霖老师……谢谢!"那一瞬间,安心真的很感动,不管她认为他的情感寄托和表达是多么不现实,甚至多少显得幼稚,此时此刻,她都觉得自己很幸福。

"不,我要谢谢你才是,知道吗?写这部小说是我最煎熬,却也是最幸福的一段日子。你真的让我懂得了很多,感受到了更多。"

"我也是,真的很庆幸我重新工作能够遇见宋总和你,我也会一直记得你的。"

王健霖苦笑着看着安心:"我们是真的要分别了吗?"

"现在您作品写好了,接下去就是出版以及IP的运营环节,这些我都没什么经验,会有专人负责的,您放心。"

"我的作品交给宋歌,当然放心。"王健霖又露出那种戏谑的笑容,"不过就像刚才说的那样,于我而言,只关注创作本身,至于最终结果如何,无须强求,接受就好,一切都是最好的安排。"

"嗯,一切都是最好的安排。"安心轻轻重复着,压抑的心情顿时开朗了一些,"健霖老师,你能这么想,真的太好了。"

"我其实很清楚自己现在的想法和言行,我一点儿都不后悔自己的选择。"王健霖说完顿了顿,目光再次投在安心身上,"最后我还有件事想拜托你,这一次,你一定不要拒绝。"

安心很想立即应允,但理智还是让她回答:"你先说,我尽力就是。"

"我走后,我的房子,还有这些花儿、绿植,这里的一切,都没人照料了,它们很快就会落败,会枯萎,会死亡。这是我不愿意看到的,相信你也一样，所以拜托了。"

"我……"对于这个请求，安心无比意外，"你可以让宋总安排。"

"不，我不找他，我只想找你。安心，你可以不和我一起走，但我希望你能留在这里，继续过来收拾房间，养花种草，就像现在一样。而我在远方，守在拥有你名字的庄园里，写作、冥想，哪怕很寂寞，也会很满足，因为这样在我心里，我们就不算真正的分离，哪怕天阔水长，后会无期，我们也依然在一起。"王健霖痴痴地看着安心，言语里再次流露出浓浓的情感，真挚且有力量，"这是我们能够为彼此做的最好的事，请你答应我，好吗？"

3

安心那天从和王健霖聊完一直到下班回家，始终心神不宁。并不是纯粹的伤感，却也没有明显的高兴，就是心跳得特别快，纷纷扰扰，乱极了。

不奇怪，无论是谁，在北京突然拥有了一幢独栋别墅、一辆跑车以及其他高档甚至奢侈的家具日用品的免费使用权，都不大可能会淡定——小说里的情节，就这样活生生地出现在了安心面前。

王健霖说了，你可以把家搬过来，把这儿当成自己的房子一样去生活。

王健霖还说，如果你觉得哪里不舒服，可以随意改动，只要是你的选择，我都可以接受。

王健霖说了很多，说得很真诚，但安心基本上都没放在心上。这一切来得太突然，她压根没法面对，更别说立即就答应了。于她而言，此刻最想做的就是回家对苏扬倾诉,把这个消息告诉他,征求他的意见。毕竟这关系到他们的生活,是真真切切的大事,现在这个家由他来当,无论他意见如何,她都接受。

然而,当安心匆匆赶回家,刚推开门,便意识到苏扬的情绪不太对劲。只见他拉着个脸,不停地长吁短叹,嘴里更是念念有词:"完了,老婆,我们所有的努力都白费了。"

"怎么了?"安心水也顾不上喝一口,赶紧关切地询问,"儿子在幼儿园又闯祸了?"

"真没想到会这样!"苏扬也不正面回答,就是不停摇头,表情越发纠结。

"是不是邻居又欺负你了?没事,等会儿我去解决。"

结果苏扬还是不停摇头,说:"谁也解决不了,全完了!"

"好啦,你别唉声叹气了,"安心一着急,没控制住,喊了起来,"还能不能好好说话了?"

"哦!"苏扬乖乖地不作了,委屈地看着安心,"老婆,你说我们花了那么多钱,还贷了那么多款,好不容易在海淀买了套还算满意的学区房,又是装修又是散味的,中间还差点儿被人扫地出门,这么折腾究竟为了什么?"

"为了棒棒能上心仪的小学啊!"安心一脸疑惑,"怎么了?"

"现在全都没用了,"苏扬拍着大腿,满目愤然,"统统白费心机,还怎么了!"

"老公,你先别激动,慢慢说。"安心觉得事态严重,表情顿时严肃起来。

"我没法不激动!下午我去接儿子放学,这不今年的幼升小入学手续很快就要开始办理了吗,家长们就在一起聊这事儿。结果有人知道我们是要去海淀那儿上学,就说海淀今年的政策改了,不再是简单地看住房是否对口着学校,有房就能上学,而是要严格执行六年一学位的政策。也就是说,一个住房地址每六年内只能提供一次入学申请的机会,这也太坑人了。"苏扬说完停了下来看着安心,等着她发问呢。

果然,安心追问:"然后呢?"

"然什么后啊!你忘了?卖我们房的那家人孩子去年刚上的小学,然后年底就把房子卖给了我们,结果这政策今年就出台了,等于我们家正好完美地撞上了。现在是海淀的学校上不了,朝阳的学校又回不去,更要命的是我们还是非京籍户口,本来就要五证齐全烦死个人,现在好了,也甭操那心了。"苏扬说着又长长叹了口气,"人算不如天算,我今年工作没了,在家里还总被人各种嘲笑,这些我都忍了,可现在儿子升学也没戏,我简直太失败了。"

安心追问:"这些是他们道听途说的,还是已经发文了?"

"当然发文了,政府网站上已经能看到了,我下午一直在查,千真万确!"苏扬痛苦地摇着头,"其实去年就有传闻说今年的幼升小要改革,是我太大意了。都怪我死乞白赖地要换房子,你明明不同意我还和你生气,说你目光短浅格局太小,不知道为儿子争取最优渥的教育资源,现在好了,被打脸了,真是什么都该听你的!"

安心听了这些后也很焦虑揪心,可现在她只想先安慰苏扬,她轻轻拉起丈夫的手,柔声说:"没事的,老公,你不是一直鼓励我说车到山前必有路吗?我们这一年遭遇了那么多磕磕绊绊,不也都过来了?这回也会一样的。"

"话是这么说,可我实在想不出这个麻烦最后还能怎么解决。"苏扬沮丧极了,"主要是折腾我们大人也就算了,可千万别耽误了孩子。你说棒棒要真是比同龄人晚上一年学,不就等于输在起跑线上了吗?"

安心琢磨了下,犹豫地问:"要是棒棒今年在北京入不了学,我说万一哈,你考虑把他送回老家吗?在老家上学肯定没问题的。"

"绝对不会!"苏扬毫不犹豫地回答,"我们好不容易从小地方考到北京,奋斗了这么多年才在这里站稳脚跟,为的就是让我们的终点成为孩子的起点,这样他就能走到更远更高的地方。这也是我们对他的祝福和期望,所以无论如何都不可以走回头路的。"

"那你想过没有,儿子将来是要回户籍所在地高考的,早晚都得回去读书。"

"那是将来,说不定到时候高考政策早就改了,我们不能因为不确定的未来耽误孩子的现在。"

"还有一种可能,就是儿子不参加国内高考,大学直接出国,那我们现在的选择就多了,比如可以去民办学校,或者国际学校。"

"这更不现实了,高考毕竟是中国的主流,现在就决定将来不参加高考等于先把自己的路给堵上了,我们不能冒这个险。再说了,非公办学校的费用你也不是不知道,我们家现在的情况真的承受不了,没必要。"

"可是……"

"没有可是!这事儿不讨论了,听我的吧。"苏扬眼睛里闪烁着坚毅的色彩,"儿子今年必须在北京上学,而且要上最好的公办学校!为了这一天我们已经准备了太久,付出了太多,有条件我们要上,没条件创造条件也要上。现在还有时间去争取,接下来我会全力以赴做这事,总之,我挖的坑一定会给填上,我还真就不信了我!"

安心没再说什么,虽然她觉得苏扬说得并不全对,因为于她而言其实并不在乎儿子将来能够走多远、飞多高，高考不高考、出国不出国，这些她更没那么计较。她只希望儿子不要像他们一样背负太大的压力，能够健康平安幸福地成长。不过她很能体味苏扬说这些话的心情，更是欣喜地看到老公身上又出现了久违的斗志，就像当年他们毕业时探讨是留在北京闯荡还是回老家发展时，苏扬坚定不移地选择了前者。当年是他的果断和勇敢给了她莫大的信心，所以现在更需要的是他俩齐心协力面对眼前这道难题。

4

生活对谁都一样，你淡定也好，焦虑也罢，反正它始终会一波未平一波又起，永远无法安定。

就在安然为工作焦头烂额，安心为儿子上学寝食难安之际，安逸同样遭遇到了人生又一大挫折，而且这次让她元气大伤的是她最为钟爱的直播。

怎么说呢，之前孔雀直播平台一直要和她签约，安逸始终不答应，一方面是认定自己在不断增值，想等到最高点时再成交；另一方面自己有一份非常光鲜的工作支撑着，因此"有恃无恐"。可现在自己工作没了，自然少了很多谈判的筹码，又担心万一卡不好时间点，反而会掉价，毕竟平台一天一个政策，而新主播也如雨后春笋般地拼命往外挤，她们花活儿更多也更豁得出去，为了争取到粉丝简直无所不用其极。安逸就亲眼看到几个00后的妹子为了博取眼球而涉黄直播锒铛入狱，曾经的"孔雀一姐"因为怀孕生娃不得不暂停了半个多月的直播，结果等她再上线时粉丝几乎掉了一半，任她再怎么声嘶力竭地呼唤也都无济于事，从此一蹶不振，更是很快就被平台放弃了，整个过程短暂且残忍。总之，那些头部主播表面风光无限、日进斗金，实则压力巨大，每天都过得如履薄冰，就怕一个不留神变了天，被粉丝无情地抛弃。

更可怕的是，整个视频直播市场更是风云突变，短短一年不到，以抖音和快手为代表的短视频平台的影响力便一举超越传统直播平台，在那里随便一条出新出奇的短视频都可以获得几十万甚至上百万的点赞，播放量过千万也屡见不鲜，至于可以直接变现的带货能力，更是碾压了安逸这样的网红主播，堪称是降维打击。没办法，时势造英雄，站在时代的势能上，你将被赋能，从而拥有无穷的力量，而一旦被时代所抛弃，你再努力也寸步难行。曾经高高在上的流量明星以及各行各业的KOL（某个领域发表观点并且有一定影响力的人）也纷纷入驻短视频平台，玩得不亦乐乎，而安逸所在的传统直播平台，则颓势渐显，且无力回天。

这些都是安逸真真切切目睹的变化，也是影响其思考问题的变量。安逸判断直播平台最多只能再维持两年左右的风光，也就是说，时间已经不站在她这边，她必须抓紧和平台签约，好获得一笔不菲的签约费，同时努力从OGC（职业个体内容提供方）积极向短视频MCN（集体内容提供矩阵）转型，不再只是单打独斗，更要签约一些有特点的新人，并且将他们打造成短视频人气网红，从而聚众合势，用集体流量为自己加持——对于这些安逸已经想得非常清楚，接下去只要自己坚定且有力执行，她依然可以坐享时代带来的红利，并且始终走在时代的潮头。

然而这一次，她的如意算盘再度落空，她猜中了后来，却没猜对前面，留给他们网红主播的时间远远没有两年，而他们赖以为生的直播平台甚至连墓志铭都没有来得及撰写，便纷纷在世人惊愕的目光中轰然倒塌，灰飞烟灭。

是的，那个午夜，安逸愤然离开了自己的妈妈和姐姐，一头扎进黑暗中，就再也没迎来她满心以为的光明。

5

安逸先是在附近的酒店对付了一晚，第二天一大早便赶往位于东五环外的孔雀直播总部，她想当然认为那里会很高大上，毕竟孔雀直播的投资人可是大名鼎鼎的青山资本，这些年它投出的共享单车、移动充电宝等项目都赚得盆满钵满。然而经过一个多小时的颠簸，最终出现在安逸面前的只是一幢位于城乡接合部、外表破败的办公楼，安逸的心顿时凉了一半。她硬着头皮进去找负责人，结果被告知公司高管都去上海参加新一轮的融资谈判了，最后是一位胖胖的公关总监接待的她。这位总监显然不大了解业务，不知道安逸对于平台的重大意义，说话的时候总是心不在焉，而且每过两分钟就不由自主地看下手机，特别不专业。加上安逸摆出的姿态很高，认为对方不能做主就不太热情，从头到尾连墨镜都不愿意摘，总之双方越聊越尴尬，最后没半小时对方就说自己还要开会，然后将安逸扔在了接待室。

安逸咬着牙一直等到下班，始终没人再过来，她惦记着晚上还要直播，现在连住的地方还没有，只得离开。想到自己这一天过得太狼狈，安逸不由得潸然泪下，路过安然家时她真想敲门进去说声对不起，可是最终还是忍着回到酒店，饭也来不及吃一口便抹干眼泪没事人一样坚持做完直播。屏幕前的十几万粉丝没有一个人知道眼前这个活泼时尚的人气主播究竟遭受了怎样的委屈，所有人都在夸赞她年轻漂亮身材好，能歌善舞有前途，拼命给她刷跑车送火箭，每个人都很兴奋，纵情享受这最后的盛宴。

安逸在酒店住了好几天，几乎每天都会去孔雀直播的总部，她一定要亲眼看到对方的CEO并与之谈判，任何其他人的话她都不愿理睬。后来那位CEO终于回来了，也和安逸见面了。他惊讶于这个看上去无比甜美的女孩心性竟然如此成熟，和他之前遇见的网红主播全都不同，而且在就双方签约条件的商榷中，这个女孩表现出的理智、现实甚至贪婪和自私也让他感慨后生可畏。不过，他还是毫不犹豫地大肆压价，毕竟今时不同往日，资本已经不再青睐这个赛道，多几个还是少几个网红主播对平台的意义并没有太大区别，能够省钱比什么都重要，因此双方都揣着明白装糊涂，在经过了貌似真诚且激烈的讨价还价后终于敲定了签约条件——对安逸而言，尽管要比自己的心理价位低很多，但也算能接受，何况对方承诺会召开盛大的发布会，对媒体公布他们是天价签下的自己，这个签约价将创下行业之最，她也能凭此荣膺最高身价女主播的头衔，哪怕是假的——既然要不到实实在在的里子，那就要光鲜亮丽的面子。总之，她这么费劲地去折腾去争取，不可能什么都得不到。

就在安逸长吁一口气，以为自己已经摆平了所有的麻烦，准备迎接属于自己的荣光时，意外发生了。

对孔雀直播而言，其实早已经到了弹尽粮绝的边缘，因为直播平台的服务器、带宽等硬件设施的投入相当费钱，人员及公司运营成本更高，而供养女主播的费用则高上加高。总之，直播是一个非常烧钱的领域，变现之道也远没有想象的那样容易，好不容易挣到的钱都流向了主播，平台能够留下的很少，加上门槛很低，竞争特别激烈，所有人都明白最终能够剩下的不过三五家，现在99%的直播平台都会被淘汰。因此各家都疯狂融资，依靠资本跑马圈地，确保规模的迅速扩张，好避免自己被市场清算。只可惜资本是逐利的，它一旦意识到无法有效变现便会立即调转方向，更不可能持续加注。孔雀直播明明已经和青山资本达成了新一轮的投资意向书，价格还算合适，可没过几天对方就单方面宣布毁约，并且到处寻找接盘侠兜售已经持有的股份，这样一来，更是不可能有其他资本跟进，等于宣判了公司的死刑。公司拿不到钱，自然就没有办法支付主播的费用，因此安逸连签约合同上规定的首付款都没拿到，更别说什么盛大签约仪式了。更可怕的是，她们这些女主播的粉丝们刷的礼品都无法提取了，等于完全断了生财之道。这下所有人都慌了，这些年轻漂亮的女孩们开始在网上集结，商讨要钱的方法。可是她们虽然个个能说会道，但是大多逻辑混乱，而且各怀心思，因此虽然讨论得热火朝天、义愤填膺，但基本上都没什么用，而且聊着聊着就起了内讧。

安逸始终一言不发，一开始她也总想着在网上看大家有什么好办法，很快她就意识到这帮人纯属扯淡，自己才没那个闲工夫陪玩，反正大家都在北京，而且顺门熟路，干脆打上门去，早点儿把属于自己的那份钱拿到，其他的她才懒得管呢。于是她只身前往孔雀直播的总部，发现工作人员已经走了差不多有一半，甚至不久前和自己滔滔不绝高谈阔论的那位CEO也脚底抹油溜了，安逸就算想找人拼命也没有目标。好不容易看到上次不待见自己的那位公关总监，赶紧上前抓住他要讨个公道，结果被对方一胳膊差点给拎起来，然后重重推倒在地，恶狠狠对她凶："死女人，别耽误我办离职，讨厌！"

就这样，安逸一连去了好几天，全都无功而返，眼看着自己的积蓄连酒店都住不起了，而且孔雀直播突然关闭了服务器，自己好不容易积攒的百万粉丝消失殆尽，苦心经营的事业更是眼看就要泡汤，不禁恶从胆边生。安逸心想你们这样欺负我，我再不还点颜色看看我就不是谢安逸了，反正我现在什么都没有了，谁都别想好过。妈的，我和你们这帮吸血鬼、王八蛋、狗娘养的资本家拼了。

安逸一边痛骂一边悄悄爬上了最高那幢楼的顶部,然后坐在了大楼边缘,两只腿在空中摇曳着。她当然不着急跳下去,还早着呢,再说了她也没真想寻死,当务之急是先把动静弄大点儿,这对一个网红主播来说并非难事。只见安逸打开手机上的另一款直播软件,将摄像头对准自己,然后一边流泪,一边做起了直播。

6

安逸想过自己的疯狂行为会把事儿闹大,但没想到会闹那么大,就像她没想过自己会真的从楼顶跳下,更没想到最后不但没有伤害到对方,反而让自己受到了惩罚。

"太疯狂,95后网红女主播直播跳楼讨薪,命悬一线!"借助着类似耸人听闻的标题,安逸的直播画面通过各大社交和直播平台在最短的时间内传遍了整个移动互联网。后来据某好事自媒体的不完全统计,当时线上观看安逸直播的人数至少有两千万,算是创下了纪录。即便很多平台出于种种原因关闭了直播入口,却依然阻止不了人们对此事的关注,安逸跳楼的实时画面更是在微信和微博上疯狂传播着。然而令很多人都意想不到的是,面对这个一不留神便可能香消玉殒的年轻女孩儿,太多的吃瓜群众并没有表现出半分关心和同情,反而一个劲儿地怂恿安逸赶紧跳下去,其中有不少是安逸的粉丝,他们揶揄着:你不是说要把最完美的表现留给我们吗?跳下去,就完美!跳啊,还犹豫什么,跳跳跳⋯⋯

所有的这些冷嘲热讽都通过直播画面被安逸看在眼里,她感到无助、焦急、委屈、恐惧,并且最终统统化为愤怒。是的,她个性中的那份冲动和倔强此刻疯狂地侵占着她的大脑,让她出离愤怒,她压根听不见不远处正对自己进行劝说的警察的话,看不见楼下已闻讯赶来的妈妈、姐姐、姐夫那焦急万分的面容,突然之间她觉得自己一点都不怕了,也什么都不在乎了。她感到了前所未有的轻盈,自己的身体就像一只小鸟,天空正等着自己去翱翔,于是她拼尽最后一丝力量,努力看了眼楼下的救生气囊,然后张开胳膊,闭上眼睛,微笑着扑了出去。

整个过程中她始终紧紧拽着手机对着自己,不管下一秒活着还是死去,直播都要继续。

第十五章 求生绝境

1

在现场几百名围观人员的惊呼中，安逸从楼顶上跳了下来，她因极度恐惧而发出的凌厉尖叫声以及狰狞的表情和扭曲着的身躯成了千万观看直播的网友对她最后的印象——这些都和她的想象完全不一样，彼时她脑海中出现的都是电影中的类似情景，风在耳边吹拂起长发，自己缓缓下落，姿态始终优雅，那嘴角的凄美的微笑，那眼角伤心的泪水都清晰可见，令看到的人回味无穷。可真实情况却是，她双脚离开楼顶的一瞬便感觉自己像断线的风筝，根本控制不了身体的任何部分，只能扑腾着加速向下再向下，哪有半点美感可言？

不过在生死面前这些都不重要了，重要的是，她非常幸运地正好落到了救生气垫的中央，因此除了感受到了剧烈的震荡，并没有遭受其他伤害；不太幸运的是，她因为违反了公共治安条例，从医院出来后就直接被送进了派出所,最后被处以三天的治安拘留以及500元的行政罚款。

法律面前,安逸就算再委屈,再不忿,也没脾气,而且事后她无比庆幸自己的行为并没有构成严格意义上的犯罪,否则她将来连出国都会很麻烦,更别说继续在国外读书了。

经过这一连串的打击,安逸累了,真折腾不动了,又想回去把学业完成——对此,无论是她妈还是安心、苏扬,都举双手赞同,虽然又要花很多钱,但总比这个小祖宗一天到晚犯浑要好。这次安逸跳楼,差点没把老太太给活活吓死,安逸被救护车送进医院没啥事,老太太抢救了十几个小时才回过神来,好不容易醒过来赶紧问自己的宝贝小女儿在哪里,结果被告知被警察带走了,老太太眼睛一翻,又晕了过去。

安逸走的那天,大家一起去机场送别,除了她自己,其他人都很开心。

对此安逸很不满意,抱怨:"要不我还是不走了吧,还有件事我没做呢,可有意思了。"

苏扬带头发话:"可千万别,有什么想法到那边再执行,我们等你学成归来,安全第一哦!"

老太太叹了口气:"你消停一点儿,就当是对我尽孝了。"

安心上前抱了抱安逸:"我们都很舍不得你,妹妹,好好保重。"

"舍不得我?一点都没看出来,你们都巴不得我走才是。"安逸撇嘴,"我会回来的,到时候一定会让你们以我为傲。"

安然冷笑:"那我先提前谢谢你了。"

"谢安然,你少讽刺我,"安逸眉毛一挑,"我知道你们都不相信。没关系,我相信自己就好。"说完,她的声音突然感伤起来,看着苏扬:

"姐夫，你要好好对我大姐，还有，千万不要再惹我妈生气，否则我绝对不放过你。告诉你，我可是跳过楼的人，什么可怕的事都做得出来的，你怕了吧！"接着又一手抱着妈妈，一手抱着安心，在她们耳边撒娇："你们是我在这个世界上最重要的亲人，你们都一定要好好的，我会让你们享到我的福的。"最后，她走到安然面前，和她四目相对："二姐，我本来也没什么特别的话对你说，反正你也不想听，听了也不相信，不过看在我们姐妹一场的分上，我就再送你一句话，"安逸顿了顿，突然大声喊了起来——

"谢安然，你快点找个男人吧，不然就真的嫁不出去啦，哈哈哈！"

2

安逸说走就走了，安心和安然的苦日子还在继续着，何时是个头，谁也不知道。

先说安然。她和安逸从小打到大，一个人有的另一个也非得要，这不，眼瞅安逸从鬼门关上走了一圈，安然也不甘落后，很快就体验了把更为凶险的劫难，还差点儿把宋歌的命给搭了进去。

这次劫难自然还是因为她那倒霉的工作。随着时间的推移，石门影业已经名存实亡，就等着有关部门对外宣布其破产了，但是因为老板石耀东还在接受专案组的审讯调查，而且其涉案金额之大，手段之新，情节之恶劣，都必将刷新此前的相关纪录，整个破产清算的流程无比漫长。对石门影业而言这段时间特别尴尬且煎熬——想活肯定是活不了，可想死也死不成，只能苟延残喘地硬挺着，接受世人的指责和奚落，等待命运最后的末日宣判。

公司员工早已经走得差不多了,上门讨债的人却日益增加,真真假假的什么人都有,正好办公位都空着,债主们干脆坐到工位上,玩电脑、吃零食、打游戏,或者三五成群地在会议室打牌吹牛交流信息,热闹极了。而且他们全都准时"上班",从不早退,不明白的人还觉得这家公司不愧是做影视的,不仅人丁兴旺,而且企业文化特别开放,简直心生向往。

安然身为公司唯一"健在"的高管,她的办公室里长期驻扎着至少十家债主,他们每天紧紧围绕在安然身边,密切注视着她的一举一动,经常是安然对着电脑办公,十几双眼睛齐刷刷地瞪着她。要是一般人,非得被瞪崩溃了不可。安然当然不是一般人,她压力越大脾气就越倔,很快就和这帮人较上劲儿了,反正要钱没有,你们爱怎么看就怎么看,再说了,看看也不怀孕,有什么大不了的?就这样儿债主们天天看着安然,慢慢就看出感情来了,觉得这姑娘真不错,又专业又敬业,关键还忠诚。公司都乱成这样了,她还有心思工作,而且效率还特别高,石耀东这老王八蛋运气还真不错,竟然找到了这么能干又忠诚的左膀右臂。至少有四个债主动了要挖安然到自己公司的心思,还有两个阿姨很想把安然发展成自个家儿媳妇——对于这些"诱惑",安然不为所动,她该干吗就干吗,哪怕心中再焦急再委屈再无助,表情也始终淡定冷漠。

有债主不解地问:"谢总啊,你说你就这样干守着,也没什么用,有这个必要吗?"

安然反问:"知道没用你们还天天堵我?"

"我们这不也没办法嘛,石耀东进去了,可欠我们的钱总得还不是?现在这个公司数你职位最高,不找你找谁?虽然我们这样也要不到什么钱,但至少能给有关部门一些压力,也能引起媒体和警方的关注,总好过什么也不做,谢总,你说是不是?"

安然苦笑,不说话,继续工作。

又有债主问:"谢总,你老看着电脑,眼睛不累吗?要不咱一起打会儿牌,放松放松!"

"谁说我没事的?"安然头也不抬地反问,"我忙着呢,你们打牌声小点儿,当心我检举你们聚众赌博。"

"你们公司都破产了,还能有啥事?"

"我们有部电影快上了,到时候给你们免费电影票,大家都要记得去捧场。"

"不可能,你们公司账上现在一分钱都没有,拿什么做宣发?"

"就是,有这闲心还不如想办法找钱还给我们。"

"你说能不能用这电影抵我们的债?不行,电影都是赔钱货,这坑我们可不能踩,得,当我什么都没说。"

…………

就这样,债主们你一言我一语地热烈讨论起来,安然没有再反驳什么。事实上,别人一点都没说错,公司现在已经到了山穷水尽的地步,而一部电影的宣发非常重要也非常烧钱,不投钱等于自取灭亡。其他项目早就放弃了,可这部电影是安然一手策划和运作的,前前后后劳心劳累了好几年,也不知道花费了多少心血,感觉就像自己亲生的孩子一样,现在好不容易完成了后期制作,连龙标都拿到了,就这样扔下不管她实在不甘心。更何况无论票房还是口碑,她都非常看好这部影片,万一火爆的话能够救公司于水火也说不定。这成了她在公司最后的牵挂,就算卖房卖车也要把这口气儿给续上。

安然不仅是这样想的,也是这样做的。她早算好了,按照现在的房价，自己的房子能够卖出一千五百多万，加上车以及存款，差不多能拿出两千多万的现金，对于一部中等规模的院线电影的宣发来说勉强够用了，至于最终票房究竟能达到多少她也顾不上多想，反正她已经全力以赴，就算失败了也无怨无悔。只是想到自己来北京打拼了这么多年，最终落得个一无所有的地步，她心中还是很难受。

3

安然将房子、车子挂牌出售后没两天，突然遭到了意外——在地下车库，她被一个极端的债主持刀行凶了。

说是债主，其实不太准确，因为石门影业并没有直接欠此人钱财，而是几年前公司名声大噪时，石耀东利用公司出品的一部众星云集的动作电影做了包括众筹、P2P、线下理财等多款金融产品，对社会公开募集资金，承诺参与者均可以享受票房的高回报分红。那时正值整个影视市场热度最高的时刻，股市上随便一个和影视相关的概念都会拥有大量拥趸的热捧追逐，更有人将全部积蓄当作赌注押上，可谓极其疯狂。这位行凶的哥们儿便是如此，因为相信大公司、大明星、大制作的背书，更因为求财心切，他变卖了自己的房产，将全部积蓄都买了石门影业发行的这些影视金融产品，就等着电影上映后收获高票房，分红发财呢。结果没想到这部电影一拍就是好些年，中间发生了无数闹心事儿，光男女主演就换了好几拨，等好不容易拍完，石门影业却突然破产了，所有的投资自然也都打了水漂。对此很多散户都自认倒霉，可这哥们儿不干，他受不了，自己老婆带着孩子早跟人跑了，他就指着这笔钱重新过日子呢，现在钱全没了，他这辈子也就完了，他想把钱要回来。拿定主意后他只身一人来到北京，开始了讨债之路。

石门影业不难找,可等他上门一看,傻了,要债的人忒多,瞅这样还得先排队拿号,没一年半载根本轮不到自己。不行,他得想方设法插队,于是摸到了安然的办公室,想找领导特批解决问题,结果发现那里更拥挤,安然身边围着十几个人,个个倍儿精神地看着她,别说自己了,苍蝇飞过去都不现实。这哥们越看越着急,越急就越生气,心想白天人多不方便,晚上等你下班了我再逮你。通过几次跟踪和踩点,安然下班的时间以及下班后从公司到地库的行踪都被他摸得一清二楚,而且地库那个停车场还特别符合他的要求——首先大半夜那里没有人,其次光线很暗还有不少车便于他藏匿,他决定就在那里行动,实施他的绑架计划。

就这样,那天安然照例加班到午夜,整个人晕乎乎地下到地库,结果刚走到自己车旁,就被人从身后紧紧抱住,同时一把锋利的匕首横到了脖子前。

"不许动,也不许叫,想活命就老实点儿!"

如果是其他女生,到这份上劫持或许就成功了,但安然不是一般女生,她本性刚烈且倔强,压力越大她就越想反抗,何况她当年分手后为了泄愤减压,学了好几年的格斗,因此本能地会有防守反击的动作。一瞬间她想也没想就猛抬腿,将自己十厘米的高跟踩在那哥们的脚面上,同时屈膝提臀狠狠撞向对方胯部,接着双手用力将面前那握着匕首的胳膊推开,等出现空间后立即转身用手中的挎包向对方脑袋砸去。整套动作一气呵成,虽然威力不大,但是很突然,加上对方处于高度紧张中,完全没做好心理准备,等反应过来时安然已经跑到五米开外了。

绑匪赶紧挥刀追上前去,安然穿着高跟鞋,又受到了惊吓,自然跑不快,她一边拼命拨打110,一边大声呼喊着救命,极度恐惧的状态下脑海里想到的不是别人,竟是宋歌。

是的,生死攸关的时刻,她最想见到的人只有宋歌。

而就像浪漫童话里上演的那样,灰姑娘高声呼喊着王子,王子瞬间便赶到,安然简直不敢相信自己的眼睛。穷凶极恶的歹徒在她身后疯狂挥舞着匕首,她的肌肤似乎已经感受到刀尖划过的疼痛,接着脚下一软重重摔倒在地。就在千钧一发之际,黑暗中突然飞出一个矫健的身影将劫匪扑倒在地,然后俩人翻滚着扭打起来。安然坐在地上惊魂未定地看过去,这才发现这个舍命相救的英雄不是自己此刻最想见到的宋歌又是谁?

安然捂着嘴,泪如雨下!

数名大厦的保安赶到了现场,他们挥舞着手中的橡胶棍上前擒凶,歹徒见势不妙赶紧逃跑,正好被迎面而来的警察抓了个正着。安然长吐一口气,她知道自己安全了,可宋歌不见了。她赶紧往回寻找,很快便看到斜靠着一辆车车门的宋歌正表情痛苦地捂着自己的肚子,缓缓地瘫倒在了血泊中。

4

宋歌命大,医生说如果刺进他肚子的利刃再往左偏一公分就会割开他的腹主动脉,到时候就算不死也重伤,而现在只不过需要受一段时间的皮肉之苦便可痊愈,基本上不会留下什么后遗症。

要是别人得知这个消息肯定特后怕,宋歌却很开心。对他来说,不但救了自己深爱的女人,还凭借此举减轻了她对自己的恨,更是获得了很多和她在一起的机会，简直没有比这个更完美的结果。

而对安然而言，事情发生后她则又害怕又纠结。害怕是因为警方调查发现这个穷凶极恶的劫匪盯上她已经有一段时间，而且据他交代一旦得手后就算拿到钱也不会放过她，撕票将是他唯一的选择，因此如果不是宋歌及时出现，以命相救，那天晚上最后的结局会怎样谁也不敢想象。当然，通过这件事安然终于知道宋歌这些日子其实一直都在暗中保护着自己，每天不管自己下班有多晚，他都会悄悄跟着自己回到家才放心离去。而他之所以要这样做，不只是因为他对自己的关爱，更有他对危险敏感的直觉，直到此时安然不得不承认，对她及她的公司正在经历的这场危机的认知，宋歌要更客观，也更深刻。

至于纠结就更好理解了，宋歌救了她的命，天大地大命最大，记得他俩热恋那会儿，都曾说过对方比自己的命还重要，当时只是为了表达内心炽热的情感，现在宋歌却用实际行动证明了他为了安然可以连命都不要，这怎能不让她感动？按理说，救命之恩，当涌泉相报。可这一切来得太突然，她恨宋歌恨了这么多年，都恨成习惯了，今后她究竟该如何面对他？她真的不知道。

然而最让她意想不到的是：通过这次生死攸关的危机，她才意识到自己在恨的深处其实还是爱。是的，她依然爱着宋歌，一直都爱，只是因为太想去恨了，所以故意将爱藏了起来，时间长了，就当成了真，直到在最危险的关头，这份爱才冲破所有的桎梏来到她的面前，让她无法回避。

"不管将来如何，现在他都是因我而受伤，照料他我责无旁贷。"安然最后决定放下所有杂念，从人道主义出发，先好好陪伴宋歌养伤，其他的，等他身体康复了再说。

对于安然的表现，宋歌当然无比欢迎及欣慰。自从分手后，他俩就没在一起好好聊过天，见面次数极少，见到了还总吵。现在好了，宋歌住院期间，安然几乎每天都会来探望，给他带来自己亲自下厨做的可口饭菜。她最懂宋歌的胃了，因此每顿饭菜都让宋歌赞不绝口，三口两口就吃完还说不够。此外，安然还会帮宋歌整理床单，打扫卫生，然后推着他坐的轮椅到外面散心，呼吸呼吸新鲜空气，这些个场景都温馨无比。

当然，温馨也只是表面，安然人虽在宋歌身边，但心始终还是端着的，不管他如何嬉皮笑脸地逗自己，她都保持沉默。两个人之间最常出现的情景就是宋歌从见到安然第一眼开始便跟打了鸡血似的，一直情绪亢奋，全程喋喋不休，而安然却不苟言笑，等把所有流程走完就走，以此表明自己只是来履行责任，而非对他有情。

对此，宋歌丝毫不以为然，现在他可以和安然靠得这么近，闻着她身上那熟悉的香味，享受着她对自己细致入微的照顾，已经感到无比满足。唯一不爽的就是自己身体恢复得太快，才过两个星期医生就说他可以出院了，宋歌一听大惊失色，说自己还没好呢，恳求医生再让他多住几天。

医生赶紧又做了一遍检查，然后确认回答："你完全康复了。"

宋歌还嘴硬："伤口还疼呢。"

医生又回答："正常现象，你都快比我健康了。"

宋歌急了，说："不管好没好，我都不想走，只要让我继续住院，我可以支付十倍的住院费。"

医生和护士听了面面相觑，心想现在的有钱人也太会玩了吧，做什么不好偏要住院？咱医生虽然清贫但有操守和气节，你必须按时出院，晚一分钟都不行!

就这样,宋歌再怎么死乞白赖也没如愿延长住院时间,只得愤愤离开。

出院那天,安然一边帮他收拾东西一边嘲讽他:"怎么连出院都没人来接?看来你做人真不怎样!"

"很正常,我本来就没什么朋友,因为想成为我的朋友,太难了!"宋歌斜躺在床上,跷着二郎腿,"再说了,这不是有你吗?其他人来不来无所谓。"

"你的好基友王健霖呢?怎么他也一次都没来看过你?"

"他早就逃到西藏去了,看来这家伙被你姐伤得真够深的。"宋歌瞅着安然,"你们谢家的女人,简直一个比一个无情!"

安然用手在宋歌伤口上轻轻按了一把:"好好说话!"

"不敢了,不敢了!"宋歌疼得捂着肚子哇哇乱叫,不停求饶,"你们谢家女人,一个比一个好,人见人爱,花见花开,车见车爆胎……女侠饶命啊!"

5

回去的车上,宋歌想起了什么,指着安然的卡宴调侃起来:"你这车坐着挺舒服,不过再过几天就该属于别人了吧。"

安然一愣,还是表情很淡定地回应:"这个用不着你操心。"

"喂,谢安然同学,你没必要这么现实吧!这才刚出医院门几步远,就对我冷若冰霜啦!"宋歌抱怨着,还真挺委屈,"我要是不操心你,我能救了你吗?"

安然没再怼回去,因为宋歌说得都很对,时过境迁,她也确实不该再对他充满敌意。

宋歌当然不会错过这个机会,赶紧将心中的话一吐为快:"我知道你现在还苦苦守着,是为了那部电影,但我怎么也没想到你会蠢到这个地步,竟然要卖房卖车去做宣发。就你那点儿钱够干什么的?杯水车薪。我可以很负责地告诉你,这样做只有死路一条,不但救不了这部电影,最后连你自己也会套进去,这么多年的努力,等于全白费了。"

"我知道啊!"

"知道自己蠢还是知道你救不活这电影?"

"都知道!"

"那你还执意这么干?"

"因为这电影是我一手做出来的,就算死也得死在我自己手上。"安然激动地回应起来,"就算死也要让人看见,死也要死得明明白白,总比连上映的机会都没有就死了的好,死得窝囊,一点都不值得。"

"很好,这的确是你谢安然能够做得出的事。"宋歌点点头,"不过干吗总想着死呢?既然你花费了那么多心血,为什么不能让它好好活着呢?"

"我……"安然眼神黯然,"我做不到。"

"不,你可以,你只是要面子,放不下成见,宁可死,也不愿意求助我。"

"随便你怎么想。"安然别过脸去,"如果你只是想嘲笑我,你已经成功了,现在可以闭嘴了。"

"真是服了你了,都到这个地步了还嘴硬。"宋歌急得直摇头,"好好好,你不愿意求我,那我求你,求你同意我出钱来做那部电影的宣发好不好？求你让我来把那部电影救活好不好？求你再给我一个机会和你并肩战斗，好不好？"

安然猛踩刹车，卡宴在滑行了长长一段距离后停了下来。

车内，安然双手紧握方向盘，浑身急剧颤抖着，她拼命控制着情绪，从喉咙里缓缓挤出一个字："好！"

"谢谢！"宋歌长长松了口气，"电影是我们共同的梦，谢谢你让我能够继续和你一起做梦！"

"可是，即便是你加入，这部电影也很可能失败，会让你赔很多很多钱……"

"我愿意！我宋歌做事从来只看喜欢不喜欢，不看合不合适。钱算什么？如果钱不能让我快乐，不能给我自由，那么钱就一无是处。"

"好了，好了，你喊什么？"安然情不自禁翻了个白眼，"瞧你那嘚瑟样，就等着我这么问呢，是不是？"

"反正我心甘情愿，绝对没骗你。"宋歌又恢复了嬉皮笑脸的样子，"以前我没骗过你，现在不会，以后也不会。"

"我宁愿你过去骗我，"安然突然鼻子一酸，别过脸，悲伤地说着，"只可惜，你连这个都不愿意。"

宋歌秒懂安然说的是什么意思，这些年他一直在反省，也一直在后悔。此情此景让他柔情百转，情不自禁地拉起安然的手，真诚地说："小然然，过去的事就不提了，我们重新开始吧，好吗？"

"不好！"安然将手抽回，轻轻摇头，"有件事，我想我应该告诉你。"

"你说！"

"我……准备去相亲了。"

"相亲？！"宋歌先是匪夷所思地看着安然，接着大笑了起来。

"你笑什么？"安然瞪他。

"真的很可笑有没有？谢安然你说你做任何事情我都不觉得奇怪，唯独这相亲，绝不可能。"宋歌眼泪都笑出来了，"真想象不出来你相亲会是什么样子，拜托，你就算想拒绝我，也不要找这么扯的理由。"

"我没骗你，是我妈的主意，我妈说如果我再不找个对象，她就会死不瞑目。"安然怔怔地看着前方，"她现在得了肿瘤，还在化疗，我不想让她再对我失望，更不愿有一天她真的带着遗憾离开。"

"小然然，我能理解你的心情，可是，相亲这么老土的事对我们这种人来说也太荒谬了，"宋歌冷静下来，言语中也多了几分严肃，"你千万别勉强自己，真的没必要。"

"不勉强，人都是会变的，这一年发生了这么多事，有痛苦，有绝望，也有希望。"安然看着宋歌，认真地说，"我在经历了这次生死劫难后终于明白，希望其实一直都在，而且就蕴藏在最不可能的事上。我们看不见是因为不愿去看见，生活没有错，有错的是我们，与其总是在原地打转，彼此痛苦，还不如放下沉重的过去，换种方式重新开始。我想我已经找到了与过去和解的方式，希望你也可以，再见。"

"换种方式……重新开始……相亲……与过去和解……"下车后，宋歌站在路边使劲琢磨着安然说的这几句话到底什么意思，也不知过了多久，他突然喜形于色地对着安然消失的方向大声喊了起来。

"小然然，我们都要和过去和解，我更要亲手给你幸福！我知道怎么做了，等着我！"

6

对安心来说，她这段时间精神上备受摧残，几乎来到了崩溃的边缘。

首先是小妹安逸跳楼让她又担心又闹心，其次王健霖因她远走西藏更让她怅然若失——尽管她从来就没有在情感上动摇过，可是说一点儿都不在乎是不客观的，她着实需要一段时间去消化这份微妙的情愫。紧接着和自己感情最好的二妹安然又差点儿遇刺，更是让她惊魂未定，而自己的老板英雄救妹身负重伤则让她心疼且愧疚。此外，这段时间妈妈一直在化疗，她身体的反应越来越强烈，头发已经全部掉光了，更夸张的是药物里的激素让老太太胖了好多，整个人看上去臃肿不堪。老太太好强，嘴上总说没事，背地里却偷偷抹眼泪，安心当然明白，她心里无比难受，却不知道自己还能为妈妈做点儿什么，于是越来越自责。

然而，以上所有烦忧都还不是她眼前最棘手的，她当务之急要面对的是儿子幼升小的问题，这是他们家现在最大也是最严峻的事儿，苏扬为此已经折腾了大半个月，想尽了各种办法却毫无进展。政策面前，个体再有意见也只能接受，这个道理大家都懂，可就是不甘心，尤其涉及子女的教育问题，哪怕只有万分之一的机会，打破脑袋也要争取。

"老公，你说有没有可能一开始我们的想法就是错的呢？"一天晚上，安心在听完苏扬垂头丧气地告诉自己他又做了哪些失败的尝试后，突然如是说。

"想法是错的？你是说我们就应该接受调剂，随便儿子上哪所小学，而不是像现在这样瞎折腾？"苏扬立即急眼了，"怎么还提这事儿呢？不都说好了吗？不能放弃、不能放弃，不到最后一刻，我们绝不能放弃！"

"不是的，老公，你先别急！"

"我没法不急,今年的幼升小入学手续提交截止日期就只剩两个星期了,我什么办法都想到了,什么人都求过了,什么努力都尝试了,统统没戏,现在我真不知道还能怎么办!"苏扬哭丧着脸,"总不见得真要把儿子送回老家吧?唉……"

"我是说,有没有可能我们房子的入学资格还在呢?"

苏扬愣了下,然后轻轻摇头:"上家房主的孩子去年刚上的小学,卖房子的时候他亲口说的,你也在场。"

"是,就因为我们都亲耳听到了,所以才笃定地认为我们房子的资格已经被用了。但是我们并没有亲眼看到他家孩子上我们房子对口的小学。"

"不上这小学还能上哪里?否则他们干吗等孩子入学了才卖房子,不就是等着用这个指标吗?"

"这些都是我们以为的,也有可能人家还有别的房子,孩子用的是其他房子的名额上的学。"安然越说越笃定,"事到如今,我们最应该做的是确认信息,而不是始终朝着一个方向使劲儿,在一棵树上吊死。"

"你这话说得,我都这么大的人了,难道还不知道要核实?"苏扬又急了,"之前一直说网上就能查到每个房子对应的入学名额使用情况,我天天上去查,可一直没我们那房子的信息。我给居委会打电话,人家说这事儿不归他们管,得问教育局,我给教育局打电话反映情况,结果教育局说他们现在忙疯了,让我上网查,我就像个皮球一样被踢来踢去……"

"我们可以直接问前房主,"安心适时打断,"这才是最简单,也是最直接的方式。"

"我不是没想过,可会不会有点儿不好?"苏扬面色为难地说,"感觉在质问人家一样，人家也没做错什么。"

"这不是没其他办法了吗？说到底，你还是害怕面对最差的结果，一直在逃避。"安心眼神中流露出坚毅的色彩，"老公，你别多想了，就算我们的资格真没了，结果也不会比现在更糟糕。但只要还有一丝希望，我们都要去争取。"

"嗯，我现在就给他们打电话。"苏扬被安心说中了心思，赶紧开始翻箱倒柜，"电话在购房合同上，可是合同在哪里呢？这家搬的，全乱了。"

"老公，你别急，现在都快12点了，人家肯定都睡觉了。"

"行，那明天早上我再打。"苏扬激动地说，"老婆，我早该给他们打电话了，可我确实特别害怕从他嘴里听到我最不想听到的答案，感觉就像被人宣判了死刑，所以我宁可自己瞎折腾，也不愿直接面对。可现在我觉得你说的都是对的，这没什么好怕的。还是老婆你能干又聪明，我简直一分钟都离不开你！"

"嗯，这本来就是我们家的事，老公你没必要一个人扛着。"安心见苏扬放松了，自己也高兴了起来，"不过如果事实证明是我们想多了，你也千万别失望啊！"

"放心吧，我什么什么都缺，就不缺失望。"苏扬笑着说，"现在但凡有点儿转机，都是对我最好的奖励，奇迹一定会出现的。"

7

第二天一大早，苏扬迫不及待地给前房主打电话，没想到对方关机。起先他以为太早，于是又熬了一个多小时，结果打过去还是关机。整整打了一上午，始终没打通。

苏扬慌了，心想他好好的为什么要关机呢？难道换号了？那这个号码应该停机或者不存在了才对，还是对方在故意躲着自己？也不能够啊，他又不知道自己要联系他。就这样，本来一件稀松平常的事，苏扬却满脑子胡思乱想且越发紧张，无论如何他都要找到对方，于是午饭也顾不上吃，直接驱车前往当初买房子的中介那里。一路上，苏扬不停祈祷负责他们交易的房产经纪人小赵没离职，等他到了后，顿时松了口气——小赵正西装笔挺地站在外面口若悬河地给客户打电话呢，什么经济下行、职场艰难，在小赵的脸上都没有丝毫体现，看着他那张激情洋溢的脸，感觉楼市的春天就在眼前。

等小赵打完电话，苏扬赶紧上前，轻拍了一下他的肩膀，问："哎，还认识不？"

"这不是我苏哥吗？咋还问认不认识了呢？"小赵满脸堆笑，开心地也在苏扬肩膀上拍了下，"忘了谁也不能忘了苏哥您呀！"

苏扬赶紧问："你能联系上卖我房的那位先生吗？我找他有急事。"

小赵一愣："苏哥您这是想干啥呢，退房啊？放心，您别看现在房价是跌了点儿，可是没毛病，都是限购闹的，过两年啊全得解禁，到时候房价还得涨呢。现在北上广深都比香港有钱了吧，可房价连香港的一半都不到，人口比香港多几倍，这就很能说明问题。所以说呀，苏哥，您这房子绝对买值了，先别着急往外抛，更不能退，当然了，退也退不掉，您再捂捂，等到最合适的时候我会通知苏哥，保准您能比现在多赚上百来万。咱也不图别的，到时候苏哥记得给小赵我打个好评，多给亲朋好友推荐推荐就行，怎么样，小赵人够意思吧？"

苏扬急得一口气差点儿没倒腾过来，急赤白脸地说："你就说能不能联系上他。"

"能,合同上有,我这就给您找去。"

苏扬气急败坏:"那个没用,我打了一上午了,一直关机。"

小赵耸肩摊手:"那就没办法了,我本来是有他微信的,后来我好友名额满了,就删了,连苏哥您,我都删了。我们做房产中介的都往前看,过去的没必要老惦记着,您说是吧,苏哥?"

苏扬压着火气:"那你知道他现在住哪儿吗?"

"那就更不知道了,我就知道他家房子挺多的,海淀,朝阳,东城,西城,恨不得每个区都有,都是拆迁拆的。这北京土著啊,再不济家里都得有几套房,卖房子跟卖白菜差不多,人根本不在乎。不像有些外地人,买套房子跟要了命似的,这个算计啊,你说他们能算得过我们专业房产经纪人吗?也不想想我们干啥的……苏哥您别走啊,我还没说完呢,我刚接手一个条件绝佳小户型,满五唯一,免税少佣金,业主现在直降十万,一次性付款还能再谈,特别适合您……苏哥……大爷的!"

8

离开房产中介后,苏扬决定去他们新房对口的那所小学看看。从现有的信息判断,要想短时间内找到前房主不大可能了,那么干脆去学校看能不能找到他们的孩子,这样更直接。这个想法脑洞和难度都挺大,但眼下也没有其他办法,只能试试。

当苏扬来到那所小学门前时正值下午放学,孩子们潮水般地涌了出来,低年级的学生基本上都有家长来接,高年级的则有不少选择独自回家,还有不少同学跟随举着托管班牌子的阿姨离开,剩下的则都是要参加学校举办的"课后一小时"。相比幼儿园单一的场面，这里的生态可谓丰富多彩，苏扬看着看着就产生了幻觉，好像看到了棒棒也位列其中，穿着这所学校漂亮的校服正向自己奔跑着过来。这让他的表情显得又真挚又迫切，没有人怀疑他来这里的目的，甚至有家长热情地问他孩子几年级了，苏扬只得语焉不详地应付过去，然后赶紧换一个地方继续观察。他特别害怕突然看到卖他房子的那对夫妻，那等于直接宣判了他的"死刑"，所幸一直到学校大门关闭都没出现对方的踪影，这让他松了一口气。可是他并不能就此盖棺定论——眼见为实不假，但眼不见也不一定为虚，万一是自己看漏了呢？万一不是他们夫妻亲自来接的孩子呢？万一他们孩子今天请假压根没来上学呢？这中间的可能性多了去了。不过，既然都已经走到了这一步，他必须彻底排查，不找出心中的答案决不罢休。

可是，他怎么才能找出最终答案呢？他甚至连那孩子的姓名都不知道，他只知道孩子家长的姓名。对，查不到孩子那就查家长。怎么查？直接进去找校长？对他说："喂，你们学校有爸爸叫某某某的学生吗？"说着都拗口，不被赶出来才怪。可除了校长有这个权力和资源，谁还能帮他这个忙？苏扬实在想不出，又不愿放弃，只得不停地抓耳挠腮，在校门前焦急地走来走去，一会儿大叫"有了"，一会儿又发出重重的叹息，然后变得更加垂头丧气，整个人看上去和精神病患者没有太大的区别。

这时学校的保安队长突然过来了，结果一看到苏扬，乐了："哥，怎么是你！"

"你好……"苏扬愣了下，眼前这保安怎么有点儿眼熟？再定眼一看，竟然是儿子幼儿园那个和自己不打不相识的黑脸保安，顿时叫了起来，"原来你到这儿啦，我说怎么有段时间没见你了呢！"

保安队长挺了挺胸，一脸自豪："我早跳槽了，现在这所学校的治安都归我管呢。"

"行啊，升职了，状态都不一样了。当初那么多保安，我就觉得你最有出息，果然没看错。"

"是啊，那么多家长，就你一个人看得起我，对我最客气不说，还鼓励我不要满足现状，时刻保持学习，这样才能越混越好。"保安队长连连点头，"你这些话我都听到了心里，这不，正好遇到这里在招保安队长，就过来应聘了，结果一下就中了，现在待遇比以前高了很多，领导对我也更器重，我干得很带劲，我计划将来自己出来开家保安公司，哥，你觉得我这想法中不中？"

苏扬不假思索地肯定回答："我看中！"

队长更高兴了："你说行就肯定行，谢谢哥。"

"客气啥，都是好兄弟，加油！"苏扬说完转身要走，"时间不早了，我先回了，有空再来看你，拜拜。"

"哥，咱好不容易又遇上，怎么着也得一起吃顿饭。"

"不用，不用，"苏扬反而不好意思起来，"我家里真的还有事，下回我请你哈……"说完忙不迭地往外走。

只是还没到门口，苏扬脑子突然灵光一现，赶紧回头："你刚才说你是这里的保安队长？全校治安都归你管？"

"对啊，"这回轮到保安队长纳闷了，"你不相信？我骗你我就是王八。"

"太好了，太好了，"苏扬瞬间激动万分，小跑上前紧紧拉着队长的手，"我刚才咋就没想到呢！"

看着苏扬激动得满脸通红，队长吓得用力把手抽了出来，往后连退了两步:"哥,你没事吧?"

"没事,不,有事,我问你,我要是给你一个孩子家长的姓名,你能查到那孩子的信息吗?"

听闻此言,队长立即警惕起来:"你想干啥?"

"哎呀,你先别管我想干啥,"苏扬越说越激动,"你刚才不是说很感谢我吗?现在我有个小忙需要你帮,肯定不违法乱纪,你就说能不能查到?"

"我是保安队长,学校里每个孩子的家长姓名和联系方式我这里都有,"保安队长话锋突然一转,"但是我不能帮你查。"

"为什么?"

"因为我只要不是为了学校的治安去做这事,就是违法乱纪。"

"要不要这么讲原则啊?"

"必须的,我是保安队长,要以身作则。"

"行,那如果是为了学校的治安呢?"

"那更没必要查了,"队长脸上又洋溢着之前的那种绝对自信的气场,"学校的治安都在我的掌控中,好得很,没毛病。"

苏扬急死了,可他对这保安队长的轴劲儿早就深有感受,知道硬来没戏,于是换了个方式说:"那我问你,如果你查了,我是说如果啊,你查到了把那孩子的信息给我,肯定不行,对不对?"

"对,"保安队长笃定地点头,再次强调,"除非学校让我做这事,否则绝对不可以。"

"知道了,知道了,都说是如果了——如果你查了,什么都没查到,那还是违法乱纪吗?"

"什么都查不到那还查它干吗?"保安队长一脸不服气,"再说了,这学校就没我查不到的人。"

"你最厉害你最棒,你就回答我,如果你什么也没查到,算不算违法乱纪?"

"那肯定不能算。"

"那就好,我给你一个孩子父母的姓名,你查一下,如果有,你什么也不要说,就当这事儿没发生过,如果查不到,你就告诉我没有,中不中?"

保安队长听得有点儿蒙圈了,他怔怔地看着苏扬的眼睛,仿佛要从中发现点什么不为人知的秘密。就在苏扬被看得心中直打鼓,几乎要放弃这个念头之际,他终于听到保安队长清晰地回答:"中!"

9

那天晚上,苏扬和保安队长喝得酩酊大醉,最后恨不得歃血为盟、义结金兰。

回到家后,苏扬扑在安心身上,痴笑着,用最后一丝清醒的口吻在她耳边说:"老婆啊,你说对了,我们儿子的名额果然没有被占用!"

说完,他脖子一歪,昏睡了过去。

安心费劲地将苏扬拖到床上,用热毛巾给他擦拭身体,给他喂蜂蜜水,然后坐在他身边,轻轻拍打着他的身体,宛若在哄婴儿入睡。

午夜时分,苏扬醒了过来,迷迷糊糊看到安心正深情地凝视着自己,如水的月色静谧地洒在床前。

苏扬挪了挪身体,将头枕在安心腿上,然后胳膊顺势搂住安心的腰,抬头问:"怎么还不睡?"

"睡不着，也不想睡。"安心柔声回答，同时双手在苏扬太阳穴上轻轻按摩起来。

"舒服！"苏扬感慨着，"真的好高兴啊，一年来都没这么高兴过，我们儿子可以正常上小学了，什么都没耽误，真好。"

"嗯，不过接下去还有不少麻烦呢，我们的五证还没全，得抓紧了。"

苏扬满不在乎地说："没事，那些都简单。"

"可不能大意啊，我们暂住证就要过期了，得换新的；你还得回老家一趟，办理户籍所在地的无监护条件证明；最最重要的就是社保证明，你好久不上班了，社保也断了好几个月，我刚上班，估计还没交够期限，这中间指不定还有很多麻烦事呢。"安心说着说着又忧愁了起来，苏扬却一直含情脉脉地看着她，嘴角还洋溢着温情且轻松的笑容。

"放心吧，我的好老婆，所有这些我早就考虑过，虽然确实会有些棘手，但最后肯定都会圆满解决的，相信我。"苏扬坐了起来，一只手轻轻握住安心的手，将她拥入怀中，然后低头在她的额头上亲了下，深情地诉说了起来，"现在想想，这些麻烦又算得了什么呢？这一年我们遇到的麻烦还少吗？不都过来了吗？"

"记得以前上班的时候，我每天都特别焦虑，老想着公司新研发的产品卖不动了怎么办？团队里重要的成员要辞职留不住了怎么办？行业大环境变得越来越不好了怎么办？世界经济形势越来越严峻了怎么办？这个星球再也不适合人类生存了怎么办？反正脑子里想的都是大问题、大麻烦、大是非。我根本没有生活，更不知道什么才是我最重要的幸福。后来我最担心的事都发生了，最关键的是我连养家糊口的工作也没了，人生好像戛然而止了，要钱没钱，要面子没面子，要未来没未来，只有一屁股债，还有别人无休无止的嘲笑以及对父母、家庭的深深愧疚。有两次我甚至觉得自己肯定过不去了，想死的心都有，那真是我的至暗时刻。

"可是结果呢？再迈不过的坎儿不还是过去了？只是万万没想到的是，我竟然成了一名家庭主夫，更没想到的是，全职在家的日子不但继续过着，反而越过越踏实，越过越有滋有味。虽然还会遇到这个麻烦那个困难，但我不会再像以前那样焦虑和悲观，我突然觉得这些其实没什么大不了，都是人生常态，积极面对就是。该争取的就全力以赴，其他的就顺其自然，累脑别累心，反正再难一天也要吃三顿饭，吃饱了比什么都强。开心也好，难受也罢，睡醒了又是新的一天，太阳照常升起就是人间最美丽的风景。

"所以啊，只要我们一家人在一起，彼此信任、互相鼓励、齐心协力、共进共退，再多的难、再多的苦都会过去，生活也肯定越来越好。对此我坚信不疑，亲爱的老婆，请你也一定要相信！"

尾 声 世事如书

1

关于苏扬和谢家三姐妹后来的故事,多少都有些"万万没想到"。

首先出人意料的是:安逸回美国后不久竟如愿以偿成为人气爆棚的网红,让她声名大噪的不是什么直播,而是Vlog(视频播客)。

相较其他视频形式,Vlog更具有剧情属性,对创作者的台词、演技也都提出了更高的要求,这些颇有难度之处恰恰成了安逸的优势所在——经过在国内小半年的折腾,安逸对生活的洞见、人性的理解、粉丝的喜好、表演的拿捏等都进步不小。安逸忽地就全想明白了:自己若想异军突起,必须和别人不一样,举止言行更是得建立在受众已有的认知和内心的期待之上。于是她首先改变了造型,从一名"性感花臂小网红"摇身变成"清纯古典中国风",每天穿着精美的汉服,梳着漂亮的发髻,说话时美目盼兮、欲说还休;走路时弱柳扶风、婀娜多姿……举手投足间,风情万种。

美国人哪在身边见过如此扮相的女生啊,以为安逸是从中国古代穿越过来的呢,顿时传疯了。

除了造型独特,安逸更是给自己精心打造了全新人设:一位独自在异国求学打拼,对生活讲究,更崇尚自由的女大学生,她从不妥协也绝不迎合,只因太过思念远方的家人,孤独始终是她灵魂的底色。为了缓解内心的荒芜,她别出心裁地将自己的单亲妈妈和两位姐姐分别用三个漂亮的布偶娃娃代替,每天都给它们穿衣打扮,并且用不同的语气为它们配音,然后大家一起吃饭、一起逛街、一起聊天、一起入睡……这样虽然自己远隔万里,但仿佛依然和至爱的亲人们生活在一起。

那段时间安逸几乎天天熬夜写剧本、拍摄、做后期,每隔一周便会上传最新的Vlog到网上,分享自己的"家庭生活"。老外觉得有意思极了,看上去吵吵笑笑、无比热闹的一家,实际上从头到尾都只有她一个人在表演,而且每个"人"都好有性格:妈妈的"操心却爱犯糊涂",大姐的"热情总闯祸",二姐的"刁蛮不讲道理"都给网友留下了深刻印象,更是充分满足了他们对中国家庭和女性的窥视欲。

正所谓:时也,命也!其实Vlog并非什么新鲜事物,多年来始终不温不火,直到安逸回到美国的那段时间才突然成了全球最受瞩目的视频形式,而安逸正是被这股庞大的流量浪潮迎头击中,继而被裹挟到了最高处,成了炙手可热的Vlogger。安逸自然清楚这股浪潮很快就会过去,所以她尽情享受着眼前的荣光,至于未来的人生之路将会怎样,她不知道也懒得去想,反正生命不息,折腾不止,只要抱持这个人生信条,生命终将精彩,对此,安逸充满信心和期待。

2

相较安逸的突然走红,更令人意想不到的是安然竟真的开始相起亲来,并且至少在五家婚恋平台上注册成为VIP会员,为此花费不菲,每天都有平台专属红娘为她推荐各色候选者,其中不乏"钻石王老五"级别的相亲对象。然而无论对方条件多好,安然都不为所动,能不见面就不见面,就算见面也是匆匆一瞥,面试一样问几个无关痛痒的问题后便起身告辞。对方特别尴尬,转身就向平台投诉:什么玩意儿,能不能走点儿心?酒托都比这热情,差评!

一次如此,两次如此,次次都如此,到最后红娘都受不了了。红娘苦苦哀求:"谢总啊,您到底想要什么样条件的?您说清楚了我们好去找,别让我蒙,我太难了。"

安然淡定地回答:"我不想找。"

红娘更崩溃了:"那您干吗还要来相亲?"

"我在等一个人。"

"人在哪里?"

"在我身边。"

"那为何还要等?"

"我在等他来和我相亲。"

红娘彻底蒙了:"都什么乱七八糟的?偶像剧看多了吧?再见,老娘不伺候了。"

就这样,两个月内,安然气跑了四位红娘,关于安然情感之怪异的传闻,甚嚣尘上。

对此安然毫不在乎,她本就没指望真的通过相亲解决自己的终身大事,这不过是她的一种姿态,为了给某人一个台阶。

事实上,她以为自己那天在车内坦露心声后,某人就会立即响应,然后通过她注册的相亲平台主动找上门来,双方好像萍水相逢那样再续前缘。

很遗憾,某人始终没有如她所愿。更让她无法理解的是,这段时间她和某人齐心协力地做着那部电影的宣发,他俩每天都会保持大量沟通,因此某人对她相亲的行为清楚无比,可某人从来都不发表意见,好像此事和他没有一丁点儿关系,他对此更是毫不在乎。

任凭安然机关算尽,也没想到最后是这样的结局。她有苦难言,暗自生气,然后把所有的心思都用在工作上,如果这部电影能成功,便是对她最好的慰藉。

只可惜,她的梦想还是破灭了,虽然有了某人的倾力参与,虽然他为此投入了难以计数的金钱、精力和资源,电影票房依然平平。这不奇怪,毕竟人心再高,也敌不过大势所趋,石门影业气数已尽,大罗神仙都无力回天,能有此结局,已经不易。

等电影下线了,临时组建的项目组也该解散了。吃散伙饭的那天,安然很伤感,自知今日一别,从此江湖路远,大家不知何时才能再相见。更让她难过的是,过去两个月,因为这部电影,她和某人并肩奋斗,克服了一个又一个困难,更是找回了最初创业时的默契和温暖,那些曾经的误解和伤害也纷纷被抚平,而这一切,也很快都要随风而散。

想到这些,安然真的好想哭。事业彻底黄了,感情也遥遥无期,此时此刻她就是一个内心敏感又自卑的小女孩,觉得自己的人生实在太失败。

失败的人自然要多喝点儿酒,安然很快就把自己灌得半醉。酒精给了她勇气,她给始终没有出现的某人发了好几条信息,问他为什么不来?是不是因为电影败了而不悦？要不要那么小气？现在人又在哪里？

某人始终没有回应，安然只得继续喝酒，喝着喝着眼泪就流了出来。

早知如此，还不如分手后就不要再遇见，遇见了也不要再动心。现在好了，还未结痂的伤口上又被撒了把盐，更疼。

就在她即将酩酊大醉之际，第五位红娘突然打来电话，无比兴奋地告诉她，平台已为她匹配了一个超级符合她要求的相亲对象，让她立即过去参加约会。

安然刚要骂娘，转念一想，还是答应了下来。

很快她来到了红娘提供的地点，一家位于望京的网红烧烤店。在那里，某人穿着六年前她亲手买给他的衣服，留着六年前的发型，正笑意盈盈地站在门口等着她。

最神奇的是，烧烤店的所有装修布置全都恢复到了六年前，甚至服务员都还是六年前的那一批。

安然顿时酒醒了一半，懵懵懂懂地走上前。

见到她后，某人立即拉住她的手，以热恋的口吻对她说："小然然，我等了你好久啊，我们先吃你最喜欢的烤串，然后我带你去看一套公寓，那是我要送给你的家，好不好？"

某人连说话的语调都和六年前一模一样，就仿佛时光出现了缝隙，一切都没有改变，他们也从来没有经历这漫长的分离。

安然先是愣住，眼泪夺眶而出，然后捂着嘴，不停地点头，说："好！"

时光改变了很多，所以他决定改变时光。

这就是关于他们破镜重圆的爱情，宋歌所能想到的最美好的方式。

为了这一天，他憋了好久，也准备了好久，所幸最后的结局是那么完美,而这一次他会用心守护自己所爱,直到永远。

3

这段时间,若要问谢家三姐妹谁最知足,还得是大姐安心。在经历了一连串的"暴击"后,她的生活彻底变得明媚起来,好事更是接踵而至。

首先是他们全家搬到了海淀,那里有他们的新家,儿子棒棒也有惊无险地升入了心仪的小学——他们家的头等大事得到了圆满解决;其次是妈妈的肿瘤通过积极治疗已经取得了显著成效,相关指标越来越好,老太太的心情也很是不错,虽然还不肯回自己家长住,但已经和苏扬冰释前嫌,对此她无比满足;接着是三妹安逸成了网络红人,算是梦想成真,她这个当大姐的自然感到欣慰;而最让她开心的还是二妹安然终于解决了自己的人生大事,对象还是自己的老板。有情人终成眷属,这真是最美好的结局。

还有王健霖,他告诉安心,自己在西藏很好,请她不要担心,他打算在那里安静地完成下一部作品,如果她愿意,请为他祝福。

她当然愿意了,她是发自内心地希望他越来越好,也祝福身边每一个人都可以越来越幸福。

总之,现在的一切都遂她心愿,生活更是充满了希望。

所以,她决定"功成身退",迎接新的人生挑战。

当她对苏扬和盘托出心中的想法:自己回归家庭做全职主妇,苏扬重返职场继续人生打拼时,苏扬想也没想就拒绝了。

"老婆,我觉得现在这样特别好,你工作越来越出色,我持家也渐入佳境,就别再换回去了。" 苏扬说得诚恳无比,他是真心喜欢上了现在的生活状态。经过这段时间的突击，他的小说也终于写完了，整整20万字，他特别满意。接下去他还打算写第二部、第三部。如果重新上班了，这个梦想也就破灭了，他真心不想放弃。

"不行，说好就一年的，现在已经到期了。"

"没事，可以延长嘛，一辈子都可以，我愿意。"

"我不愿意。"

"为什么呀？"苏扬佯装不悦，"你给我一个不得不答应的理由！"

"因为，我怀孕了！"安心幸福地说着。

"啊……"苏扬整个人先是愣住了，然后激动地大喊起来，"老婆，你说什么？"

"我怀孕啦！已经两个多月了，这个理由够不够？"

"你、你、你……我、我、我……"

"老公，你不高兴吗？"

"不是，不是，我特别高兴，"苏扬整个人手足无措起来，"只是实在太意外了，我需要消化消化，我的天哪！这是上天送给我最好的礼物！"

苏扬是真高兴啊，他很清楚生二胎意味着什么，意味着他会拥有更多的爱，也要承担起更多的责任，他们人生的很多际遇也都将随着新生命的诞生重新来过。想到这些，他越发激动起来，他突然很感谢这一年全职主夫的经历，让他可以更从容地迎接生活给予的恩赐和挑战。现在，他对自己，对安心，对这个小小的家，以及自己新的人生任务都更加充满了信心。

"老婆，我答应你，明天就去找工作。我现在充满了力量，一定不会让你失望的！"苏扬亲吻着安心的肚皮，温柔地说，"对了，我也有一个礼物送给你?"

"什么礼物?"

"一部小说,书名叫《主夫难当》,里面有我对你的爱,还有我们在一起的全部时光。亲爱的老婆,生活不易,你最珍贵,不管未来有什么风浪,全家人都要同心协力一起扛。相信每个看过这本书的朋友都会喜欢我们的故事,为我们送上真挚的祝福。岁月如梭,世事如书,也祝愿天下有情人终成眷属,幸福安康。"

(全书完)

后　记　全职主夫

1

我清楚地记得，2018年7月14日，我结束了十余年的职业经理人生涯，回归家庭，从一家影视公司的高级副总裁摇身变成一名全职主夫，开始接受生活给予的全新命题及挑战。

那天是我38周岁生日。

此举虽为主动，却实属无奈，只因我精力不济且分身无暇——彼时我爱人身怀六甲，急需人照料；岳母则突然查出患有乳腺肿瘤，手术做完后还要进行长达一年半的放、化疗，急需人照料；我那读二年级的儿子每天上下学接送、学业辅导、饮食起居也都需要有人照料，一时间本风平浪静的小家陡增波澜，事儿变得又多又乱起来。每个人都依赖我，每件事也都需要我，对此我当然责无旁贷，事无论大小，必当亲力亲为，全力以赴。

因此，那阵子我经常是清晨将儿子送去学校，然后再陪爱人去妇产医院产检，中午完事后赶紧接上岳母去另一家综合医院化疗，下午再掐着点接儿子放学，最后晚上再到医院接岳母回家。北京太大了，这几个地方相距甚远，因此时间要精确到分，还要祈祷路上不堵车更不能出任何意外，每次都神经高度紧张，一天折腾下来往往累得一句话都不想再讲。

其实累点儿倒也没什么问题，可难就难在我还要上班，公司每天都有若干字要签无数工作要处理，上对老板下对员工外对客户还有合作伙伴我统统要负责，经常请假去照料家庭很不现实，上班时总是萎靡不振更加不合适——就这样，日子变得越发狼狈起来，任凭我如何闪转腾挪都做不到两全其美，反而感到越来越力不从心，情绪更是频频接近崩溃，这中间的无奈无助无能为力，没经历过的人根本无法理解。

在经历了无数焦虑、纠结、煎熬后，我心一横：干脆辞职好了。既然不能两全其美，那么就不要两败俱伤。如果工作和家庭只能选择成全一个，拥抱后者一定是最无奈却也最正确的决定。

拿定主意后，其他事儿就简单了，经过整整一个月的工作交接，38周岁生日那天，我终于得以告别职场。傍晚时分我背着包走出公司大楼，绚丽晚霞迎面而来，顿时感到一身轻松，觉得苦闷人生从此解脱，更是对新生活满心期盼起来。

2

事实很快证明，在现实人生面前，活了38年的我依然是个不谙世事的小学生。

尽管自我成为全职主夫，开始全心全意照顾家中"老幼病孕"后，很多原先的矛盾得以明显化解，然而新的麻烦又随之而来，且愈演愈烈，同样让人无法招架。

首先便是我自己的不适应。记得回家后的第二天上午九点,我习惯性地拿起包就往外走,岳母在身后忙不迭地叫停我问要干吗,我脱口而出:"上班啊!怎么了?"然后我俩都愣住了,接着我讪笑起来,怔怔放下包,顺手拎起门口的菜篮子,尴尬解释,"哎呀!拿错了,我这是要去买菜呢,妈,您想吃点啥?"

瞧,多像影视剧里的场景呀,可却真真切切发生在我的生活里,让人措手不及。

不适应的还有同一屋檐下三代人的朝夕相处。虽说以前我们也一起生活,可白天我上班,还总加班,晚上到家后大家相互嘘寒问暖,挺温馨。现在好了,恨不得一天24小时都在一起,不管做什么事都在对方眼皮底下,完全没有私人空间,体感相当拥挤,加上我们都是愿意做主的人,常常一件事有好几个方案,谁也说服不了谁,于是矛盾很快纷至沓来。如果是原来或许还能相互容忍,可现在一个是病人,一个是孕妇,一个是家庭主夫,个个不容易,都觉得自己最委屈。

不适应还有一个更重要的原因:在很多人眼中,我成为全职主夫才不是因为家庭需要,而是"在职场混不下去,被裁了",理由则是"我正值壮年,怎么可能说不干就不干了?为了家人放弃事业?谁信啊!这几年影视文化行业遭遇寒冬,人人都知道,失业就失业呗,还回归家庭,可真能装!"

别说,以上逻辑还挺自洽,难怪偶尔和朋友聚会时,总有人用同情的目光看着我,一直叹气,然后在我肩膀上用力拍拍,用哀其不幸的口吻说:"坚强点,都会过去的,你也不是那种人!"

说得我莫名其妙,一开始我还总解释,结果越解释越像在掩饰,而改变他人的偏见实在是一件太难太难的事，从此只得推却所有聚会邀约，耳不听为静，结果却只更加落人口舌。

就这样，我回家后刚开始的那段日子过得拧巴极了，说不后悔是假的，说没想过重回职场也是假的，然而开弓没有回头箭，经验告诉我，生活中不管爱恨情仇，时间都是最好的朋友，心态上遇到的问题能解决就解决，不能解决就等一等，等习惯了就好。

话说人的适应能力真的很强大，并没有用太久我便习惯了所有的不习惯，开始尽情享受起全职主夫的生活，每天乐呵呵地照顾好老小，闲下来就四处溜达，买买菜，按按脚，泡泡澡，吃穿不愁，岁月静好。很多时候我都会油然而生一种快感：这不就是我梦寐以求的退休生活吗？我明明生活在大北京，却活出了小城镇的悠然自在，我简直太牛了。

更牛的是，2019年我用半年时间思考，又用半年创作了这部半自传体的长篇小说《主夫难当》。

3

哈，差点忘了，我还是一名作家，一个已经写了20年，整整出了20部长篇小说的作家。

这些年来，无论我的生活出现何种变故，工作有多繁忙，我都从未停止过写作，写作已经成了我生命中最要好的伙伴，更是我安全感的母体，幸福感的源泉。

2019年年初的一天，当我突发灵感，想以我这两年真实的生活为蓝本创作一部婚恋题材小说时，我特别兴奋，直觉一定会写得很好看，可同时又很担心我的爱人不赞同，毕竟会牵涉到很多家庭隐私，没想到我惴惴不安说完后，她顿时双眼闪烁着光芒对我说："太好了，老公，你早就该写这样的故事了。"

又说："每个家庭都有很多闹心事，每个成年人都过得很不容易，你一定要好好写，把我们的不甘心，我们的不放弃统统写出来，好吗？"

我感动极了，看着她，认真点头："我会的！"

我是这么承诺的，也是这么做的。后来在写作过程中遇到的困难要比我预估的多得多，好几次心生放弃之意，都是我爱人对我倍加肯定和鼓励，让我得以有动力继续负重前行。

2019年年底，我将20万字初稿请她先睹为快，她更是二话不说，拖着因哺乳而无比疲惫的身体，从看《陈情令》和网购中挤出宝贵时间，逐字逐句地看完全文，并至少提了两百个问题让我修改，不改还不行。

嗯，我要真心感谢我的爱人：亲爱的老婆大人，我能完成这部作品，你居功至伟！

4

既然说到感谢，就不得不提其他几位好朋友，同样，如果没有他们的支持，就不会有《主夫难当》现在的模样。

包包同学，我曾经的同事，现在的合伙人，她简直是我见过的对世界最好奇，最有执行力，语速最快，学习能力最强的妹子，天晓得她脑海里究竟装了多少奇思妙想，反正你不管遇到什么难解之谜，找她准没错，她会从哲学层面到量子原理给你好好解释一番，保准你听不懂的那种。

她很爱笑，也开得起玩笑，唯一不能触碰的话题便是女权主义，为此她能全身是刺，和你辩论上三天三夜也绝不善罢甘休。

我对此心知肚明，自然会规避雷区，我们的小伙伴秦明却总爱逗她，经常是大家正愉快地聊着天，老秦突然来一句："包总，请问你为什么要成为一名女权主义者？"于是就见包包瞬间变脸，立即义愤填膺地驳斥起来——在她的认知里，但凡如此发问就已经在歧视女性了——屡试不爽，特别可爱。

一次趁她来京出差之际，我将《主夫难当》初始故事梗概和人物设定告诉她，她边听边摇头，说："太真实了，没意思！"

我有点儿急赤白脸地反问："那你说怎样才有意思嘛？"

她眼睛一亮："把男女主的身份交换一下，男人失业回家当主夫各种忍气吞声挨欺负，全职太太重新进入职场找工作赚钱养家……"如是吧啦吧啦和我说了好多。

我越听越高兴，一不小心问了句："夫妻互换身份确实不错，就是显得女人太强，男人太窝囊，你这样是不是太女权主义了点？"

哎呀，话音刚落，我就暗忖不妙，果然只见包总收起笑容，义正词严地对我说："草叔，你不可以这样误解女权主义的……"好嘛，接下来的一个小时统统用来给我普及什么是真正的女权主义了。

不管如何，我都特别感谢包总，感谢她对《主夫难当》提出的金玉良言，更感谢我们一起并肩奋战过，直到现在依然互相支持着的生活。

5

从小说文稿到出版物，要感谢的朋友还有很多。

感谢我的小伙伴丁丁，从"年少三部曲"到《小人物》，他一直是我小说的封面男模，从某种意义上讲，他已经成了我小说永恒的男主角"苏扬"的代言人,这次我自然还是请他给《主夫难当》拍封面,十年过去了,他也到了中年,眼角起了皱纹,嘴边蓄起了胡须,正合适。

感谢蓝色城的葛忠雷和刘彦章两位老师,他们为本书的出版做了很多积极的工作,还要感谢果老大和小谢同学为本书装帧提供的精美设计,我们合作已经超过十年了,真好。

其他要感谢的朋友在此一并谢过。《主夫难当》是我的第21本书,也必将是我无比重要的一部作品,书中记录了我真实的生活,有烦恼也有幸福,更多是关于婚姻和家庭的领悟。通过创作这个故事我得到了真真切切的成长,也真挚祝愿看故事的你会好好珍惜和自己并肩前行,直面人生风雨的那个人,就像我在文前说的那样:谨以本书,写给婚姻中相互包容、彼此扶持的爱人们。生活不易,你最珍贵!

我是一草,我们下本书,再见!

一草

2020年2月14日

图书在版编目（CIP）数据

主夫难当 / 一草著. —成都：天地出版社，2020.5
ISBN 978-7-5455-5541-7

Ⅰ.①主… Ⅱ.①一… Ⅲ.①长篇小说—中国—当代
Ⅳ.①I247.5

中国版本图书馆CIP数据核字（2020）第033832号

ZHUFU NANDANG
主夫难当

出 品 人	杨　政
作　　者	一　草
特邀策划	优阅文化
责任编辑	王筠竹
封面供图	丁　丁
封面设计	果　丹
内文排版	谢　彬
责任印制	王学锋

出版发行	天地出版社
	（成都市槐树街2号 邮政编码：610014）
	（北京市方庄芳群园3区3号 邮政编码：100078）
网　　址	http://www.tiandiph.com
电子邮箱	tianditg@163.com
经　　销	新华文轩出版传媒股份有限公司

印　　刷	环球东方（北京）印务有限公司
版　　次	2020年5月第1版
印　　次	2020年5月第1次印刷
开　　本	880mm×1230mm　1/32
印　　张	10.5
字　　数	266千字
定　　价	48.00元
书　　号	ISBN 978-7-5455-5541-7

版权所有◆违者必究

咨询电话：（028）87734639（总编室）
购书热线：（010）67693207（营销中心）

本版图书凡印刷、装订错误，可及时向我社营销中心调换